劉登榮詩詞集

刘登荣 著

中国出版集团
中译出版社

在第十届全国人大第一次会议

左为原中共中央政治局委员、中央军委副主席张万年上将

左为原中央军委委员、总参谋长傅全有上将

左为原总后勤部政治委员张文台上将

左为原北京军区司令员朱启上将

左为原南京军区司令员朱文泉上将

在越南总后勤局为解放军后勤代表团举行的宴会上
（右二为作者）

在泰国曼谷大王宫

在法国巴黎卢浮宫的解放军后勤访欧代表团
（左一为作者）

在西藏岗巴地区海拔 4900 米的塔克逊哨所
（右二为作者）

在西藏布达拉宫广场

在西藏亚东海拔 4545 米的乃堆拉哨所

在珠穆朗玛峰海拔 5145 米的绒布寺大本营

在北京大学中文系百年庆典
（右三为作者）

在湖南张家界天波府

在黄河壶口瀑布

在新疆天山天池

在北京大学未名湖

在莫斯科

在澳大利亚悉尼歌剧院

在新西兰皇后镇瓦卡普湖

在泰国珊瑚岛

在葡萄牙贝林塔

在波兰克拉科夫瓦维尔城堡

在西班牙哥伦布纪念塔

在土耳其伊斯坦布尔埃及方尖碑

在英国格林尼治天文台

在日本富士山

在迪拜海滩帆船酒店

在北京寓所书斋

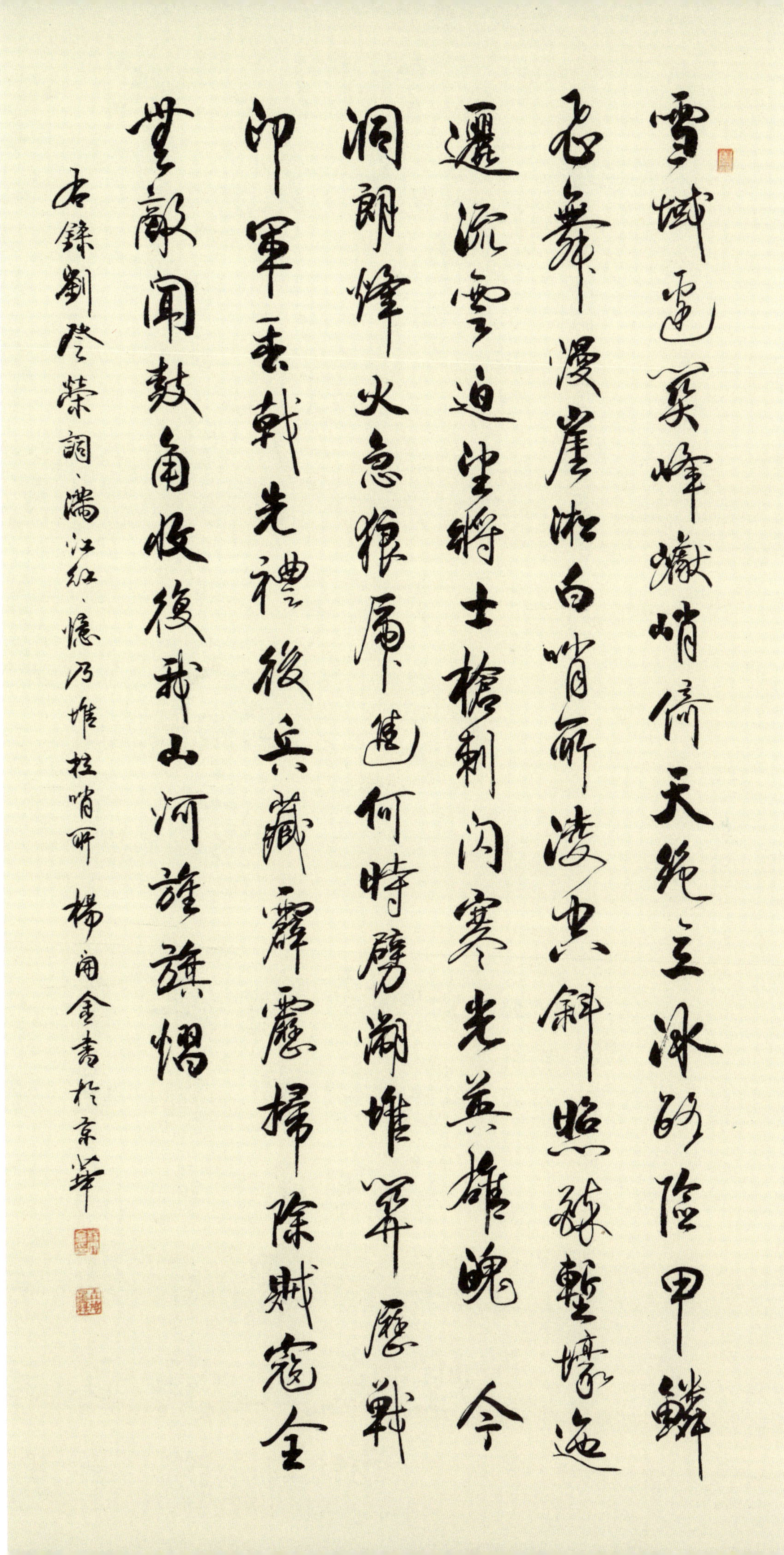

刘登荣词《满江红·忆乃堆拉哨所》
杨开金（中国书法家协会会员，中国硬笔书法家协会副主席）书

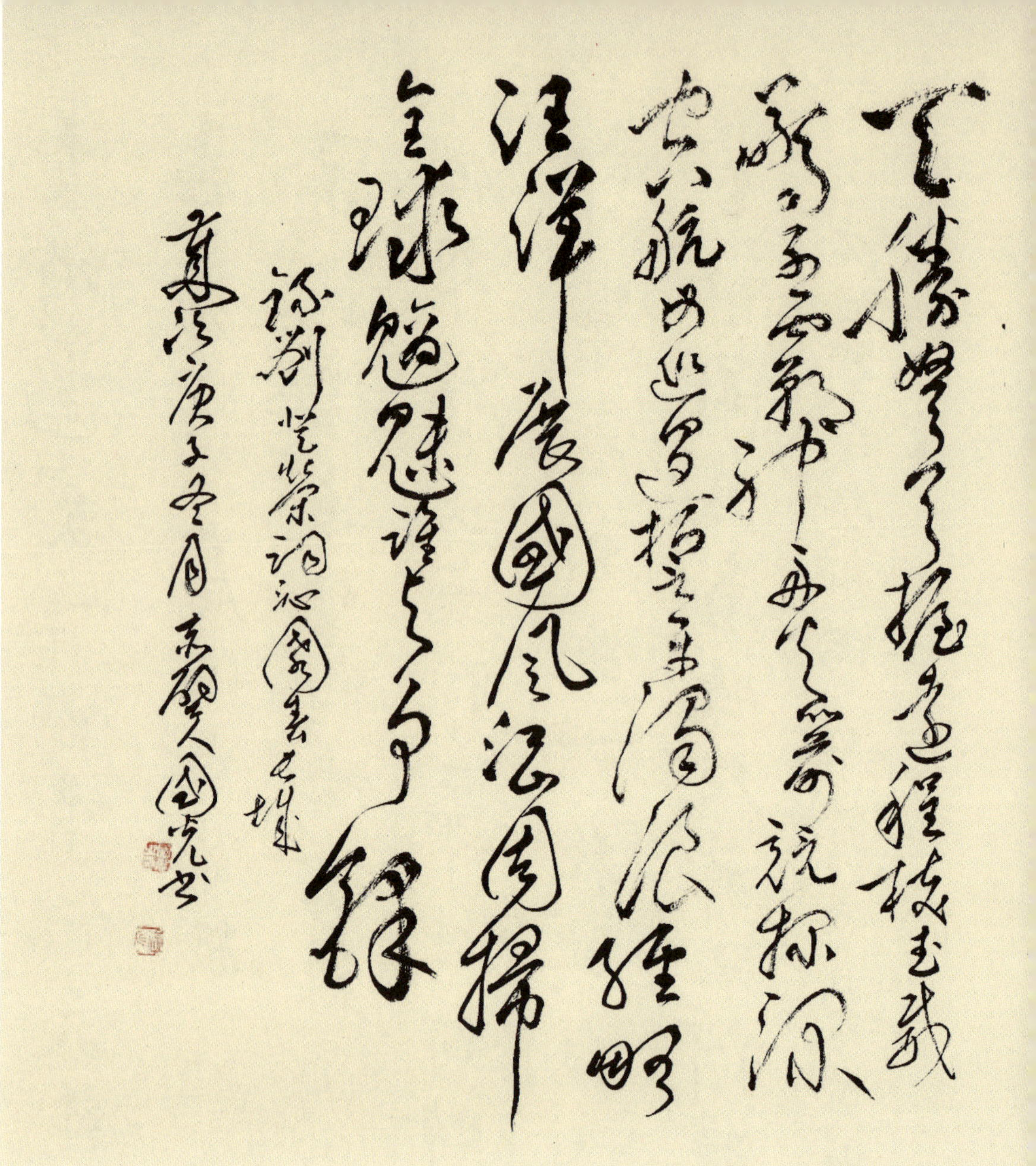

刘登荣词《沁园春·长城》
李国光（中国书法家协会会员，湖北省书法家协会副主席）书

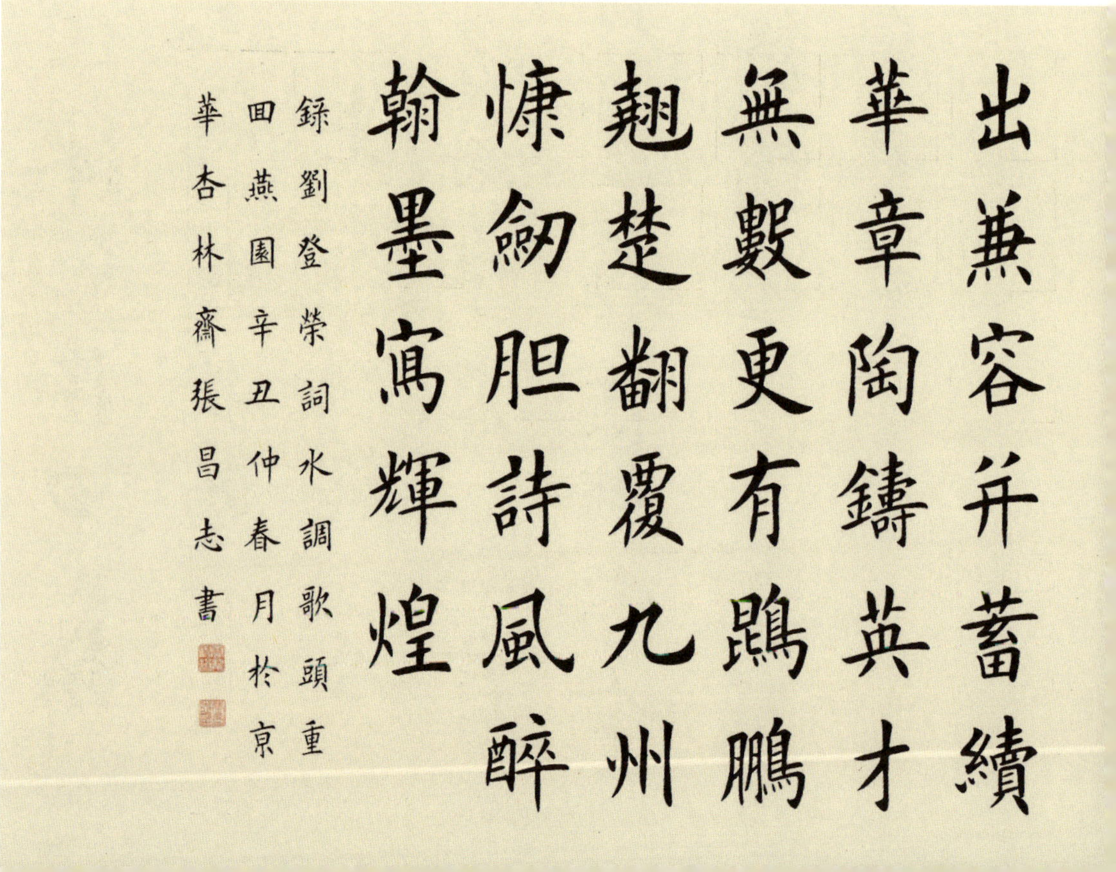

刘登荣词《水调歌头·重回燕园》
张昌志（中国书法家协会会员，北京市书法家协会理事）书

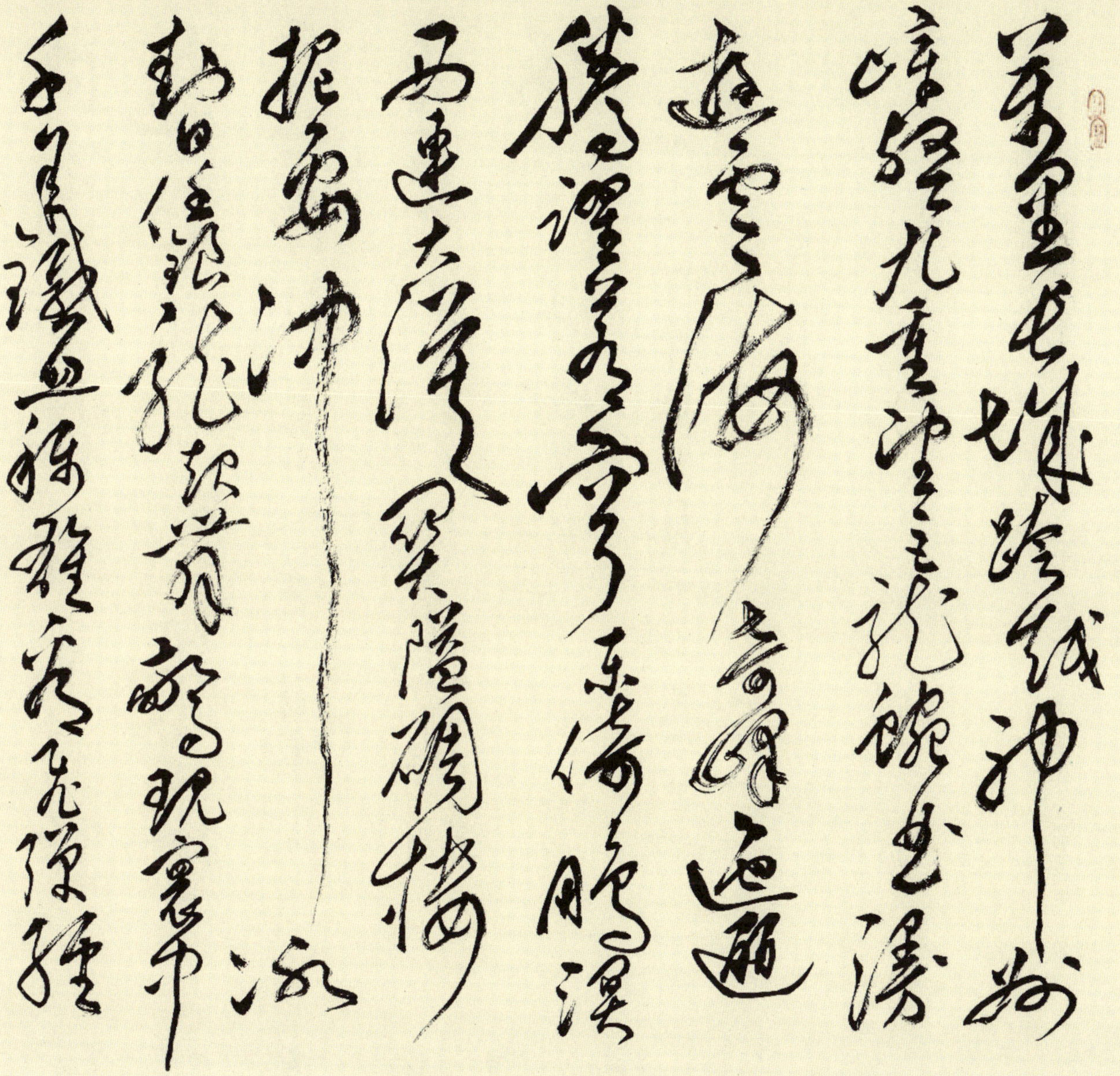

黌府覓幽夢重
聚踏湖光金風
搖落云影博塔
挽斜陽楓島鷗
迎舊客岸柳低
唫古韵石舫話
輕狂鬢白識歸
路相攤訴衷腸
承太學開新制
厯沧桒大師輩

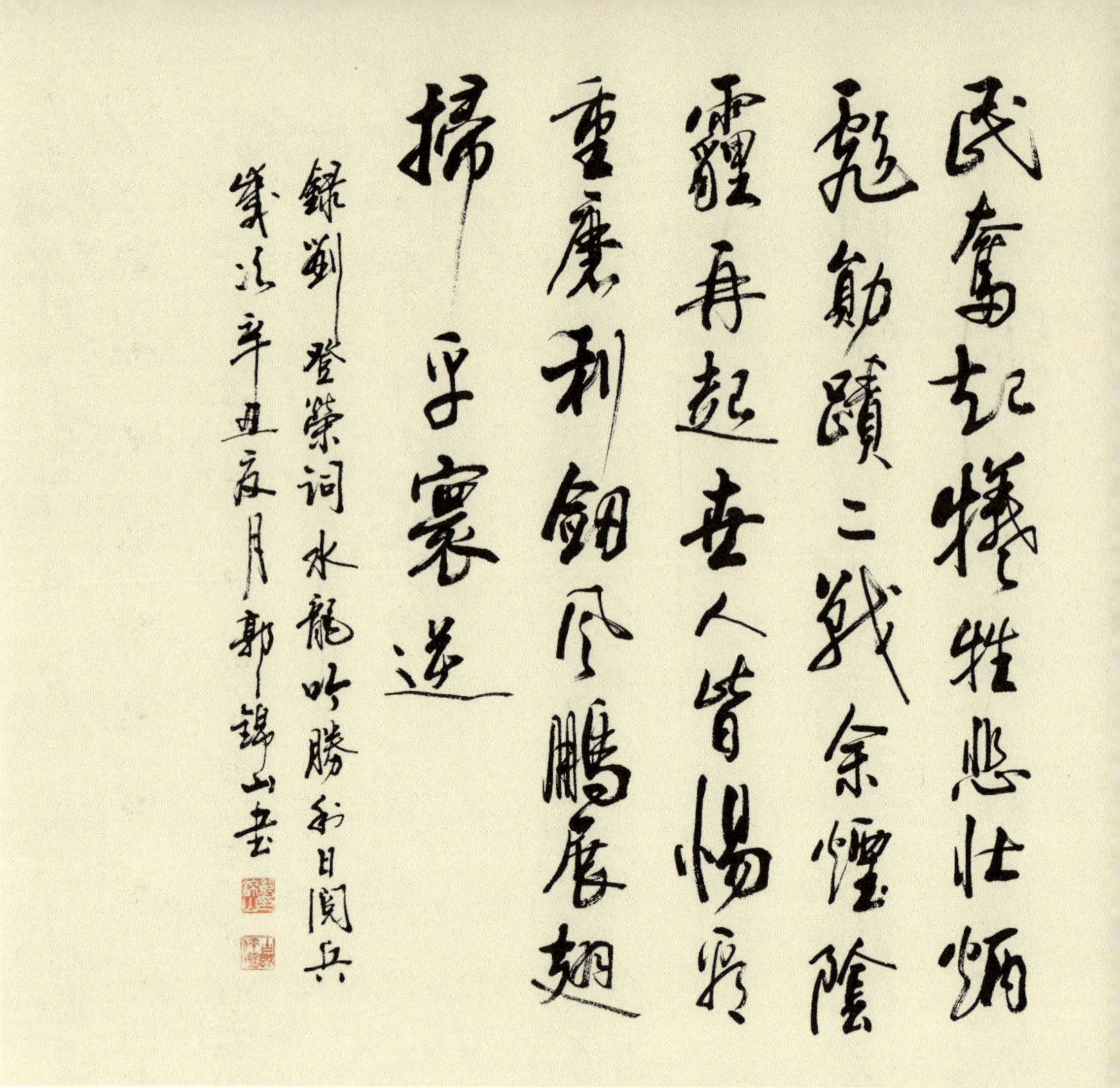

刘登荣词《水龙吟·胜利日阅兵》
郭锦山（中国书画家协会会员，中国书画家协会山西分会副主席）书

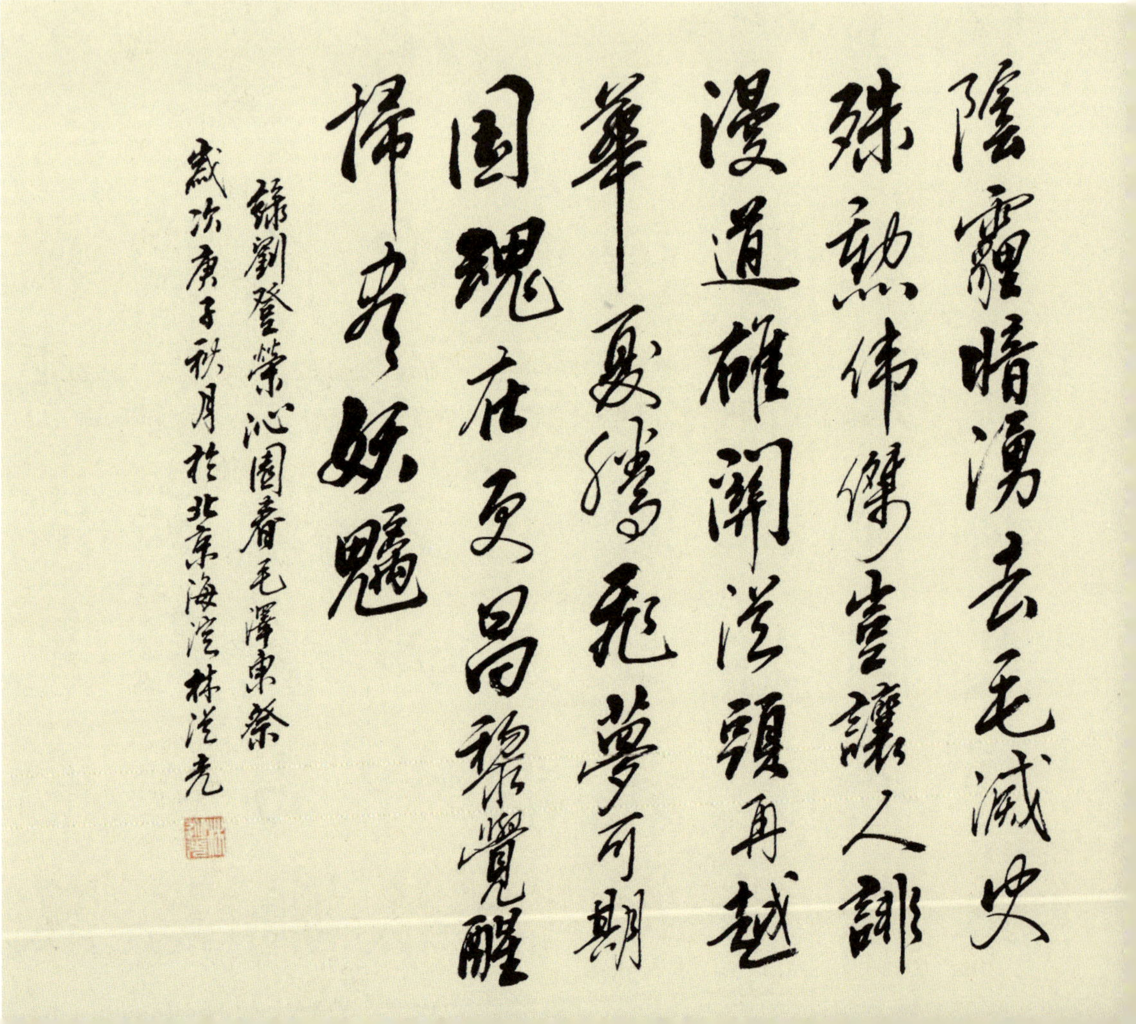

刘登荣词《沁园春·毛泽东祭》
林从光（原解放军后勤工程学院院长，少将）书

首都千軍金秋旌旗
獵獵浮雲碧鐵流閃
耀三軍勁旅雄風
抖擻北斗經天戰機
遨嘯神舟添
翼更遠程核武國
威實顯睡獅醒東
方立遙想當年倭賊
寇蹂殘血淹風壓全

寰宇魁星隕落神州
四海慟悲昔戎機方
略聚殲強敵運籌帷
幄檣櫓煙飛三國為
民迅速崛起徽疏東
方顯國威誰堪比千
古無其右日月同輝
導師駕鶴西歸又
萬里悲風動翠微有

湖畔藍印染花高
老社錢標竿倒立
我毋深巷鎮文侯丘
作存浩氣為豪秋
留印全球聲名溢
醉吳綢

右録劉望榮生海
湖島鎮百韵
庚子冬吳貴王聖耀

芳華盡古同遊望雲山
碧水余杭湖閣靈隱悟
禪濱村亭桂煙霞鏡攝
湖山郎樹話時愁最是
瞻岳墓危國何休重拾
青春一片提劍護金甌

録劉登榮望海潮西湖抒懷
歲次庚子初冬 冀榮書

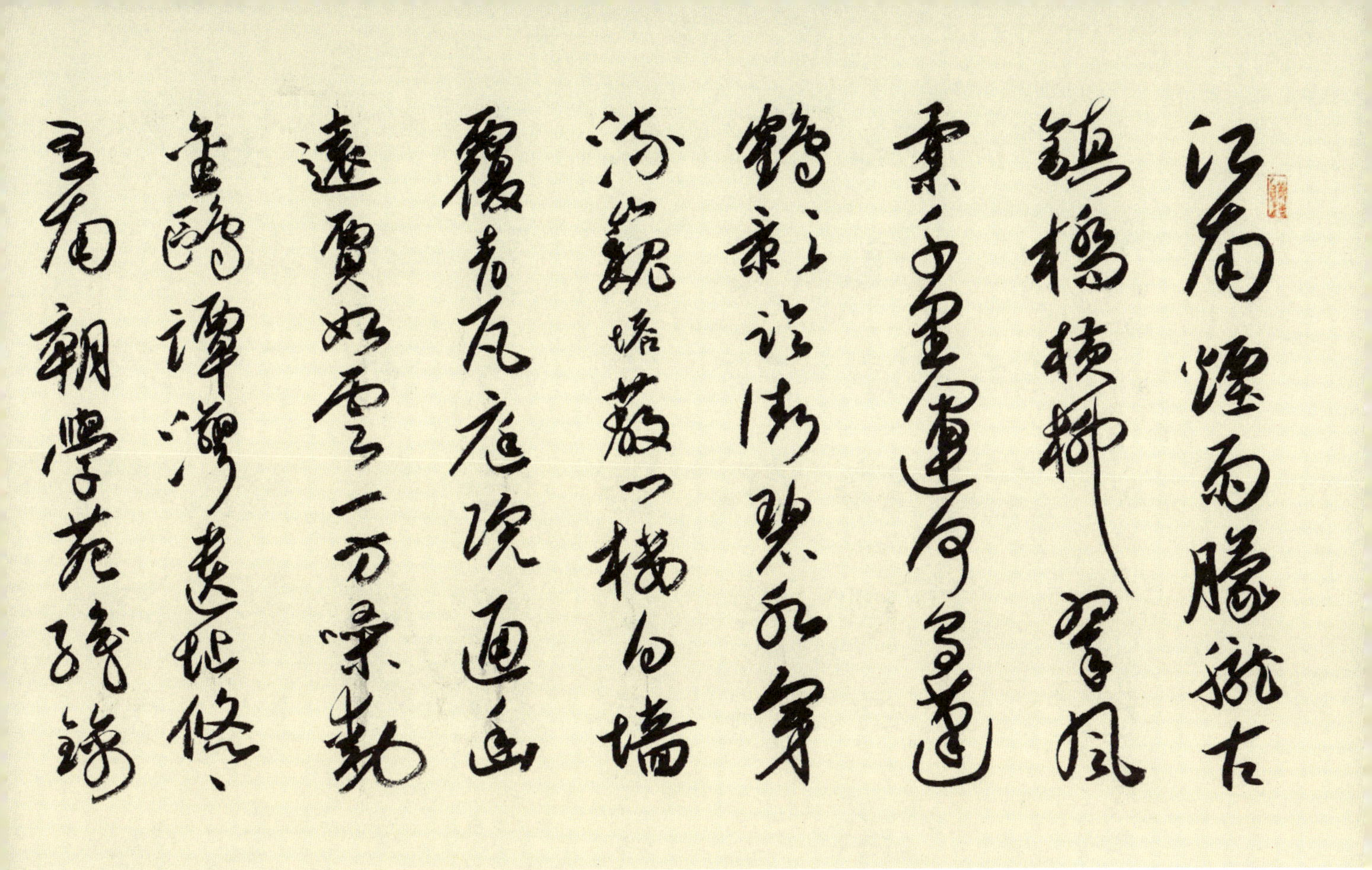

刘登荣词《望海潮·乌镇》
王熙权（中国书法家协会会员，云南省书法家协会副主席）书

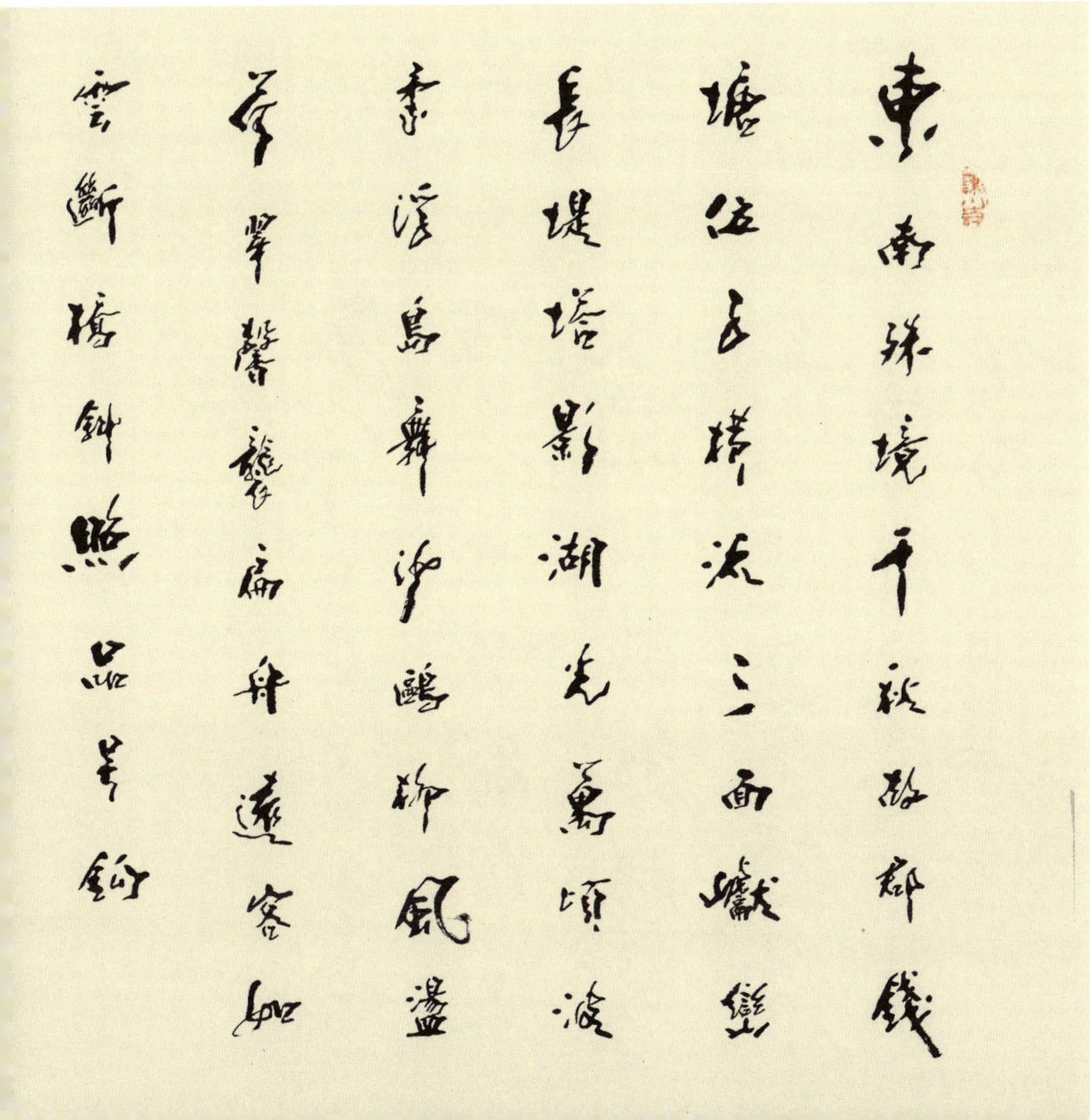

刘登荣词《望海潮·西湖抒怀》
赵翼荣（中国书法家协会会员，昆明市书法家协会主席）书

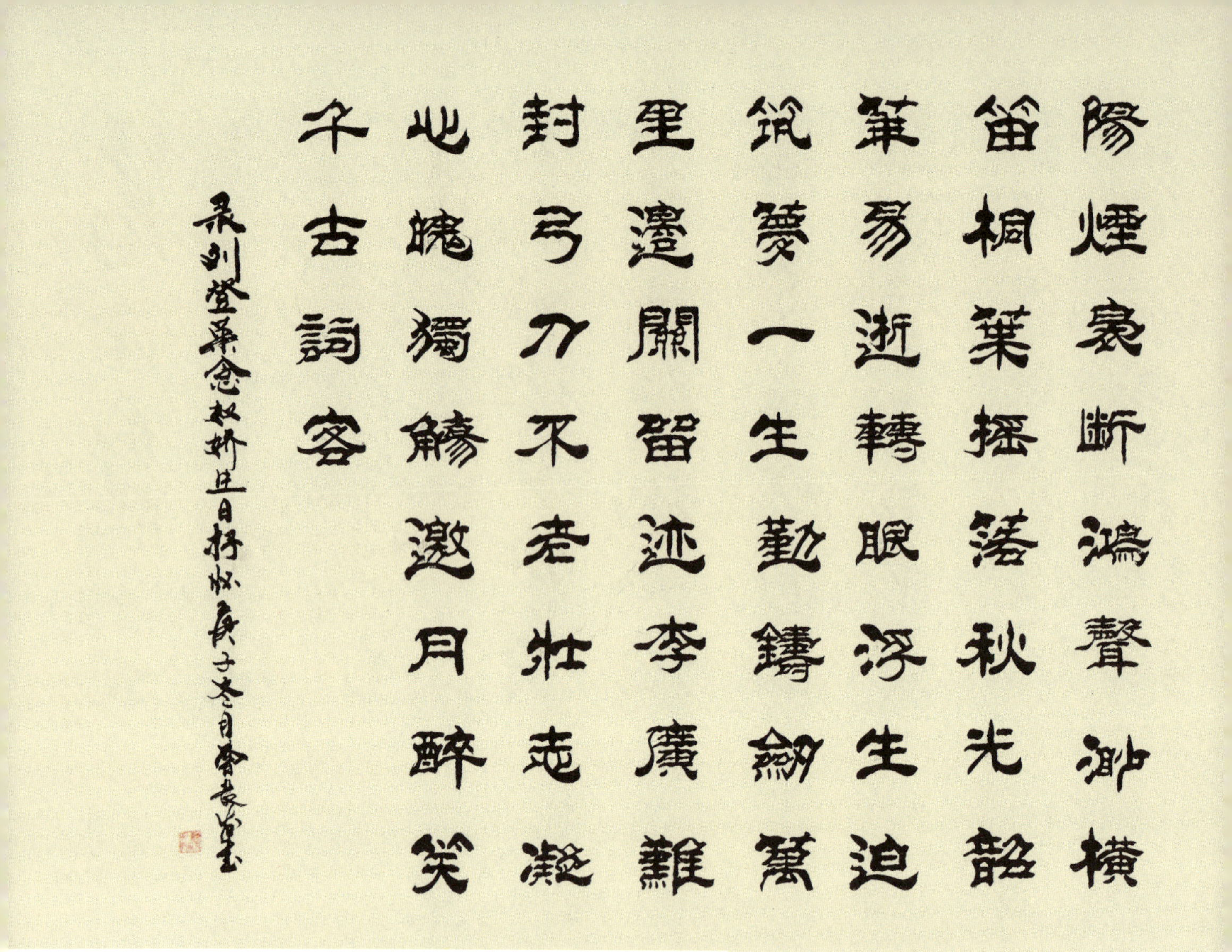

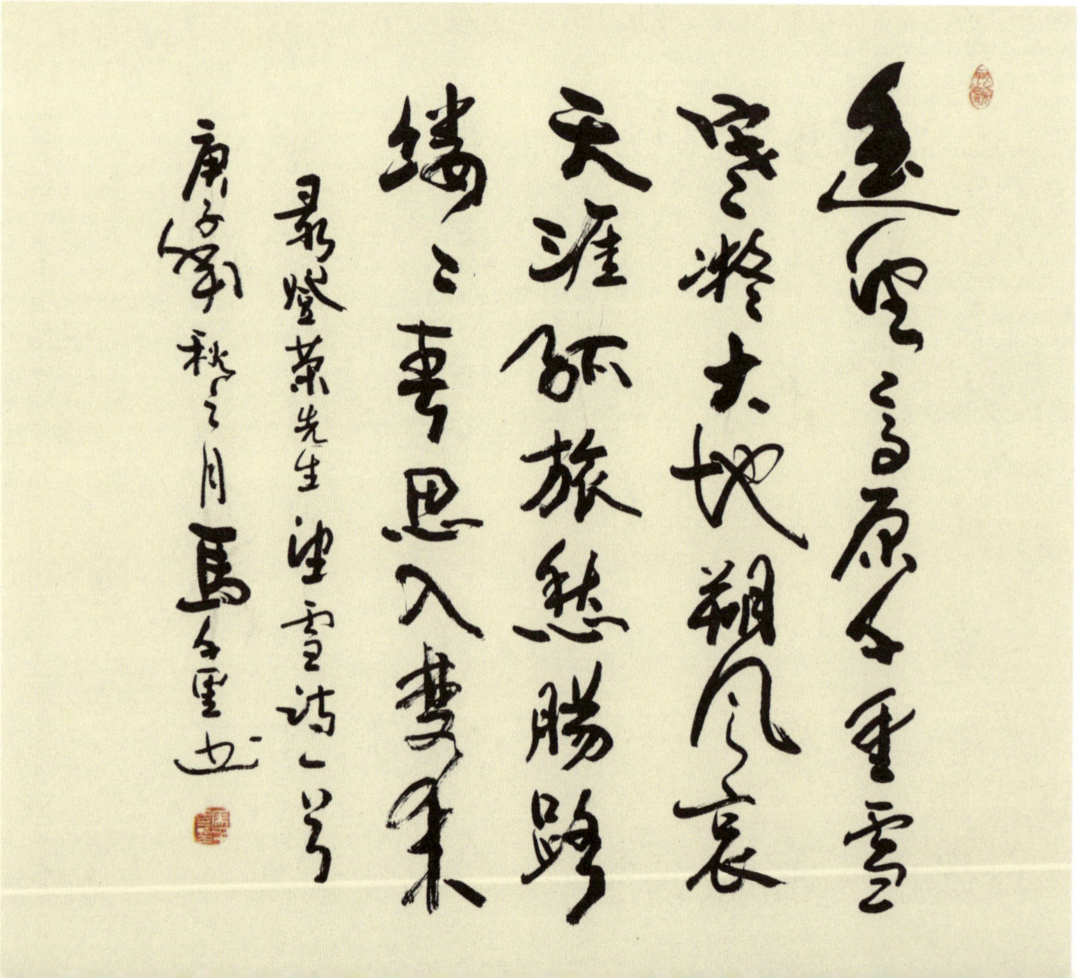

刘登荣诗《七绝·望雪》
马千里（中国书法家协会会员，山西省书法家协会副主席）书

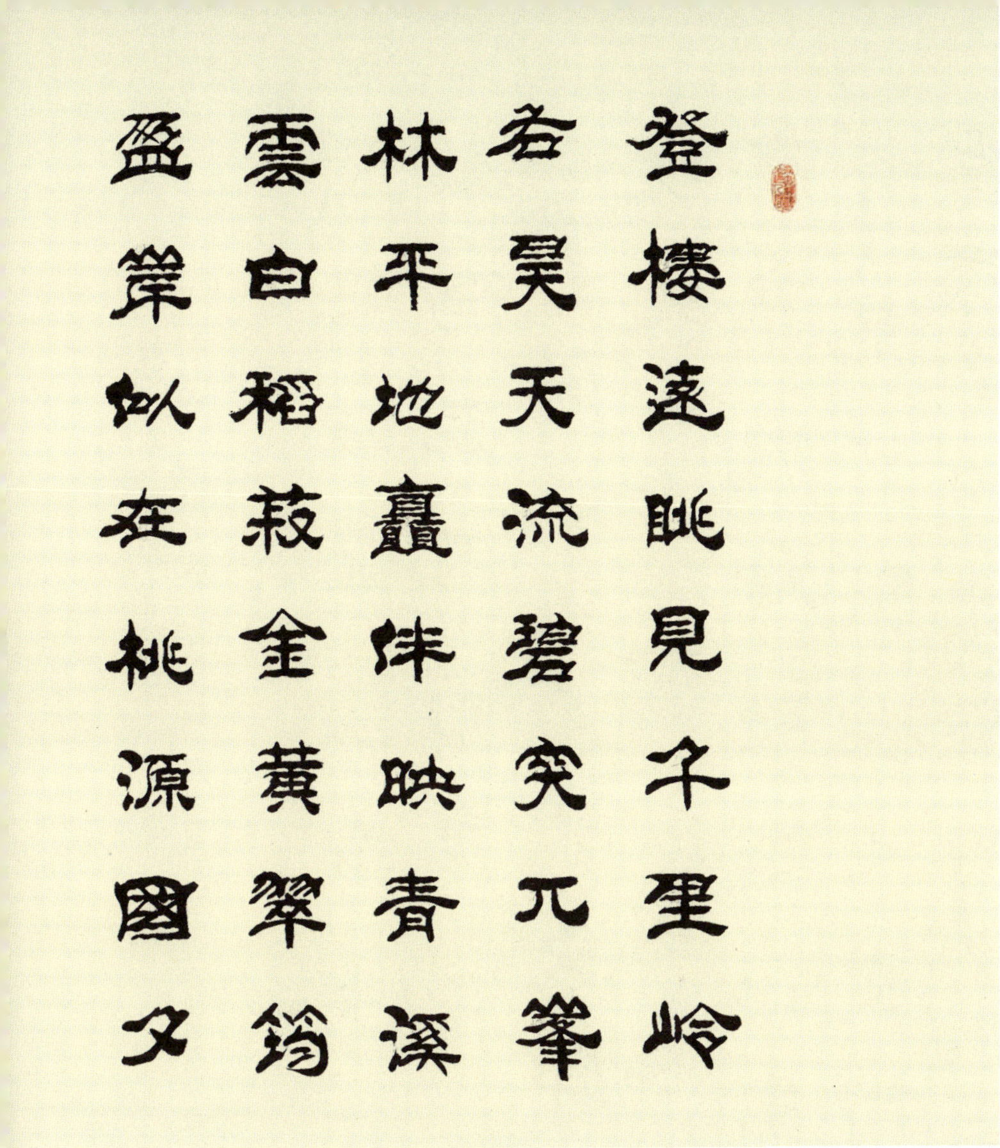

刘登荣词《念奴娇·生日抒怀》
曹长发（公安美术家协会副秘书长，警官书画院院长）书

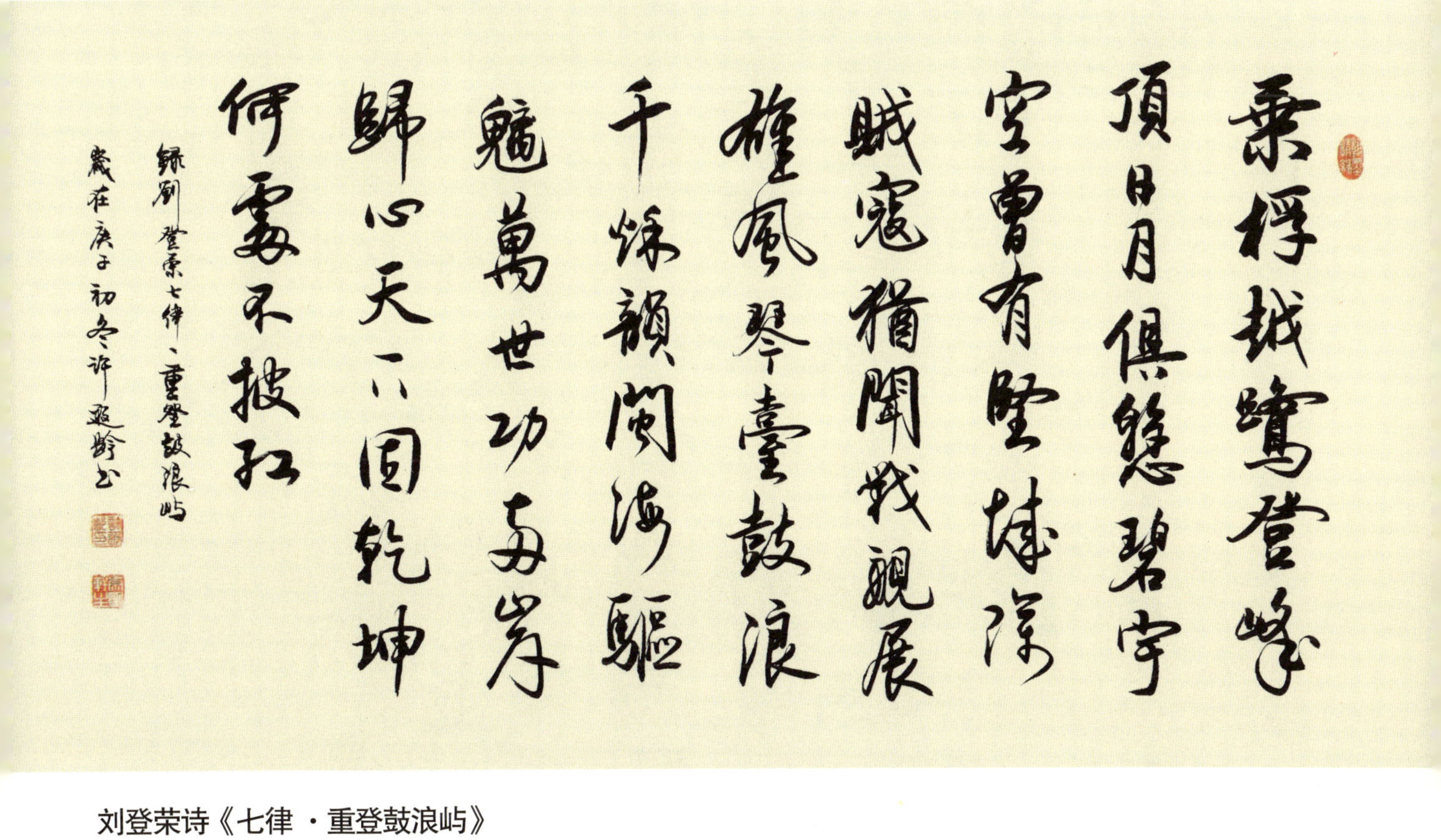

刘登荣诗《七律 ·重登鼓浪屿》
许遐龄（中国书法家协会会员，国家民政部中国慈善书画院副院长，中央办公厅老干部局原副局长）书

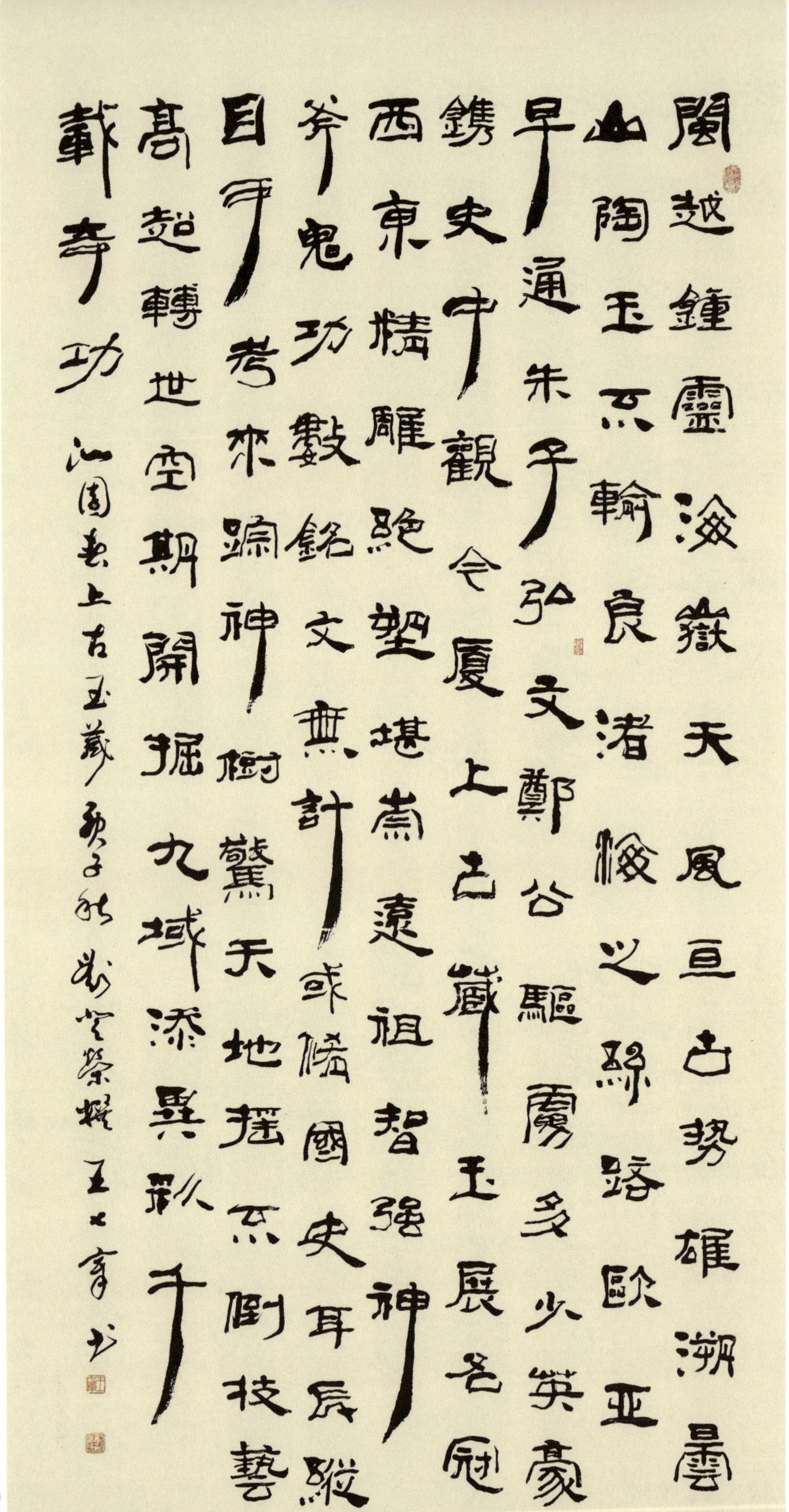

刘登荣词《沁园春·上古玉藏》

王七章（中国书法家协会会员，四川省书法家协会副主席，四川省人民政府原副秘书长）书

军人生命的升华

——序《刘登荣诗词集》

范诗银

军人的生命包括职业生命，与一般人相比，大多是更为有限的。在战争年代，迎着炮火冲锋时却突然向前扑倒的那一瞬间，有些军人的生命就回归了大地。他们以英勇的牺牲，使自己的生命得到了升华，永远留在了人们的记忆里。在和平时期，一代代军人脱下军装，把绿色还给大地的同时，他们的军旅生涯或叫职业生命也就画上了句号。但是，却有那样一些军人，一转身成为诗人，用铿锵绚丽的诗句，讴歌守护过的江山，回眸峥嵘的岁月，憧憬美好的未来，使自己的军人生命得到延续与升华，较长时间甚至有可能长久地留在人们的记忆里。刘登荣同志就是这样一位脱下绿色军装，用诗词延续并升华着军人生命的诗人。

刘登荣同志先后毕业于北京大学中文系和解放军后勤学院，具有扎实的文字功底、文学功底和军事素养。他从连队一步步走到总部机关，负责过不同层级的军事、政治、后勤领导工作。长时间从事军事后勤理论研究，担负军委、总部首长决策咨询任务，主编研究刊物，著述颇丰，建树很多。丰富的实际工作经验，深厚的专业理论造诣，再加上参与诸多重大军事行动和重要文件起草的实践，使其所取得的系列理论研究成果，对军队建设发挥了积极指导作用。他还爱好摄影，一镜收尽山水百态、人间冷暖。这些，都为这位骨子里有诗的职业军人，写诗填词，用诗词礼赞英雄、歌唱祖国、抒发壮怀，提供了基本条件和生活源泉。

读刘登荣同志的诗词，我们能从对重大活动的描述、历史事件的追溯和自然风光的讴歌中，感受到诗人心中的感慨和对祖国、对人民、对军队、对生活的热爱。在北国风光篇中，泰山的壮丽与风云际会，长城的雄伟与千秋铁血，狼牙山的巍峨与不屈浩气，台儿庄的雄奇与抗战辉煌，山海关的古韵与历史烽烟，白洋淀的浩渺与雁翎队影，北极哨所的风雪与边陲剑啸，无不袒露着军人的铮铮铁骨和爱国情怀。在西部神韵篇中，峻极凌霄的华山，佛道厚重的崆峒山，烟雨朦胧的蒙顶山，七彩辉映的玉龙雪山，锁钥西部的嘉峪关，九曲黄河的老牛湾，震惊世界的兵马俑，独钓中原的钓鱼城，金川汹涌的虎跳峡，文峰鼎峙的三苏祠，诗圣久居的杜甫草堂，神秘梦幻的喀纳斯湖，是他编织出的一幅幅自然风光旖旎、人文历史深远、现实回音激越的奇特瑰丽的至美画卷。在江南山水篇中，登雄峙南国的庐山、殊妙胜绝的黄山、绝塞尘嚣的天柱山、海上仙都太姥山，游瑰玮绝特滕王阁、海上花园鼓浪屿、世外桃源武夷山、峰林奇秀张家界，泛舟漓江玉带、西湖瑶池、九曲清溪、鄱阳碧湖，于山光水色中涤荡情怀，养儒雅之气，湔怡神心笔，绘绝世美景。在域外风情篇中，从俄罗斯莫斯科的克里姆林宫、二战胜利纪念碑，到圣彼得堡的冬宫和夏宫；从澳大利亚布里斯班的黄金海岸、悉尼歌剧院，到蓝山和首都堪培拉；从新西兰的惠灵顿、皇后镇，到毛利村和奥克兰，字里行间不乏沉醉中的清醒，赞美中的感悟，历史中的反思。在感怀言志篇中，有对除夕、中秋、故乡和生日的感怀和实现人生价值的寄托，有对神九飞天、嫦娥登月、胜利日阅兵的歌颂和建设强大国防的期许，有对公祭黄帝、习马握手的礼赞和两岸统一的夙盼，这些都无不透露着诗人真挚的感情、深沉的思索与不凡的抱负，无不感觉到诗人与时代同呼吸、同频率、同跳动的脉搏，无不领略到诗人投身于火热生活和伟大实践的强烈生命气息。

我们这个《诗经》熏陶下的国度，诗人多如群星。《诗经》闪烁的光芒，照耀着诗人们跋涉的道路。刘登荣同志的诗词也一样，学习于古典，在继承中前行。如《七律·中秋望月》：

秋风边塞抚寒琴，明月清辉沐古今。
枭骑犹知巡国路，孤鸿易识断肠心。
凭栏望尽巴山水，邀酒萦回故土音。
赤子相思成醉梦，关河飞度化诗吟。

就有《诗经》中《秦风·无衣》《国风·豳风·东山》的遗味，有高适、岑参所代表的唐代边塞诗的韵致，也有我们这个时代军人的思想表达和感情寄托。又如《贺新郎·西藏抒怀》：

重上高原路。驾银鹰、扶摇正举，碧天飞渡。青藏千峰从头越，云海茫茫漫步。眺玉宇、朝霞初露。雅鲁蜿蜒穿深峡，更珠峰万丈临天府。望雪域，触星布！

雄师进藏春风驻。看农奴、砸开枷锁，与兵同舞。脚踏边

关褒将士，奉献牺牲无数。哨所里、相思难付。卧雪爬冰催战马，敢擎旗亮剑驱狼虎。铸铁壁，固疆土！

其豪迈壮阔，承接苏轼、辛弃疾豪放派遗风。蕴藉沉郁，不离两宋词之正脉。而意象、情感、语言，则是现代的。洋溢着当下军人的风采，抒写了当下军人的情怀。

这部诗词集中的作品，流淌着传统的血脉，也荡漾着现实的波澜。风、雅、颂，赋、比、兴，作诗填词的这“六艺”中，哪一“艺”学到家都不易。其中，更难者有三：颂之有味，赋之有情，兴之有致。军人出身的诗人，习惯于写颂体，用赋笔，由事论理，兴发感慨。但是，长期语境的影响，往往使得诗味不足，情意不够，文有尽意无余，韵致浅薄。杜甫的“三吏三别”，白居易的《琵琶行》《长恨歌》，主要是用赋笔，都十分尽情有味。诗人之苦，苦就苦在难以驾驭诗家之语言，道不尽情怀，诉精致理趣，驱万千气象，成自家面目。“文有尽意有余，兴也；因物喻志，比也；直书其事，寓言写物，赋也。宏斯三义，酌而用之，干之以风力，润之以丹采，使味之者无极，闻之者动心，是诗之至也。”钟嵘在《诗品》中的精辟论述，不正是诗人终生所追求的目标吗！刘登荣同志的诗词，在这些方面进行了有意义的探索。大多篇章有诗味，有韵致，有兴发感动的力量。相依明月青山外，已蹴高峰第一程。期待着刘登荣同志创作出更好更多的诗词作品！

是为序。

2016 年 10 月

于北京国防大学中华军旅诗词研究创作院

范诗银，笔名石音、已一、苍实。1953 年生，1972 年参军，2008 年退休，空军大校军衔。曾任空军航空兵某师副政治委员，国防大学中华军旅诗词研究创作院执行副院长、执行总编辑。现为中华诗词学会常务副会长，中华诗词杂志社社长，上海大学中华诗词创作研究院荣誉院长，国家语言文字工作委员会委员。出版诗词集《天浅梦深》《响石二集》《响石斋诗词》《虹影集注评》《诗银词》《石音集》。

饱览山河壮诗篇

——评刘登荣先生的诗词创作

邱世鸿

华夏文明，首重人文；士艺开化，自领先声。科技迅达昌明，突破俗尚；艺术熏陶炼冶，涵养气质。纵览市廛流光，键盘常得宠幸；偶观诗坛气象，才子岂甘寂寥。“三俗文化”泛滥，人们渐生厌弃；高雅艺术回归，志士再趋热忱。诗书画印，历来为精英文化之最；笔墨纸砚，自古乃雅逸性情所承。诗为六艺之首，文武皆习；律除四病而善，古今必遵。而技进乎道，唯求波澜老成；艺依于仁，尚得格调清醇。诗词高华，本属风雅之事，淑质英才，自彪史册。欧阳修《与张秀才第二书》所云：“君子之于学也，务为道。为道必求知古。知古明道而后履之以身，施之于事，而又见于文章，而发之以信后世。”凡从艺为学，必存千秋之想，洵为特绝。

刘君登荣先生，蜀中俊髦，军旅高士，身出京畿名庠，文沾巴蜀雄风。外表儒雅，年过花甲而颜若青壮；内蕴丰赡，言多委婉而词如贯珠。书生意气，谈笑古今，纵横宇宙；行武阅历，跋山涉水，披览乾坤。其士节自励，戎风可法。于古典成癖，足称“沦肌浃髓，呕心沥血”；作山川之游，可谓“泉石膏肓，烟霞痼疾”。

江山到处堪乘兴，风月佳时事不休。他因多才干而膺任多种外出调研职责，一乃任务繁重，南北奔波，二则借机考察民情，激发灵感。未见其人，先赏其诗，终能缘结诗友，酬酢唱和，颇得君子之乐也。

登荣自幼酷爱文学，读北大主攻评论，格外垂青诗词，佳作引为楷模。而今阅历甚富，作品取材宏阔、立意高远。或述历史风云，或追溯兴亡渊源，或讴歌自然生态，或畅想未来蓝图，借此以抒发志意，感怀古今，针砭时弊，勉励后学。纵观其创作，主要有四个特点：

（一）精到切律，声韵优美

登荣先生之诗词创作，遵循传统，凡律绝依照《平水韵》格律，凡写词遵循《词林正韵》；吸收新声，斟酌现代《诗韵》。虽肆口而发，无所拘束，而律之以韵，更增其美。律绝简洁凝练，韵词朗朗，颇显艺术高度。其《七律·屈原》用平声“豪”韵之萧、豪、遥、飙、骚作韵，遵循了唐宋诗之用韵规律，且对仗精到和谐，如“雄才”对“热血”，“求索”对“甘发”，颇费功夫而不露痕迹。又如《七律·琅琊山》用“先”韵，缀句连词都见不凡功力：

会巇峰高隐碧天，九龙捧日荡云烟，
绿风拱秀冈峦翠，幽壑流香鸟语绵。
林掩寺钟鸣佛韵，山藏亭记续名篇。
英雄多少空悲切，经典雄文铸国旃。

登荣先生2000年《七律·登玉龙雪山》完全切律，以“微”韵之晖、飞、微、归相押，其中“天风送我凌空立，丽日追云伴鹤飞。云岭千峰驰海浪，高原万里泛岚微。”颇为自然生动，毫无雕刻痕迹。

"千峰"对"万里"，既可写出其气势，又对仗整齐。诗之魅力在锤炼，韵之魅力在活法。宋吕本中《夏均父集序》云："所谓活法者，规矩备具，而能出于规矩之外；变化不测，而亦不背于规矩也。"这种妙在似与不似之间。2015年《七律·东湖》之"水榭云天连碧海，湖光岛影映荷舟"，2007年《七律·成山头》"狂涛拍岸千堆雪，鳌海扬帆万里船"，对句自然流美，如此等等，不胜枚举。刘登荣先生的诗词用功甚勤，数量众多，每到一处必有诗词留存。而他专意所作之对联，不仅见其对仗功力，更见其视野和胸襟。意中有景，景中有意，意格欲高，句法欲响，方见精彩：

两岸奇峰连广宇，九龙瀑布坠瑶台。
飞瀑击穿千丈洞，碧潭倒映万重天。
天骄横扫成宏业，华夏腾飞震列强。
边塞烽烟惊百帝，残阳铁血度千秋。
云霞岛影依天尽，翠阜重楼入梦来。
登楼环视群峰翠，落日徐沉暮色残。
长城万里凝刀影，边塞千秋梦燧烟。
绝壁依天傲穹宇，峭崖跨涧生彩虹。

对联的工稳，不仅要求在形式上无可挑剔，如名对名，虚对虚，而且要求内容上之境界开阔翻新，克服二句重意即所谓"合掌"。今人较之古贤，眼界更为开阔，所作应该有所开拓，写景与咏史、抒情与言志结合，方有突破。登荣先生之联诗意浑成，融合历史感受与当今巨变，言简意赅，至为传神。长期起草文件，研究军事，养成了他惜墨如金、洗练简约之习惯，于诗词可见。朱熹《晦庵诗说》认为：“诗须是平易不费力，句法混成”为妙。登荣先生之诗，“惨淡经营”而又出之自然，如蜜蜂采花酿蜜，不留痕迹，气象浑然，已臻化境。

（二）生动形象，意境闳阔

登荣先生一生好入名山胜境，故题材广泛。北至漠河，南到西沙群岛，东至海洋岛，西至红其拉甫山口，都囊括于他的摄影和诗词中。其异于常人之处，必雁过留声，以优美之句来纪事、感怀、抒情，保持着古代文人之旷世雅怀。诗自肺腑出，出则愁肺腑。人生有限，想象无限。抚诗思人，欣若会面；吟句追昔，直如晤谈。如读其《七律·大漠吟》：

流沙风起耸峦冈，瀚海无垠隐大荒。
峰岭迤逶金浪阔，黄云漫卷碧空苍。
牧童湿地哼晨曲，飞鸟湖盆舞夕阳。
漠野接天戈壁路，驼铃一响断愁肠。

如此风情令人遐思，浩瀚如画。思萦沙漠戈壁，令人回味无穷。其爱好摄影，在取景、配色、画面处理等方面有着天然之敏感，诗画如一，咫尺万里。2010年他游览黄山：“银瀑穿崖飘玉液，云涛荡谷锁清秋。”诗句在动感中见空灵，烘托了深境。北宋《宣和画谱》有云：“岳镇川灵，海涵地负。至于造化之神秀，阴阳之明晦，万里之远，可得于咫尺间。其非胸中自有丘壑，发而见诸形容，未必知此。”所以，外象之物须得诗人胸中融化，诉诸笔墨，达到“会心山上、水真如画，巧手丹青画似真”之地步。1999年他游览张家界，所写《七律·张家界》更为独绝，意象丛叠：

武陵秀色盖昆仑，迷幻深闺欲断魂。
奇巘三千依碧汉，清溪八百绕烟村。
日生云海峰林露，雨霁晴岚涧壑吞。
山水画廊留远客，桃源春晓醉乾坤。

全是奇特之象！光怪陆离，生趣远出，令人目不暇接。而1999年《七排律·登六奇阁》更是恢宏气势，汪洋恣肆。又如2010年《七律·丽江古城》前四句所描绘之境，更为生态超然：“临山筑屋自然栖，翠柳澄潭百鸟啼。碧水幽幽穿小巷，玉龙邈邈映清溪。”丽江古城始建于宋末元初，距今已800多年，是茶马古道必经重镇。刘先生之概括可谓准确。写景状物，只是其外表，而其思想之升华乃蔚成其雄阔豪迈之境界。唐代王昌龄言诗有三境：物境、情境、意境，又分诗为三格：生思、感思、取思。逐渐升华，心入于境，神会于物。如写澳大利亚道格拉斯港之盛况一诗：

峰云亲吻醉蓝天，白浪惊涛荡紫烟。
岸树临风湖影动，帆船列队港空连。
廊牵栈道翔鸥鹭，霞映邮轮射岛川。
欧陆殖民原罪在，澳洲土著话当年。

诗不可凿空强作，待境而生自工。注意诗词创作之画面感，是登荣先生的一大特点。其中之意象词：峰云、白浪、紫烟、湖影、帆船、栈道、鸥鹭、霞映等，仿佛就在眼前，意境融彻，栩栩如生，呼之欲出。2007 年《七律·登泰山》抒发出作者的感叹："嬴政遗碑存岱顶，太宗刻壁祷民功。纵观千古兴亡事，皆付沧溟逝水中。"其体格声调，兴象风神俱在，自尔超迈，有历史的纵深感。再如登荣先生词《水龙吟·克里姆林宫》更是画龙点睛，由自然之象过渡到人心营构之象也：

克宫屹立冈峦，流云绕宇依星汉。教堂密布，凌霄金顶，霞光弥幻。红色钟楼，巨型阁塔，扶摇云断。任时光飞逝，朱颜未改，江山易，旌旗换。

更有红场伟岸，阔而深、碧天幽远。阅台高耸，塔亭环列，浮雕迷乱。德寇临城，毅然检阅，赴前参战。看狂飙卷席，穷追千里，陆欧横贯！

其词更为宏阔博大！作者怀着无限热忱，做了高度概括。其"江山易，旌旗换""陆欧横贯"等语言可见一斑。真如赵瓯北《题遗山诗》所云："国家不幸诗家幸，赋到沧桑句便工"。最值得一提的是，登荣先生的异国情调，足迹遍及俄罗斯、新西兰、澳大利亚、英国、法国、德国、意大利、荷兰、西班牙、葡萄牙、土耳其等几十个国家，漫游中又追踪历史，境界开阔，中外对比而兴感不绝。如 2015 年游新西兰写《七律·陶波湖》有"五洲远客游佳境，一片惊涛荡柳烟"之叹。游览澳大利亚他写《七律·黄金海岸》有着"碧涌连天亲屿岛，白帆穿谷映峰峦"之意象。其他优秀之作，不再赘述。

（三）抒情感怀，志存高远

吟诗诵词不能仅流连于词句之工、音律之美，还须进入现实社会中，关心民生。古人所言兴、观、群、怨自是涵盖多方，再看历代伟大诗人，出自底层，了解民瘼，同情苍生，感而后发，发必中的。朱子所云“文必从道中流出”，良有已矣，根深叶茂，艺必载道。或谓“愤怒出诗人”，或谓“作诗必诗史”，借古开今，感怀言志，诗人憔悴，乃发心声，识得众苦，登高啸吟。左太冲所谓“高邈眄四海，长啸激清风”，陶渊明所谓“刑天舞干戚，猛志固长在”，李太白所谓“纵死侠骨香，不惭世上英”……古诗“发乎情而止乎礼义”，皆风骚之意，天地之心，回肠荡气，赚得一世之英名。登荣先生来自唐代诗人陈子昂故里，又受到蜀中司马相如、扬雄、王褒、苏轼、虞集、张问陶、谢无量等文学家、诗人之熏陶，酷爱韵句，感物通灵，兴感有自，挥霍才情，艺道双修，久炼成金。真可谓：“锦心绣口诗窖富，鸾韵凤声艺坛新”（《抚云斋诗稿》）。

首先，着力弘扬正气，讴歌伟大人物。对伟大历史人物、革命英雄豪杰如杜甫、冯玉祥、杨靖宇、毛泽东等进行赞颂。如2011年1月7日作者游览成都市杜甫草堂时赞叹：“五洲游人仰慕，诗圣万古流芳”。其所写《七律·杜甫草堂》是阳光灿烂的讴歌：

浣水梅桥百鸟嬉，修篁茅屋汉唐篱。
荷池映柳浮云影，高塔鸣铃颂杜诗。
千古草堂留墨客，九州文脉铸丰碑。
如今广厦连郊野，一派春光舞旆旗。

此诗最后二句道出沧桑之变，以告慰少陵之英灵。2013年《七律·冯玉祥》中最后四句充满激情的赞赏：“叱咤风云曾倒海，追求民主敢趋光。英雄浩气今犹在？华夏腾飞续炜煌！”2015年《七律·屈原》更为赞赏不已："一生求索中兴路，九死甘呈醒悟飙。浪漫楚辞歌不绝，镌铭青史领风骚。"作者"位卑未敢忘忧国"，心系国事，忧乐天下，可谓赤诚一片。如王充《论衡·超奇》所云："精诚由中，故其文语感动人深"。其心思细密，感情真挚，所记亦足感染别人。

其次，纵观时代形势发展变化，表达强烈的忧患意识。其《贺新郎·西藏抒怀》，讴歌了边防哨所官兵为国戍边之吃苦奉献精神，并反思西藏古今之变："雄师进藏春风驻。看农奴、砸开枷锁，与兵同舞。脚踏边关褒将士，奉献牺牲无数。"作者不仅写出自然景物之美，更有着沟通古今的历史感，也增加了其诗词之厚度感，所谓以"一管之笔拟太虚之体"乃为真谛。2011年所作《七律·茅台镇怀古》后半诗句联想抒情："酒都犹有秦唐韵，渡口仍拴弹洞舟。自古诗仙皆傲骨，愿将樽斝对吴钩。"2014年《七律·观伪满皇宫》感叹："如今东海妖风起，我敢扬帆试剑功！"都表达出作者强烈的血性担当与忧患意识。

最后，站在全局思考国家未来，祈愿祖国统一大业。其《七律·红场阅兵》《七律·二战胜利纪念碑》等，皆可视为寄托深远。这源于一"真"字，真者诚也。如宋张耒《柯山集》所谓"夫情动于中而无伪，诗其导情而不苟，则其能动天地、感鬼神者，是至诚之说也。"

登荣先生乃军中高参，于家国、国际风云变幻甚为洞悉。台湾形势、钓岛风波、俄美决策等重大事件，必能详察思索，并努力探寻祖国自强之路。同时，对于我国科技之腾飞、军队改革等亦无不关怀和欣慰。其《满江红·长白山》下阕体现出作者之社会责任感：

霓虹动，西寨月。思寇患，仇何灭？日军吞国土，杀烧悲烈。

黑水白山齐抗战，百年屈辱皆方雪。待亮剑、斩四海魑妖，东方屹！

2013 年《多丽·中秋抒怀》下阕叹道：

溯中华、嫦娥奔月，亘古清梦幽幽。至今朝、宇航突进，竖火箭、择日飞舟。遥想蟾宫，桂花溢馥，人仙携手醉神州。访星际、跨逾银汉，凭宇宙翱游。思台岛、国家一统，傲视寰球！

作者在中秋之夜，寄予了对两岸统一和祖国强盛的衷心期许与无限情怀。2015 年 11 月 7 日，习近平与马英九分别以大陆和台湾领导人身份，并互称先生，在新加坡举行两岸66年来的首次会面，作者感慨良多，写《七律·习马握手》以表心迹：

台海风云数十秋，狮城握手泯恩仇。
一中聚力江山固，两岸齐心福祉道。
穿越时空开广宇，传承文化壮金瓯。
但期大统潮平阔，华夏腾飞梦可酬！

登荣先生深谙作诗之道，高韵深情兼备坚质浩气，方能犹入圣域。他在 2010 年《七律·朱元璋》最后赞颂道："严惩腐败苛刑重，彰显清廉率力亲。开启明朝三百载，炳彪中外有何人？"可谓寓意深刻。至今南京阅江楼上还陈列洪武皇帝之反腐伟绩，昭然若揭，与此诗之寓意不谋而合。王国维《人间词话》认为"词以境界为最上"。认为诗人必须具备二性："诗人必有轻视外物之意，故能以奴仆命风月。又必有重视外物之意，故能与花鸟共忧乐。”这实则指出诗人在创作中，既能入乎内，又能出乎外，方能创造美妙之境界。登荣之高妙之处，正在于“醒”“醉”之间，奔放空灵又收敛自然，从容中道而已。古贤于世变沧桑，人多怀感，或存禾黍铜驼之怨，或寄击壶弹铗之思，或托问天游仙之梦，终能打动人心者，必在于依仁据德而游艺，情动于中而形于外，诗穷而工，工而通灵。而华藻之饰，辞胜于理，非君子所为。朱子倡导“沉潜温厚”之风，登荣之诗庶几得之。诗以意为主，辞以达意而已。宋苏门四学士之一张耒所谓“理强意乃胜，气盛文如驾”（《张右史文集》），登荣先生自能领会，并于诗中完美体现。2008年《七律·中秋望月》中句“枭骑犹知巡国路，孤鸿易识断肠心”，物我同一，情景交融，便可知其理强气胜之旨意。

（四）军旅特色，气势恢宏

登荣先生人生充满奇情壮彩，铸就了其高邈之诗词境界。身为军事后勤理论专家、摄影家和诗人，历任多职，身兼数任。并在摄影、诗词、楹联、书画艺术等学会屡膺要职。热心公益，投身善业，非为图利，实乃积德成善。所历越广，气质越佳；葆有童心，士人气浓，其综合修养全面，体现于诗词中则是切忌霸悍之气，克服说教之习，铸象动容，华章灿然，足以摇曳心旌，震撼神灵。人评其诗词，有太白之恣肆，少陵之谨严，东坡之恢宏，润之之态势，故博雅而充实，高邈亦精微。而立身军旅，风骨峥嵘，格调高迈，自铸特色。

首先，彰显军威，讴歌英雄，重燃强国强军之梦。2012年所作《七律·抗日保钓》其中有句：“扬眉亮剑驱倭寇，守土维权震列戎。

华夏醒狮重抖擞，经天略地万年雄！”方显军人本色。1994年《七律·重登北极哨所》：“北疆壮士雄魂在，铁马雕弓血气悬。放眼无垠沦陷地，心随剑啸誓催鞭！”更见军威戎风！2012年所作《七律·威虎山》最后感叹道：“勇士乔装侦匪垒，军民智取突顽雕。长存大地英雄气，侠胆彪风万世骄。”乃浩然正气也。2000年《七律·八达岭长城》最后升华到祖国安全高度：“登峰犹见黄云远，揽宇方闻战火稠。试问长城今固否？重磨利剑护金瓯。”2012年游览台儿庄古城感慨：“两岸潮平归大统，雄风重振著新篇。”2009年游览呼伦贝尔大草原叹道：“马蹄声远留真迹，疆域鞭长叹国殇。试问江东何日取？沙场仗剑任沧桑！”2013年在西昌卫星发射中心度过中秋之夜，作《多丽·中秋抒怀》，上阕咏叹：

望云天，巴渝千里清秋。太阴升、峰波似海，银辉尽泻金瓯。盼团圆、离伤别恨，难倾诉、满眼情愁。宁远深山，金沙水畔，为磨长剑壮心酬。发射地、临风邀酒，歌舞笛声悠。英豪寂、寄情明月，永照江流！

怀着对军队的无限深情，他歌颂官兵备战探月工程发射嫦娥三号落月车，为国铸剑、无私奉献的伟大精神。

其次，反思历史，倡导正义，捍卫和平。这是军人自身的社会责任。2013年登荣游览莫斯科二战胜利纪念碑，情不自禁地浩叹胜利，喜庆和平：

众志反攻驱敌寇，雄师勇猛捣巢寮。
忠魂浩气昭明月，何日寰球灭逆飙？

站在全球高度来反省人类战争，分清敌友，维护和平之愿望强矣。

2013 年所作《七律·祭郑成功》可以看出作者对古人的反思，又对当今军壮国强的期待：

收复台澎归大统，威加外域卫边关。
金戈铁马今何在？利剑重磨固海山。

2015 年 9 月 3 日，为庆祝中国人民抗日战争暨世界反法西斯战争胜利七十周年，国家在北京天安门举行盛大阅兵，作者作《水龙吟·胜利日阅兵》，表达对中国抗战的反思与对当前国际战略格局变化的警惕及强军卫国、扫平逆流的坚定意志。词的下阕写道：

遥想当年倭贼，寇蹄残、血淹瓯壁。全民奋起，牺牲悲壮，炳彪勋迹。二战余烟，阴霾再起，世人皆惕。看重磨利剑，风鹏展翅，扫平寰逆！

登荣自言，一生诗词风格所求，仰慕李杜遗风，追求浪漫与严谨结合；更钦佩伟人毛泽东之气势，博大恢宏。这也许构成了他与其他人不同之处。可谓：军旅生涯铸军魂，诗文境界见诗神。刘熙载《诗概》云："论李、杜诗者，谓太白志存复古，少陵独开生面；少陵思精，太白韵高。然真赏之士，尤当有以观其合焉。"吾等观登荣之诗，亦复如是，正如元好问《论诗》句："高天厚地一诗囚"！

最后，怀古励今，浩气长存，对未来充满期待。如 2009 年《七律·嘉峪关怀古》便是如此，饱含作者之期望：

雄关屹立夕阳残，皓月悬空岭雪寒。
禁阙高擎连敌垒，旌旗漫卷动晴阑。
千秋烽燧三寻剑，万里征程一寸丹。
唯有铁军凝国运，风萧西域固如磐。

2004 年《七律·边关月夜》后四句："撒落相思欧亚路，轻弹边塞铠衣霜。凭栏醉望胡天月，萧瑟秋风梦故乡。"2012 年《七律·北红村》中后四句："固垒营边磨利剑，爬冰卧雪岂封侯。凭栏望断兴安路，何日驰骊任我游？"2012 年《七律·山海关怀古》后四句："长城万里凝刀影，边塞千秋梦燧烟。中夏高擎屠魅剑，威加寰内策新鞭。"这样豪情，何逊古贤？刘熙载《诗概》所谓："诗质要如铜墙铁壁，气要如天风海涛"，于此可以深刻领会。再看 2012 年《沁园春·长城》感怀：

万里长城，跨越神州，嶂壑九重。望巨龙蜿曲，漫游云海；奇峰迤逦，腾跃苍穹。东倚鹏溟，西连大漠，关隘碉楼扼要冲。冰封日，任银龙起舞，惊现寰中。

千年铁血称雄，看飞弹经天胜弩弓。握远程核武，威惊列霸；神舟火箭，竞探深空。航母巡逻，誓平浊浪，经略汪洋展国风。江山固，扫全球魑魅，谁与争锋？

如此之壮怀，可谓千古一慨。在其《七律·满洲里》《七律·抗日保钓》《七律·狼牙山》《贺新郎·西藏抒怀》等诗篇中都处处可见，其赤诚丹心，回肠荡气，其强国之志，日月可鉴。中国梦自然在富强之道，舍此何求？

钱锺书先生《谈艺录》对陆游（放翁）诗颇多挑难，认为其诗“高明之性，不耐沉潜”，“殆夺于外象，而颇阙内景者乎”。这常居书斋的学者，难以理解欲立功立德的诗人心理，反而在字词句上去挑剔，认为“放翁为文多富，而意境实尟（鲜）变化。”这些评论是有些学究气的。诗词来自生活，故放翁之韵语远胜锺书之雅作也。我们观赏登荣之作，不必拘泥于词语之工，更欲体会其寄托之远也。

登荣先生的诗词，纵阔浑深，包罗万象，其遣词炼句，都非常娴熟老到。其诗词所载其身所游，更录了心之所感，物我交融，艺道一体。大校笔墨纵横，文辞犀利，趣味隽永令人叹服。虽为导引，胪陈一二，管中窥豹，以飨其韵。待其煌煌巨集问世，藻缛堂皇，尽可纵览，循词捕象，睹迹明心，令人不免“遗世独立，羽化登仙”。人生如梦，慨当以慷。正如其《七律·金湖》所言：“夜发扁舟樽对月，桃源世外做神仙。”又如其《念奴娇·观上古玉藏感怀》最后所谓：“无数铭文，几千雕绘，隐太多深智。时空穿越，畅游先古如咫！”当然，诗贵风骨，然亦要有色泽，但非寻常脂粉耳；亦要有雕刻，但非寻常斧凿耳。（清代陈衍《石遗室诗话》）观登荣之诗可知其辩证法也。

我们吟诵登荣先生之作，顿现一个浏览辉煌之世界，重塑一段温情之历史。若真若幻，似梦还真，妙在似与不似之间，则此意足矣。古今中外，此理攸同；东西南北，此情攸同。1999年他在《念奴娇·生日感怀》后阕直抒心志：“追溯慷慨青春，西风催战马，闻角披荆。鬓发凝霜仍戍国，热血浇铸安宁。剑胆诗风，激文敲韵，豪气猎旃旌。毕生追梦，任凭风雨兼程！”读者吟诵之际，当深察其幽衷、其孤怀耳。其诗词寄寓，或如蝶梦，缥缈无垠；或似蟾宫，高寒孤冷。但毕竟为其足行身历，感慨而作，以虚写实，实而能虚，若有若无，玄奥恍惚。然其才力既高，故能遒逸超绝。

值此结尾，改古人诗句曰“江山如有待，天地更无私”，以为祈祷，共襄文业。愿与作者、读者共勉之！

乙未孟秋于石头城抚云斋

邱世鸿，笔名丘若、丘君。四川乐至人。现为南京航空航天大学艺术学院教授，硕导。南航书画研究所所长。文化产业（艺术创意与传播）博士后导师。先后毕业于西南大学、南京艺术学院，获得美术学博士学位。近年主要研究诗书画印与中国文化。先后在全国举办学术讲座30余场，参加重要学术研讨会30余次。在诗书画印艺术创作、理论研究、艺术教育三个领域取得重要成就。出版专著14部，自编教材3部，发表论文200余篇。同时，兼任东南大学文学院校外硕导，茅台学院特聘教授。西南大学文学院、西安交通大学书法研究所特聘研究员等。现为西泠印社社员，中国文艺评论家协会会员，中国美学学会会员，中国通俗文艺家协会会员，中国书法家协会会员，中国诗书画研究会研究员，中国楹联学会会员，中国榜书学会会员，中国国家画院首届学术精英班成员，亚洲文化艺术联合会会员。中国书法兰亭奖理论奖获得者，中国新文人书法代表之一。

目录

北国风光篇

西部神韵篇

江南山水篇

感怀言志篇

域外风情篇

刘登荣诗词集

北国风光篇

七律 龙门涧

巉岩壁立剑锋开，
峡迴松虬碧水徊。
两岸重峦遮宇岫，
九龙银瀑坠瑶台。
神仙纵揽秋光醉，
禅韵悠扬暮鼓裁。
峋石凌空依落日，
经天雁阵入诗来。

说明：1999 年 9 月 22 日，游览北京门头沟龙门涧风景区而作。

注释：龙门涧位于门头沟区清水镇燕家台西北侧，属典型喀斯特地貌，以大峡谷为主要景区，峡谷全长 15 公里，分东西两涧，面积 20 平方公里。主要有将军岩、一线天、试剑峰、神女峰、九龙瀑、黑龙潭、听音阁、祭天石、巨大石灰岩洞等景观。涧内峰峦叠嶂，峡谷蜿蜒，陡崖高耸，飞瀑流泉，素称北方地质博物馆和京西小三峡。

七律 妙峰山

青峰拔地揽云丛，
曲路虬松古刹雄。
日出苍山犹海浪，
雾开金顶泛霓虹。
忽闻天籁孤心醉，
回望凡尘漫道空。
数受敕封书石额，
朝旗几易大江东。

说明：1999 年 9 月 22 日，游览北京门头沟妙峰山时即成诗。

注释：妙峰山旧称仰山。以古刹、奇松、怪石、异卉而闻名。因山势雄峻，五峰并举，妙高为其一，故亦称妙高峰。位于京西门头沟区境内，属太行山余脉。距北京市区 55 公里，海拔 1291 米，面积 20 平方公里。北京市名山之一，京郊游览胜地。妙峰山惠济祠（即娘娘庙）供奉佛、道、儒、俗各路神灵，数受皇封御宠，清嘉庆皇帝亲笔御题“敕建惠济祠”石额，香火甲于天下，清代成为北方民众的信仰中心。

七绝 黑龙潭

沉雷荡谷动林弦，
绝壁飞龙舞碧烟。
悬瀑洞穿千尺白，
玉潭影入万重天。

说明：1999年10月23日，游览北京黑龙潭风景区写此诗。

注释：黑龙潭位于密云区石城乡鹿皮关北面一条全长4公里，水位落差220米的峡谷里。峡谷蜿蜒曲折，两壁陡峭，奇峰重叠，春花、秋月、平沙、落雁等三瀑十八潭散落在幽深峡谷，千姿百态，各领风骚。黑龙潭飞瀑从天而降，雷鸣之声震山荡谷，瀑流洞穿花岗岩石，形成无数似臼的巨坑布满流水线，充分展示出泉瀑的柔美与久久穿石的力量。

七律 八达岭长城

巨龙飞岭跨神州，
万里雄关耸敌楼。
边塞烽烟惊百帝，
残阳铁血度千秋。
登峰犹见黄云远，
揽宇方闻战火稠。
试问长城今固否？
重磨利剑护金瓯。

说明：2000 年 10 月 29 日，游览北京八达岭长城写此诗。

注释：八达岭长城位于北京市延庆区军都山关沟古道北口，是明长城的重要关隘，史称天下九塞之一。该长城地势险峻，居高临下，是首都北京的重要屏障。长城是由绵亘的城墙和关隘、敌台、烽火台、城堡等组合而成的中国古代军事防御工程体系。从春秋战国至明代的 2000 多年间，有 8 个诸侯国、10 多个王朝修筑过长城。其中，横贯中国北部的秦、汉、明长城，均超过 5000 公里，俗称万里长城。以刀枪剑戟等冷兵器作战的铁血时代所筑的长城，已经度过了几千年的时光。

七律 满洲里

国门屹立伴俄乡，
哨所凌空瞰北疆。
秋水千重鸿雁远，
草原万里牧歌扬。
绵延铁虺连欧陆，
雄阔行营隐大荒。
烟雨边城盘古月，
诗风剑胆永流芳。

说明：2004 年 9 月 11 日，游览内蒙古自治区满洲里口岸写此诗。

注释：满洲里原称“霍勒津布拉格”，蒙语意为“旺盛的泉水”。1901 年因修建东清铁路而得俄语名“满洲里亚”，音译成汉语为“满洲里”。位于内蒙古呼伦贝尔大草原西北部，东依兴安岭，南濒呼伦湖，西邻蒙古国，北接俄罗斯，总面积 732 平方公里。是我国最大的沿边陆路口岸城市，国家重点开发开放试验区。铁虺即东亚经满洲里口岸通往俄罗斯西伯利亚的铁路。行营即铁木真大汗行营，位于东湖区达永山附近，由 1 个主战车营及 81 个小营组成。满洲里融合中、俄、蒙三国风情，被誉为“东亚之窗”。

七律 边关月夜

信步名城夜色茫，
无垠旷野草泥香。
华灯齐放如星汉，
广厦连排蔽昊苍。
散落相思欧亚路，
轻弹边塞铓衣霜。
凭栏醉望胡天月，
萧瑟秋风梦故乡。

说明：2004 年 9 月 11 日，游览内蒙古自治区满洲里边关写此诗。

注释：满洲里边关由中华人民共和国国门、解放军边防团满洲里哨所、满洲里海关和中华人民共和国第 41 号界碑等构成。满洲里国门已从 19 世纪初的木制拱形门，发展为现在的花岗岩、钢筋混凝土结构的第五代宏大建筑，长 105 米，宽 46.6 米，高 43.7 米，巍峨雄伟，十分壮观。它是中俄之间最大的陆路口岸，中俄贸易 60%以上陆路运输任务须经过此通道。

七绝 海望

夕阳归燕鸣巢岭，
曲径凌崖上碧霄。
沧海惊涛鸥鹭舞，
水天浩渺任扶摇。

说明：2005 年 5 月 12 日，游览大连燕窝岭望大海即席而作。

注释：燕窝岭位于大连市付家庄燕窝岭景区滨海路中段东部，面积 0.8 平方公里。景区山脉为东西走向，形成一条长约 1 公里的山岭，因常有黑燕飞来，故名燕窝岭。

七绝 游颐和园

西堤垂柳舞晴光，
一串扁舟入苇塘。
玉带桥横宫阙远，
金风碧水影斜阳。

说明：2005年11月4日，与朋友游北京颐和园立桥即席而作。

注释：颐和园是中国现存规模最大、保存最完整的一座皇家行宫御苑，中国四大名园（另三座为承德避暑山庄、苏州拙政园、苏州留园）之一。位于北京市海淀区，占地约2.97平方公里。利用昆明湖、万寿山为基址，以杭州西湖风景为蓝本，汲取江南园林的某些设计手法和意境而建成的一座大型天然山水园，被誉为皇家园林博物馆。

七律 登泰山

青嶂丹崖万仞嵩，
登梯倒挂入云丛。
擎天捧日排头岳，
揽月追星接昊穹。
嬴政遗碑存岱顶，
太宗刻壁祷民功。
纵观千古兴亡事，
皆付沧溟逝水中。

说明：2007年2月21日，第三次登泰山写此诗。

注释：泰山又名岱山、岱宗、岱岳、东岳、泰岳，为我国五岳（东岳泰山，西岳华山，北岳恒山，中岳嵩山，南岳衡山）之首，有天下第一山之美誉。泰山贯通山东省中部，主体在泰安市境内，绵亘于济南、淄博市之间，前邻孔子故乡曲阜，背依泉城济南，雄居于华北平原之东，突兀于齐鲁平原之上，东临大海，西靠黄河，东西长约200公里，南北宽约50公里，总面积426平方公里，主峰玉皇顶海拔1545米。主要有阴阳界、桃花峪、傲徕峰、玉皇顶等著名景点。属联合国自然文化遗产，世界地质公园，国家5A级旅游景区，国家级风景名胜区。泰山是中华民族“天人合一”思想的寄托之地。中国自古以来，先后有13代帝王亲登泰山封禅或祭天，有24代帝王遣官登山72次祭祀，影响极为深远。泰山宏大的山体有20余处古建筑群，2200余处碑碣石刻。道教、佛教视泰山为“仙山佛国”，建有大量宫观庙宇。秦始皇统一中国后，曾5次登泰山祭祀，并立一块高大的无字碑，让历史和后人评论其功过。1961年，经郭沫若考证，认为此碑为汉武帝刘秀时代所立，我采用前说。唐太宗李世民登泰山祭天，写了一篇祭文，主旨是为民祈福，并摩崖石刻于泰山玉皇顶之下，至今清晰可见，堪称泰山一绝。

七律 趵突泉

九曲黄河梦日边，
满城春色半城泉。
潜龙倒海腾银浪，
湖怪翻江动碧天。
喷雪十寻仙女舞，
坠池一片玉声旋。
骚人辞赋今堪最，
难绘方塘四季妍。

说明： 2007年2月22日，游览济南市趵突泉写此诗。

注释： 趵突泉位于济南市中心区，在济南的泉群中最负盛名，有“天下第一泉”之称，见之于文字记载已有3500多年的历史。“泉源上奋，水涌若轮”，“三尺不消平地雪，四时常吼半空雷”就是古人对趵突泉的真实刻画。济南是闻名中外的泉城，素有“泉水甲天下”“家家泉水、户户垂杨”之美誉。仅老城区就有136处名泉，其中尤以趵突泉、珍珠泉、黑虎泉、五龙潭四大泉群影响最大。历代骚人墨客吟咏趵突泉的诗词今存600多首。

七律 成山头

疆垒依山锁碧渊，
云浮峭壁绕峰巅。
狂涛拍岸千堆雪，
鳌海扬帆万里船。
秦弩射鲸成笑柄，
汉皇拜日有遗篇。
谁当共揽天涯美，
好望初开并蒂莲。

说明： 2007 年 2 月 27 日，游览山东荣成市龙须岛镇成山头，当晚写此诗。

注释： 成山头是海疆堡垒，又名天尽头，位于胶东半岛荣成成山山脉最东端。海拔 200 米，东西宽 1.5 公里，南北长 2 公里，占地面积 2.5 平方公里。三面环海，群峰苍翠连绵，大海壮阔辽远。南北黄海的交接处，与韩国隔海相望。中国最早看见海上日出的地方。为国家级风景名胜区，国家 4A 级旅游区。成山头是海疆堡垒。公元前 219 年，秦始皇两次巡游成山头，并派人至海上寻找长生不老药，被差人畏海巨浪谎称海鲸拦阻，秦始皇派人用强弩射之，今有射鲸台遗址。汉皇指汉光武帝刘秀。公元前 94 年，刘秀出巡成山头，举行观日拜日活动。成山头至今存全国唯一一座太阳神庙。成山头被称为北方天涯与东方好望角。

七律 登蓬莱阁

壁立丹崖飞殿宇，
罡风逐浪撼瑶台。
云霞岛影依天尽，
翠阜重楼入梦来。
沉海秦桥无去迹，
临空汉垒化遗埃。
蓬莱试问何方是？
仙境神州自剪裁！

说明：2007年2月28日，登蓬莱阁写此诗。

注释：蓬莱阁位于山东省烟台市蓬莱市城北的丹崖山巅。宋嘉祐六年(1061年)朱处约知登州时始建，后历代多次扩建重修，国家重点文物保护单位。阁高15米，双层木结构，重檐八角，四周环以朱赤明廊，供人极目远眺，阁上名人匾额楹联众多，犹以清代大书法家铁保书的“蓬莱阁”巨匾著称。阁下面临大海，建筑凌空，海雾四季飘绕，素有仙境之称。蓬莱阁为道教名胜。其神奇景象和宏伟规模，与黄鹤楼、岳阳楼、滕王阁并称为中国四大名楼。蓬莱阁建于千仞丹崖上，山岩纹理是暗红色。瑶台是传说天空中王母娘娘居住的地方。翠阜重楼即苍翠的山岗和重叠的楼宇。这里指难以亲历的海市蜃楼。秦桥指秦始皇为求仙药在海上修的桥。汉垒指汉光武帝刘秀登上丹崖山，寻求蓬莱仙境的地方。蓬莱即燕齐方士称海上有蓬莱、方丈、瀛洲三座神山的总称，是神仙居住的仙境。

七律 长岛吟

沧溟日出晓岚开，
列岛天光入镜来。
两海烟波分水际，
万重礁石隐云台。
碧涛击岸乾坤动，
白鹭追帆港屿徊。
夜驾长风遥祭祖，
枕潮望月梦蓬莱。

说明：2007年3月1日，游览山东省烟台市长岛写此诗。

注释：长岛又称庙岛群岛，位于胶东和辽东半岛之间，黄海、渤海交汇处，南临烟台，北倚大连，西靠京津，东与韩国、日本隔海相望。是山东省唯一的海岛县，由32个岛屿组成，其中南、北长山两岛为主岛，岛陆总面积56平方公里，海域面积8700平方公里。长岛是中国唯一的海岛国家地质公园、中国十大最美海岛、国家级重点风景名胜区，素有“海上仙山、候鸟驿站”之美誉。长岛中部为黄海和渤海分界线，东面为黄海，西面为渤海，南长岛山上建有两海分界标志。

七律 五台山

拔地五峰依昊汉，
山村影入碧云天。
孤标灵塔雄禅界，
鳞次香宫绕紫烟。
爷庙难容财路客，
文殊最结学生缘。
弘扬佛法从心始，
行善匡民步宝莲。

说明：2007 年 4 月 29 日，游览五台山时写此诗。

注释：此位于山西省忻州市五台县境内。世界佛教圣地。与四川峨眉山、安徽九华山、浙江普陀山并称“中国佛教四大名山”。被联合国列入世界文化遗产。其中五座高峰，山势雄伟，连绵环抱，方圆 250 公里，总面积 593 平方公里，最高处海拔 3061 米，为华北最高峰。是一个融自然风光、古建艺术、历史文物、佛教文化、民俗风情为一体的国家重点风景名胜区，国家地质公园，国家 5A 级旅游景区。五台山由五峰组成，东台望海峰，海拔 2795 米；西台挂月峰，海拔 2773 米；南台锦绣峰，海拔 2485 米；北台叶斗峰，海拔 3061 米；中台翠岩峰，海拔 2894 米。灵塔即塔院寺的大白塔。元代大德六年（1302 年）由尼泊尔匠师阿尼哥设计，明永乐年间修建，塔高 56.37 米，是五台山最高的塔，常被人们看作是五台山的标志。香宫指寺院。历经各朝代修建、扩建，以台怀镇为中心的五台山寺院最多时达 360 多座，现在仍有 100 多座，其中全国重点寺院达 11 座，位于全国佛教界之首。

五绝 十八潭

狮吼谷惊风，
蝉鸣涧壑空。
碧潭连翡翠，
峰嶂隐仙翁。

说明：2009 年 5 月 30 日，游览北京门头沟京西十八潭漫步成诗。

注释：京西十八潭，位于门头沟区境内，以谷深、石奇、水特、花异而著称。谷内溪水奔流，层峦叠嶂，逢崖成瀑，遇壑为潭；谷口两山如门，溯谷而上，一峰三折，山皆奇峭；奇峰怪石，飞泉丽瀑，决石分流，声激崖穴，形成了“三瀑六景十八潭”的自然景观。

七律 百花山

青峰屹立入云丛，
栈道蜿蜒上九宫。
一阵林涛深谷醉，
数声杜宇远山空。
丹崖飞瀑飘银练，
绿甸生蓬盖雾嵩。
安得百花香万里？
无边大漠沐春风！

说明：2009年6月7日，游览北京门头沟百花山而作。

注释：百花山自然保护区位于北京门头沟区清水镇境内，是以保护暖温带华北石质山地次生落叶阔叶林生态系统为主的国家级自然保护区。总面积217.43平方公里，核心保护区面积68.36平方公里，森林覆盖率达96%。最高峰百草畔海拔2043米，为北京市第三高峰。

七律 林都

绿海松涛一线天，
猿啼虎啸动晴川。
禅钟越岭晨晖透，
鸟语穿林夕照悬。
漫步湖堤惊鹤影，
傍游溪水荡岚烟。
千寻瞭塔孤鸿远，
不羡王侯作隐仙。

说明：2009年6月19日，游览黑龙江省伊春林区作此诗。

注释：伊春市位于黑龙江省东北部，东与鹤岗市、佳木斯市相接，南与哈尔滨市接壤，西与黑河市、绥化市毗邻，北与俄罗斯隔江相望，边境界江长249.5公里，行政区划面积3.3万平方公里，森林覆盖率高达83.4%，有5个国家级自然保护区，为红松的故乡，我国最大的森林城市，被誉为中国林都。

七律 龙凤湿地

独上长堤沐晓霞，
草滩芦荡接云涯。
扁舟入甸荷花动，
丹鹤凌空日影斜。
景塔风铃鸣旷野，
修篁桥苑罩轻纱。
油都千里湖光阔，
宛若江南秀水家。

说明：2009年6月24日，游览黑龙江省大庆市龙凤湿地而作。

注释：龙凤湿地位于大庆市龙凤区境内，是亚洲最大的城中湿地，总面积50.5平方公里。地处中纬度地带，属温带大陆性季风气候区，四季分明，温差较大。区域内草甸、沼泽有314种维管束植物、丹顶鹤等76种鸟类、45种鱼类，属省级自然保护区。大庆是“天然百湖之城”，有龙凤湿地、珰奈湿地、黑鱼湖湿地等100多个湖泊和低水浅滩，占大庆总面积的60%，约1.2万平方公里。每到夏季，蓝天碧水，芦苇摇曳，群鱼戏莲，百鸟欢歌，一片北国江南景象。大庆被誉为中国油都。

七律 重游呼伦湖

湖天波涌起悲歌，
水退滩长乱石磋。
岛屿上浮连陆地，
码头下落露沙坡。
海鸥难觅鱼儿少，
渔舫翻丢草鼠多。
风卷黄尘遮日月，
何时大漠去沉疴？

说明：2009 年 6 月 25 日，重游满洲里呼伦湖而作。

注释：呼伦湖又名达赉湖。位于内蒙古呼伦贝尔市，面积 2339 平方公里，是内蒙古第一大湖、中国第四大淡水湖，与贝尔湖为姊妹湖。呼伦湖在历史上曾数易其名：《山海经》称大泽，唐朝时称俱伦泊，辽、金时称栲栳泺，元朝时称阔连海子，明朝时称阔滦海子，清朝时称库楞湖，当地人称达赉诺尔（蒙语意为像海一样的湖泊），近代称呼伦湖。

七律 呼伦贝尔

兴安千里峙边防，
林海波峰隐大荒。
九派清溪云柳醉，
四方牧曲草风扬。
马蹄声远留真迹，
疆域鞭长叹国殇。
试问江东何日取？
沙场仗剑任沧桑！

说明：2009 年 6 月 28 日，重游呼伦贝尔大草原和大兴安岭林区而作。

注释：呼伦贝尔即内蒙古自治区呼伦贝尔市，总面积 26.3 万平方公里，相当于山东省与江苏省两省之和。是中、俄、蒙三国的交界地带，与俄罗斯、蒙古国有 1723 公里的边境线。境内有水草丰美的呼伦贝尔大草原，广袤的大兴安岭林海，纵横交错的河流，星罗棋布的湖泊。这里是中国北方少数民族和游牧民族的发祥地之一。兴安即大兴安岭。九派清溪指额尔古纳河等众多河流。真迹即铁木真成吉思汗曾经生活与打仗留下的遗迹。其先祖蒙兀室韦部在额尔古纳河流域日益壮大后，公元 8 世纪西迁到斡难河、土拉河、乌尔逊河发源地肯特山地区。当成吉思汗登上汗位后，他从塔塔尔人手中夺取了呼伦贝尔，最终统一北方蒙古高原，建立蒙古帝国。

七律 扎兰屯

两山相对云涛起，
阔谷丛林涌绿澜。
丽水九湖涵市廓，
吊桥一派映层峦。
登楼猿啸群峰翠，
落日鹰翔暮色残。
毓秀钟灵关塞地，
北陲仗剑醉雕鞍！

说明： 2009年6月29日，游览内蒙古呼伦贝尔市扎兰屯市秀水风景区而作。

注释： 扎兰屯即扎兰屯市。是隶属于内蒙古自治区呼伦贝尔市的一个县级市，位于内蒙古自治区东部、呼伦贝尔市南端的大兴安岭东麓。是历代北方少数民族游猎栖息之地，一代天骄成吉思汗曾在此屯兵扎寨，金长城横贯南北。自然风光秀美，山险、石怪、水秀、林茂、兽奇、鸟异，素有“塞外苏杭”“北国江南”之美誉，是国家重点风景名胜区。

七律 莫尔道嘎

林涛万顷起狂飙，
千里长河两岸潮。
隔岭猿声惊塞谷，
近村鸟语醉云霄。
相依两岛传先祖，
飞跃层峦射大雕。
登塔凭栏沧海碧，
江东何日任吹箫？

说明：2009年6月29日，到内蒙古莫尔道嘎看望边防部队并游览白鹿岛而作。

注释：莫尔道嘎是国家森林公园，位于大兴安岭，地属内蒙古自治区额尔古纳市莫尔道嘎镇，南邻呼伦贝尔大草原，北接中俄额尔古纳界河，山峦起伏，古木参天，植被丰富，溪流密布，具有林海、松风、蓝天、白云的夏季风光和冰峰、雪岭、严寒、雾凇的冬季风韵。占地5780平方公里，是目前我国面积最大的原始森林公园。长河指激流河，发源于大兴安岭西北麓的三望山，全长467.9公里。相依两岛即苍狼岛和白鹿岛。位于激流河注入额尔古纳河入河口上游处，传说由蒙古族祖先一对夫妇死后，化作两个小岛相偎而卧，河水呈S形回环于两个小岛之间。莫尔道嘎龙岩山上，有一座18米高的成吉思汗戎装跃马、拉弓射雕的巨型雕像。相传成吉思汗回室韦祭祖后，射雕发威，大吼一声莫尔道嘎（蒙古语意为上马出征），遂挥师西进，征西辽、攻西夏、灭畏兀，终成大业。

七律 凤凰山

青峰屹立步霄寒，
涧壑浮岚凤影丹。
嶂壁虬龙凌夕照，
攒云梯路入瑶銮。
深藏逦境千层画，
绝绘天工万佛坛。
盘亘金瓯真北岳，
雅名御赐世民冠。

说明： 2009 年 7 月 3 日，登辽宁凤凰山而作。

注释： 凤凰山古称乌骨山，位于辽宁省凤城市，由东山和西山两大景区组成，最高峰攒云峰海拔 836 米，面积 216 平方公里。南与朝鲜妙香山相望，北与本溪水洞呼应，被誉为国门名山。是以自然景观为主，历史文化古迹、边塞田园风光、民族风情为辅的山岳型风景名胜区。素以雄伟险峻、泉洞清幽、花木奇异、四季景秀著称于世。主要有石棚避暑、涧水飞涛、斗母圣地、山云铺海、苍松伫月、怪石凌空、松径寻秋、天池在望、垒障留云、东地瀛洲等景点。尤以“天下绝”“老牛背”“百步紧”挺拔险峻，绝美无比；“金蟾望月”“石壁鹤影”“龟猴朝圣”形神兼备，惟妙惟肖。唐太宗李世民御驾东巡，游览此山时，有“凤凰拜祖”的传说，遂赐名凤凰山。

七律 云蒙山

云梦京畿似夏宫，
奇峰若剑指苍穹。
千重霞彩浮岚动，
百里风涛雾海朦。
巨瀑丹崖飞黛壑，
长城烽燧映晴空。
层林一揽秋光醉，
鬼谷谈兵亘古雄。

说明：2009 年 10 月 6 日，游览北京云蒙山作此诗。

注释：云蒙山古称云梦山。位于北京市密云区和怀柔区交界处，处于燕山山脉中，主峰海拔 1414 米，是一座以奇峰、异石、潭瀑、烟云、森林、古迹见长的著名风景名胜区和国家森林公园。相传战国时代谋略家鬼谷子曾在此山中传授兵法给孙膑、庞涓，山中现存有孙膑庙遗址、鬼谷子峰等。

七律 雪乡

林海苍茫龙甲舞，
圆蘑蜡像九天涂。
云峰滑道连红寨，
野渡横舟走白狐。
房顶平添三尺玉，
炊烟才识百家枢。
冰封大地凌残照，
藏在深闺绝画姝。

说明：2010年11月，游览黑龙江牡丹江市海林市中国雪乡而作。

注释：此位于海林市长汀镇双峰林场场部所在地，面积5平方公里，海拔在1200米以上。由于受老秃顶子山、大秃顶子山和云龙山三座高山阻隔，北上的日本海暖湿气流与南下的贝加尔湖冷空气在此频繁交汇，形成了降雪丰富的独特小气候。这里降雪频繁，积雪期长达7个月（每年10月至次年5月），年平均积雪厚度达2.6米，最厚近4米，雪量堪称中国之最，且雪质好，黏度高，可形成诸如蘑菇、雪人等各种造型的景观，素有“中国雪乡”的美誉。

七律 京城春雪

玉蝶铺天遮万里，
幽燕银岭映重霄。
琼楼竹苑寒光动，
碧树峦冈白絮飘。
雪霁横空腾焰火，
梅开冻蕊误元宵。
冰凝大地春芳躲，
冬暖回归道路遥。

说明：2011 年 2 月 12 日夜，北京在春天下了入冬以来的第一场大雪（厚达 10 厘米），覆盖华北北部及黄淮地区。近几十年来，全球冬季气候变暖，气象灾害频发，是地球生态破坏严重带来的恶果。保护地球生态环境，治理大气变暖，是人类一项刻不容缓的战略任务。是夜写此诗。

七律 坐化山

丹崖绝顶凌星汉，
梯路盘旋入九天。
五指青峰云雾绕，
千重涧壑瀑流悬。
海中化石寻幽梦，
寺下灵岩淌圣泉。
遥望林都油画浪，
索桥飞渡似神仙。

说明：2011年10月1日至4日，游览考察河北省邢台县浆水镇前南峪生态旅游区坐化山而作。

注释：坐华山，传说因文昌帝君在此山坐化修炼得道成仙而得名。该山为太行山重要支脉，海拔1024米，山体岩石为暗红色，属丹壁地貌。在亿万年前中古生期白垩代为一片沧海，欧陆板块碰撞推起地下岩浆形成千里带状耸立的太行山，波浪形多层岩石和草木化石向世人展示出远古沧海之变迁，是一个天然地质博物馆。秋日登顶坐华山极目四望，五指山、和尚山和浆水川茫茫林海尽收眼底，岩石泛红，山峦如浪，红叶满山，林果飘香，好一幅充满诗意的坐华秋韵画卷。

七律 金山岭长城

崇岭逦峰驰塞北，
飞龙高卧入苍穹。
敌楼倚日瑶台近，
烽燧凌云碧汉空。
几处关城横涧壑，
数丛碉垒扼垣冲。
残阳铁血凝千古，
独秀金山万里雄。

说明：2011 年 11 月 19 日，游览金山岭长城而作。

注释：此位于河北省滦平县境内，地处津、京、辽、蒙四省市区的交汇点。始建于明代洪武元年（1368 年），两百年后，戚继光担任蓟镇总兵时重修。海拔 700 米，西起古北口，东至望京楼，地势险要，蜿蜒曲折，雄伟壮观，气势磅礴，犹如一条巨龙飞腾于燕山的奇峰峻岭之巅。碉楼亦称敌楼，是用于屯兵、瞭望和作战的城楼。金山岭长城依山设险，凭水置塞，烽燧巍峨，碉楼林立，全长 10.5 公里，有敌楼 67 座，烽火台 2 座，关隘 5 处，是现存最完好的明长城。垣冲是长城上设置的险要关口。有“长城万里长，独秀金山岭”之说。

七律 冰雪梦幻

欧洲琼宇凌天际，
中式亭坊荡古幽。
游客轻扬辕马雪，
月光羞照绣花楼。
灯霓交织疑星汉，
桥塔依偎伴玉舟。
梦幻冰雕何处绝？
哈城夜幕隐风流！

说明：2012年2月20日夜，参观哈尔滨市第十三届冰雪大世界，在6万平方米的地面上，用冰块建起十米至几十米高的欧式尖楼庭院、中式亭台塔阁，霓虹交相辉映，游人车马如织，好一派独特的冰雪文化，吸引来自五洲的宾客。拍摄之余，以诗纪之。

七律 亚布力

林海苍茫隐壑川，
三峰并峙揽长弦。
数条滑道晴空降，
一抹斜阳壁嶂悬。
选手连连飞雪岭，
惊风飒飒荡云烟。
冠军开济摇篮曲，
扬旆孤村奏凯旋。

说明：2012 年 2 月 21 日，游览亚布力国家滑雪训练基地而作。

注释：此位于黑龙江省哈尔滨市尚志市亚布力镇境内。原名亚布洛尼，即俄语“果木园”之意。清朝时期曾是皇室和清朝贵族的狩猎围场。最高峰大锅盔山海拔 1374.8 米，积雪厚达一米左右，年积雪期 170 天，滑雪期 120 天 。登顶可见：群山披银，沧海涌雪，滑雪健儿从数条坡度 40 度左右的几千米高山滑道飞驰而下，极为壮观。是亚洲最大的滑雪基地，在此举办过第三届亚冬会，在中外久负盛名。

七律 雪乡吟

龙甲纷扬天地暗，
鸟儿无影九霄寒。
冰封万里寻幽境，
雪压千峰锁碧峦。
犬吠方知村落在，
灯摇始听酒家欢。
宏蘑奔马迎斜照，
沧海银涛卷巨澜。

说明：2012年2月22日至23日，在中国雪乡摄影，白雪皑皑难觅路，峰壑茫茫不见天，雪压农舍三尺厚，炊烟起处是人寰，好一派最具典型的北国风光，故写此诗。

注释：雪乡是一个百余户居民的小村庄，位于黑龙江省牡丹江市海林市林业局双峰林场，秃顶子山西南侧，张广才岭中段，面积5平方公里，海拔1200米以上。受日本海暖湿气流和贝加尔湖冷空气影响，冬季降雪期长达7个月，积雪深达2米至4米。居民区犹如一座座相连的雪屋，房舍随物具形的积雪在风力作用下可达1米厚，形如奔马、卧兔、神龟、巨蘑，千姿百态。夜幕降临，白雪在各家大红灯笼的照耀下宛若仙境，幻化无穷。是全国降雪量最大的地区，素有“中国雪乡”的美誉。

七律 鹤乡

松嫩平原玉蕊旋，
冰湖千里紫霞天。
芦丛深甸藏苍鹭，
水寨长廊绕晓烟。
丹鹤鸣空晨曜舞，
碧溪冻渡木舟眠。
不愁春色归期晚，
冬韵诗情亦醉仙。

说明：2012年2月25日，游览黑龙江省齐齐哈尔市扎龙自然湿地生态保护区作此诗。

注释：扎龙湿地位于黑龙江省西部乌裕尔河下游齐齐哈尔市及富裕、林甸、杜蒙、泰来县交界地域，由乌裕尔河下游永久性、季节性淡水沼泽地和无数小型浅水湖泊组成，面积达1000平方公里，是世界珍稀鸟类丹顶鹤的故乡。无边的原野，凛冽的朔风，巨大的冰湖，金黄的芦荡，奋飞的丹鹤，如醉的游人，构成一幅绝美的北国画卷。

七律 镜泊湖冬韵

碧峰环峙九霄舒，
霞染银湖两岸庐。
冬捕渔歌迎远客，
朝乘雪轿看天书。
暗河奔涌涛声脆，
飞瀑悬凝玉影疏。
罗女何时归故里，
重开宝镜魅妖除。

说明：2012 年 2 月 29 日，游览牡丹江市镜泊湖而作。

注释：镜泊湖古称忽汗海，位于黑龙江省牡丹江市西南面，因清平如镜而得名。该湖是 5000 年前火山喷发，熔岩阻塞牡丹江古河床形成的火山熔岩堰塞湖。湖面海拔 350 米，最深处超过 60 米，南北长 45 公里，东西最宽处 6 公里，最窄处仅 400 米左右，面积约 95 平方公里。湖北端湖水从熔岩堤坝上下跌，形成 25 米高、40 米宽的吊水楼瀑布，瀑布下潭深达数十米。是中国最大、世界第二大高山堰塞湖，国家级重点风景名胜区，世界地质公园。冬日冰封雪盖，冰面速滑爬犁热闹非凡，飞瀑凝成巨大冰柱悬挂绝壁，湖底暗河从火山岩中涌出，蔚为壮观。相传住在牡丹江畔的红罗女，用宝镜为人们消除灾祸，被忌妒的王母娘娘派天神盗走，红罗女上天索要，争执时宝镜掉下来变成了镜泊湖。

七律 威虎山

虎啸群峰惊旷野，
海林雪域卷狂飚。
壑沟百道机关密，
峦嶂千重暗口遥。
勇士乔装侦匪垒，
军民智取突顽雕。
长存大地英雄气，
侠胆彪风万世骄。

说明：2012年3月1日，游览黑龙江海林市威虎山，有感于人民解放军智取剿灭顽匪座山雕而作。

注释：威虎山原为无名高地，位于海林市城北，是张广才岭东部峻峰，海拔757米，总面积40万平方米。1947年春，中国人民解放军侦察兵小分队进山剿匪，英雄侦察员杨子荣只身入匪穴，小分队以少胜多，智取全歼威虎山匪徒。现存威虎厅等遗迹。威虎山山势险要，冬天皑皑白雪，林海茫茫。

七律 洛古河哨卡

独上碉楼旷野空，
疆防千里雪初融。
两条银带连孤岛，
一道清江化玉弓。
木屋晓烟云岫淡，
边陲卫士鬓霜隆。
遥观漠北兴安地，
安得持缨仗剑雄？

说明：2012年3月6日，登黑龙江漠河县洛古河哨卡而作。

注释：该哨卡位于漠河县北极镇洛古河村。该村为黑龙江源头古村，也称龙江第一村。北与俄罗斯波克罗夫村隔江相望，东距北极村50多公里。1886年，一批山东人来漠河老金沟等地采金，洛古河作为中转站，人们在此居住并开荒种地，陆续形成村落。两条银带是指形成黑龙江源头且已封冻的中方额尔古纳河与俄方什勒喀河。玉弓即冰封弯曲的黑龙江。漠北兴安地是指漠河北面的外兴安岭地区，现属俄罗斯，原为中国领土。

七律 重登北极哨所

濒江哨所瞰山川，
风卷云霞要塞烟。
雪掩万峰连外岭，
冰封千里隐长天。
北疆壮士雄魂在，
铁马雕弓血气悬。
放眼无垠沦陷地，
心随剑啸砉催鞭！

说明：1994 年 7 月 18 日，余随中国人民解放军总后勤部部长傅全有上将视察黑龙江漠河县北极哨所，2012 年 3 月 7 日又重登北极哨所有感而作。

注释：北极，指漠河北极村，是中国最北的城镇。位于大兴安岭山脉北麓七星山脚下，纬度高达 53° 33′ 30″，与俄罗斯阿穆尔州的伊格娜恩依诺村隔黑龙江相望，总面积 16 平方公里，是中国唯一观赏北极光和极昼胜景的最佳地点。夏季发生极昼时白天长达 17 小时以上，冬季会发生极夜现象。北极村全年平均气温在 –30℃以下，极端最低气温在 –50℃以下。北极哨所在北极村的黑龙江边，为中国“北方第一哨”。

七律 北红村

霞染山村雾霭收，
炊烟袅袅掩亭楼。
寒江冬捕渔歌亮，
草甸晨鞭牧笛悠。
固垒营边磨剑戟，
爬冰卧雪写春秋。
凭栏望断兴安路，
何日驰骊任我游？

说明: 2012年3月7日，游览黑龙江省漠河县北红村，并登上边防哨所采风。该村位于北纬53° 33′，东经123° 3′ 27.8″，在中国最北端中俄交界处，隶属黑龙江省漠河县，其南北环山，黑龙江绕村流过。江北俄罗斯外兴安岭地区曾是我国领土。余登上哨所凭栏远望，心生无限感慨，遂写此诗。

七律 龙江第一湾

峦嶂崔巍俯峡湾，
苍茫林海锁边关。
北瞻故土千峰雪，
南眺兴安万里山。
碧水冰封藏峭谷，
银龙夕照露娇颜。
寒江终有惊涛吼，
不信春风永不还！

说明：2012 年 3 月 10 日，从漠河北极村上江心冰路顺江行车至黑龙江第一湾上游，沿积雪山路到红旗岭最佳点拍摄黑龙江“Ω”形大湾而作此诗。

注释：此位于中国最北端大兴安岭地区图强林业局境内，是由黑龙江流经红旗岭段回流急转形成的 30 多公里的“Ω”形大湾。江湾环抱的岛边缘有一圈由鹅卵石与黄沙构成的沙带，在阳光下犹如一道金环，故又名“金环岛”。故土即以不平等条约割让给俄国的外兴安岭地区曾是我国领土。

七律 红旗岭

盘旋雪路越峦岗，
俯视龙江揽夕阳。
旷野无垠穹宇碧，
银龙九转峡湾长。
金沙玉带环孤岛，
林海寒鸦恋故乡。
遥想远东流血史，
愁思缕缕断肝肠。

说明：2012 年 3 月 10 日，在黑龙江漠河北部边陲红旗岭拍摄龙江第一湾而作。

注释：此位于黑龙江省大兴安岭地区图强林业局境内，与龙江第一湾毗邻。远东流血史是指沙皇俄国于 1900 年 7 月 16 日至 21 日，对居住在海兰泡和江东六十四屯的 7000 多名中国居民进行屠杀的事件，两处惨案并称“庚子俄难”。此两地原为中国领土。1858 年，沙俄以不平等的《瑷珲条约》，侵占中国黑龙江以北 60 万平方公里的领土。

七律 冰雪越野赛

铁马轰鸣雪浪旋，
冰河越野动寒川。
高天流彩铺晨路，
夕照穿林映暮烟。
弯道飞车倾似覆，
终程突线竞争先。
边陲北国风光绝，
从此江南少梦牵。

说明：2012年3月8日至10日，第九届漠河冰雪国际汽车越野赛，在黑龙江源头洛古河至兴安镇古城岛的江面举行，我在零下30摄氏度的气温下拍摄赛事，震撼之余，遂写此诗。

七律 白洋淀

九河入淀碧波泱，
港汊千条岸柳扬。
百里荷香追苇浪，
数声小曲出幽塘。
渔村掩映斜阳醉，
鸥鹭盘旋暮野茫。
犹见当年惊寇雁，
英雄浩气永流芳。

说明: 2012年6月29日至30日，游览河北省保定市白洋淀。但见烟波浩渺，沟壕交错，百里荷红，苇浪连天，渔帆点点，水村星罗，好一幅北国江南的美丽画卷。揽胜之余，故写此诗。

注释： 白洋淀史称白羊淀、西淀。位于河北省中部的保定市境内，现有大小泊淀143个，总面积366平方公里，华北最大的淡水湖，国家5A级旅游景区。白洋淀上游有九条河，分别是潴龙河、孝义河、唐河、府河、漕河、萍河、杨村河、瀑河及白沟引河。抗日战争时期的雁翎队，在白洋淀的河湖港汊，借助芦苇掩护打击日本侵略者。

七律 北戴河

沧溟万里荡尘埃，
遒劲天风撼将台。
几缕朝晖喷海出，
千层巨浪拍礁来。
联峰高矗浮云岫，
鹰角嵯峨屹陆垓。
夕照港湾帆影近，
渔歌绕耳久徘徊。

说明：2012 年 7 月 23 日至 8 月 1 日，游览北戴河作此诗。

注释：此位于河北省秦皇岛市中心西部，受海洋气候影响，夏无酷暑，冬无严寒，气候宜人。北戴河海滨西起戴河口，东至鹰角亭，东西长约 10 公里，南北宽约 1.5 公里，曲折平坦的软沙海滩，背靠联峰山，自然环境优美，现为中国著名的海滨避暑胜地。联峰即联峰山，分东西两峰，相距约 1.5 公里，海拔 130 米，在山顶望海亭眺望大海，碧波万顷，白浪滔滔，气势磅礴。鹰角石在北戴河海滨东头，为一座屹立于海边的孤峰，石骨嶙峋，陡峭如削，形如鹰立而得名。

七律 山海关怀古

戍楼凌宇镇东川，
第一雄关峙海天。
极目云横畴野阔，
古村夕照岛峰邅。
长城万里凝刀影，
边塞千秋梦燧烟。
中夏高擎屠魅剑，
威加寰内策新鞭。

说明：2012 年 7 月 30 日，游览河北省秦皇岛市山海关作此诗。

注释：山海关古称榆关，也作渝关，又名临闾关，位于秦皇岛市东北 15 公里，明长城的东北关隘之一，有“天下第一关”之称。明朝洪武十四年（1381 年）中山王徐达创建山海关，因其北倚燕山，南连渤海，故名山海关。山海关城周长约 4 公里，与长城相连，以城为关，城高 14 米，厚 7 米，有四座主要城门，多种防御建筑，为全国重点文物保护单位，国家历史文化名城旅游景区。东川即山海关以外东北大地。故关城名为山海关镇东楼。万里长城东起渤海的老龙头，西至甘肃的嘉峪关。山海关是万里长城最东面的第一雄关。

七律 登澄海楼

雄垒凌空岁月悠，
登楼伫望海天秋。
巨龙入渤腾三界，
烽燧悬崖跨九州。
拍岸惊涛千丈雪，
飞霞蓬岛数行鸥。
斜阳观宇硝烟乱，
横扫阴霾一剑收！

说明：2012年7月30日，游览河北省秦皇岛市山海关区老龙头登澄海楼作此诗。

注释：澄海楼是高踞于由入海石城、靖卤台、南海口关构成的老龙头之上的戍楼，为明代所建，清康熙、乾隆年间重修。楼上有明朝大学士孙承宗所书“雄襟万里”和清乾隆皇帝所书“澄海楼”匾额。自澄海楼南下3层城台有一独耸的石碑，镌刻着“天开海岳”四个大字。老龙头是坐落于山海关城南4公里的渤海之滨的明长城东部起点，因明代蓟镇总兵戚继光所建“入海石城”犹如龙首探入大海而得名。蓬岛即传说中海上的蓬莱仙岛，此指海中的岛屿。

七律 黄河入海口

黄龙宛曲飞青藏，
万里奔腾入莽苍。
湿地河湖天海阔，
荷塘蒲荡苇花扬。
一群鹄鸟鸣幽岛，
数点浮鸥舞夕阳。
钻塔凌云凝秀色，
石油喷涌写辉煌。

说明：2012年10月3日，游览山东省东营市黄河三角洲自然生态保护区，并登上快艇考察了黄河入海口写此诗。

注释：此位于山东省东营市境内，九曲黄河由此流入渤海。这里油田钻塔林立，湿地无际，芦荡万顷，河湖纵横，百鸟奋飞，黄龙奔腾，落霞生辉，好一幅风光旖旎的壮丽画卷。

七律 东营抒怀

黄河入海向东流，
亘古沧桑日月浮。
无际滩涂成绿野，
数千油塔写春秋。
湖光倒映红楼醉，
鸥鹭翱翔碧宇幽。
百载新城从跨越，
长风送我再重游。

说明：2012年10月1日至6日，游览山东省东营市。这个从打出第一口油井发展起来的黄河之城、石油之城和生态之城，将在一百年左右崛起为新都市，面对现在的辉煌与未来的走向，遂写此诗。

注释：东营为山东省地级市，总面积8243平方公里，人口217万。地处中国华东地区、山东东北部、黄河入海口的三角洲地带，东临渤海，与日本、韩国隔海相望，北靠京津唐经济区，南连山东半岛蓝色经济区，向西辐射广大内陆，是环渤海经济区的重要节点，黄河三角洲的中心城市。东营是古代军事家孙武的故里，山东吕剧的发源地，中国第二大石油工业基地胜利油田的崛起地。

七律 ATV挑战赛

黄河三角海天苍，
一片滩涂彩旆扬。
赛道崎岖惊鲁域，
健儿竞逐列沙场。
战车轰响烟尘起，
涉水腾飞碧宇翔。
体育迈开寻梦路，
东营策马铸华章。

说明：2012年10月5日至6日，中国首届“黄河口杯”全地形车极限挑战赛，在山东省东营市成功举行。拍摄赛事之余写此诗。

注释：ATV：即全地形车的英文缩写。黄河三角洲以山东省东营市垦利县宁海为轴点，北起套尔河口，南至淄脉河口，向东撒开的扇状地形，海拔高程低于15米，面积达5450平方公里。属温带季风型大陆性气候，四季分明，光照充足，自然资源丰富，有黄河口原生湿地生态系统和丹顶鹤、白头鹤等珍稀濒危鸟类，为国家级自然保护区。

七律 台儿庄古城

戍楼古巷梦烽烟，
弹洞城垣话逝年。
铁马合围歼贼寇，
军民欢庆动长天。
运河蜿曲江南景，
商铺纷扬宝岛旃。
两岸潮平归大统，
雄风重振著新篇。

说明：2012 年 12 月 31 日，参加为纪念抗日战争台儿庄大捷 75 周年，在山东省枣庄市举办的海峡两岸百名将军名人名家书画展，并游览了台儿庄古城作此诗。

注释：台儿庄为枣庄市辖区，地处鲁苏交界，东连沂蒙山，西濒微山湖，南临交通枢纽徐州，北接匡衡故里峄城，是山东省的南大门，历来为兵家、商家必争之地。1938 年春，发生在此的台儿庄大战，中国军队歼灭日军万余人，英雄的台儿庄被誉为“中华民族扬威不屈之地”。重建后的台儿庄古城，是全国唯一的海峡两岸交流基地。流经台儿庄的京杭大运河，发端于春秋战国时期在扬州开凿的邗沟，迄今已有近 2500 年历史，全长 2700 余公里，是世界最长的古运河。它北与海河相连，南与钱塘江相接，将海河、黄河、淮河、长江和钱塘江五大水系连成统一的水运网，是我国古代劳动人民改造大自然的一项奇迹。

七律 八大处

雨霁云霏古刹幽，
峰峦涌翠晚霞流。
佛图拔地凌霄汉，
廊殿依山隐涧丘。
袅袅梵音空谷远，
痴痴尘念入禅休。
品茶论道心扉醉，
百鸟啼林唤再游！

说明：2013 年 8 月 1 日，与战友同游北京西山八大处，共度建军节作此诗。

注释：此位于北京市西山风景区南麓，为翠微、平坡、卢师三山环抱，如一把巨大的太师椅，因有八座古刹分布于三山之中而得名 。最高峰海拔 464.8 米。八大处分别是一处长安寺，二处灵光寺，三处三山庵，四处大悲寺，五处龙泉寺，六处香界寺，七处宝珠洞，八处证果寺。二处灵光寺塔供奉有释迦牟尼灵牙舍利而驰名中外，并有《般若波罗蜜多心经》墙及 500 罗汉浮雕。始建于隋末唐初的八处证果寺历史最为悠久。最大的寺庙是清康熙、乾隆的帝王行宫香界寺。

七律 九门口长城

巨龙绝壁卧云丛，
烽火碉楼入碧空。
万里腾飞江渚过，
九门横立战台雄。
山藏隧道连关外，
吴引清军取域中。
散尽硝烟山水丽，
田园乱蝶舞金风。

说明：2013年8月13日，游览辽宁省葫芦岛市绥中县九门口长城作此诗。

注释：此位于绥中县李家乡新台子村，距山海关15公里，全长1704米。始建于北齐(479年至502年)，现存的九门口长城建于明洪武十四年(1381年)。因在宽达百米的九江河上筑起规模巨大的过河城桥，外用巨大条石包砌起8个棱形桥墩，形成9个泻水城门，城桥上部为高耸的城墙，故名。过河城桥下宽阔河床全部用方整的大石铺成，石与石之间用铁腰咬合，形成规整的河床，望去犹如一片石，故又称“一片石关”，又称“水上长城”，京东首关，军事要地，为世界文化遗产。从九门口长城内侧校军场，不经九门城关，在长城下山体中修建有1027米长，战斗和生活设施齐全，有可容纳2000人的通往关外的隧道。当年吴三桂引清兵从此隧道入关，两面夹击李自成义军致其大败，史称“一片石大战”。

七律 宁远古城

城垒如磐笑朔风，
红夷昂首指苍穹。
箭楼傲立硝烟尽，
钟鼓高悬岁月空。
宁远英名垂国史，
袁师利剑镇辽东。
英雄自古多磨难，
浩气仍为宇宙虹。

说明：2013 年 8 月 11 日，游览辽宁省葫芦岛市宁远古城作此诗。

注释：此位于葫芦岛市兴城市城内。始建于明宣德三年 (1428 年)，为宁远卫城，清重修，称宁远州城。为正方形，城墙高 8.8 米，周长 3200 米，城内正中有钟鼓楼、祖氏牌坊、文庙等古迹。城上有两层楼阁、回廊式箭楼，四角有炮台及红夷大炮。城外有半圆瓮城。与西安古城、荆州古城、平遥古城，同被列为中国迄今保存完整的四座古代城池。 红夷即红夷大炮。天启六年一月 (1626 年),清太祖努尔哈赤率兵 13 万围攻宁城。明将率军浴血奋战,使努尔哈赤受重伤，清军大败而退，不久身亡。史称宁远大捷。天启七年（1627 年）五月，清皇太极统大军再攻宁城，再次败北。袁师即明将袁崇焕率领的驻宁守军。

七律 首山

三峰矗立碧云天，
嵌窟虬松卧壁缘。
瀑布横空幽壑静，
古钟荡谷梵音绵。
东观大海升朝日，
西眺兴城坠暮烟。
最是墩台巅上月，
教人何不梦戎边？

说明：2013年8月11日，游览辽宁省葫芦岛市兴城市首山作此诗。

注释：此位于兴城市区与海滨之间，三峰矗立，状若人首，故名首山，亦称三首山。海拔329米，地势险要，扼辽西走廊通道，是屹立于宁远古城东北的天然屏障。明末“宁远大捷”，首山是主战场。墩台为烽火台的别称，位于首山主峰，直径13米，高7米，雄居山巅，为明朝所建。

七律 觉华岛

放棹乘舟蹈怒潮，
蓬壶峰顶掠云飙。
归帆列港旌旗舞，
古刹临岩殿宇翘。
朝沐霞光涵秀色，
暮迎皓月钓渔礁。
金沙水碧腾冲浪，
海上桃源分外娆。

说明：2013 年 8 月 12 日，游览辽宁省葫芦岛市兴城市觉华岛写此诗。

注释：此位于兴城市海滨东南 10 公里处，山峦起伏，两端高耸，长葫芦形，面积 13.5 平方公里，海拔 198.2 米，海岸线长 27 公里，是渤海湾第二大岛屿。唐时称桃花岛。古刹即大龙宫寺，为辽代渤海佛主圆融大师住持修建，是辽代佛教中心。距今已 1000 多年，2002 年重修。

七律 龙回头

海岸蜿蜒起翠峦，
峭崖百丈缀金滩。
栈桥飞壑溪声远，
曲径穿林鹭鸟欢。
遥望云天连列岛，
近观帆影搏狂澜。
斜阳最爱情人路，
何日回头抚凤冠？

说明：2013 年 8 月 12 日，游览辽宁省葫芦岛市龙回头作此诗。

注释：此位于葫芦岛市龙湾海滨南 2 公里处，观景台依山临海，峭壁悬崖下是蜿蜒的海岸线，为美丽的海滨风景区。因乾隆驻跸宁远，临海观潮说，“回头望沧海，此乃龙缘凤兴之地矣”，故名。景区内有揽月桥、观日桥、七星绕桥、云桥等多座栈桥，且样式不同，风格各异。

七律 雾凇岛

松江环岛小屯孤，
月上林梢水气濡。
晨雾朦胧迷大地，
凇晶剔透绘仙图。
丘峦木屋炊烟起，
云树琼花浩宇苏。
冰雪奇观何处觅？
寒凝独秀九州殊。

说明：2014 年 1 月 6 日，游览吉林省吉林市龙湾潭区乌拉街满族镇雾凇岛作此诗。

注释：此为松花江上一座小岛，岛上树茂枝繁，冬日里不冻的江水腾起的水雾，遇到寒冷空气在树枝上凝结成冰晶，气象学称之为“雾凇”，为中国四大自然奇观（桂林山水、云南石林、长江三峡、吉林雾凇）之一。岛上因雾凇多且美而得名。

七律 观伪满皇宫

宫阙雕楼伴朔风，
日军傀儡怨牢笼。
铁蹄践踏山河碎，
贼寇扶兴帝业穷。
四亿同仇齐抗战，
百年屈辱始称雄。
如今东海妖风起，
我敢扬帆试剑功！

说明：2014 年 1 月 4 日，参观吉林省长春市伪满皇宫博物院作此诗。

注释：伪满皇宫，为日本军国主义扶持的伪满洲国傀儡皇帝溥仪执政的帝宫。于 1938 年 9 月 10 日动工，由原民国时期管理吉林、黑龙江两省盐务的吉黑榷运局官署改建而成。由南部正门外“国都广场”、中部内廷（包括政殿、宫内府、尚书府等）和北部宫苑三部分构成，总规划占地面积 51.2 万平方米，位于长春市宽城区光复路北侧，为中国现存的三大宫殿（北京故宫、沈阳故宫和长春伪满皇宫）遗址之一。

七律 祭杨靖宇

凌云雕像矗深山，
悲壮英名令国潸。
林海雪原歼日寇，
关东大地斩倭奸。
弹光粮绝雄风在，
贼破民安浩气还。
待到剑锋磨利后，
扫平魑魅净人寰！

说明：2014年1月10日，在吉林省通化市瞻仰抗日民族英雄杨靖宇将军之墓作此诗。

注释：杨靖宇（1905年2月13日—1940年2月23日），原名马尚德，字骥生，河南省确山县人，中国共产党优秀党员，无产阶级革命家、军事家、著名抗日民族英雄，鄂豫皖苏区及其红军的创始人之一，东北抗日联军的主要创建者和领导人之一。从1932年起，率领东北军民与日寇血战于白山黑水之间，他在冰天雪地和弹尽粮绝的情况下，最后孤身一人与大量日军周旋战斗几昼夜后壮烈牺牲。他被评为100位为新中国成立作出突出贡献的英雄模范之一。

七律 玉皇山

临江突兀起青嵩，
峦嶂千重绕玉鸿。
名刹盈门林海雪，
紫霞飞壑古城虹。
游人登顶寻仙径，
喜鹊鸣枝戏壁枫。
最是抗联歼敌处，
英雄浩气贯长空。

说明：2014年1月7日，游览吉林省通化市玉皇山。登顶眺望，但见玉皇山古树参天，名刹高耸，亭阁临风，雪漫峰峦，山城壮丽，冰冻的浑江如玉龙从山下蜿蜒向西，好一派边城冬韵，遂写此诗。

七律 长白山大峡谷

晴天霹雳谷惊风，
峡壑蜿蜒雪暗融。
锦水九折琴瑟韵，
青峰百态斧神功。
停观两岸生冰幔，
漫步孤桥染落虹。
足印深留岩石上，
外星造访露行踪？

说明：2014年1月13日，游览吉林省白山市抚松县境内长白山大峡谷作此诗。

注释：该大峡谷于1989年7月末的一场飓风，吹断原始森林大片古树后首次发现。为火山爆发后熔岩石表面的火山灰和泥土被江水及雨水冲刷而成。全长70多公里，最宽处300多米，最窄处仅几米，垂直深度120米至150米，北锦江在谷底流过。谷底两侧，耸立着像恋人依偎、母抱婴儿、骆驼、金鸡、观音等造型各异的小山峰，这是亿万年山水冲刷、谷风侵蚀而成的大自然的杰作，可谓罕见的山峰艺术博物馆。谷底和谷壁上还有许多奇怪的符号，有的像比人脚大得多的成双脚印，有的像三角形和平行四边形，有的像弓形，在这人迹罕至之地，何来这些印记，至今仍是一个谜。峡谷两岸怪石林立，层峦叠嶂，奇景丛生，气象万千，如泼墨画卷美不胜收，堪称世界级的神秘大峡谷。

七律 长白山聚龙温泉

银垒横空入碧天，
嶂峦深处冒温泉。
顶峰闪闪千年雪，
峡壑悠悠万缕烟。
滚热池汤除疾病，
滑凝矿物若脂胭。
登山遥瞰平湖玉，
洗却身轻胜似仙。

说明：2014年1月15日，游览吉林省延边州长白山，在聚龙温泉浴后作此诗。

注释：聚龙温泉又名龙涎温泉，位于长白山瀑布北约900米，落笔峰北倒石下侧，分布面积1000多平方米。二道河从温泉群中穿过，河流方向右侧有数十口泉眼，左侧有四五处。无数条热流从地底涌出，似群龙吐水而故名。泉眼水温一般在60摄氏度以上，最高达82摄氏度，属高热温泉。泉口的涌水量一般为每小时1.8吨至3.6吨，最大可达5.96吨。温泉的硫化水含有铁、铜、镁、锰等矿物离子，溢出后沉积于地表，形成了红褐、翠绿、幽紫、金黄等矿化层，如一幅油画倾泻于峡谷间。这种含有硫化氢、钙、镁等物质的温泉，对皮肤病、关节炎和风湿病有较好的疗效。

七律 魔界

清溪九曲绕孤村，
晓色徐开踏雪痕。
碧水泛霞云气动，
枯杉倒影野鸡奔。
凇花玉树凝琼海，
丽日寒泉响石门。
遍访域中名胜地，
神奇魔界最勾魂。

说明：2014 年 1 月 16 日，游览吉林省延边州安图县二道河镇红丰村长白山魔界风景区作此诗。

注释：此位于长白山北景区附近，由河湖与林带构成，林带属针叶和阔叶混交林，水系长白山天池流下的温泉水，常年不结冰，每到冬季，当气温达到零下 20 摄氏度时，河湖水汽蒸腾，凝结为雾凇与树挂。冬日清晨在晨曦的映衬下，岸边袅袅炊烟，湖中波光散射，干树倒影迷幻，氤氲弥漫缭绕，湖面时隐时现，给人一种变化多端、神秘莫测之感，被摄影人称为魔界。

七律 大观园

鸭动湖光柳色新，
张灯猎旆鼓声频。
烟花连巷惊银汉，
天马行空醉紫宸。
一部红楼真语隐，
十年幽梦假言陈。
尤闻代好寻蹊径，
数帙真文解世尘。

说明：2014 年 2 月 2 日，游览北京大观园红楼文化庙会作此诗。

注释：此位于北京市西城区南菜园西街，主要由潇湘馆、沁芳桥、栊翠庵等多处影视景观组成，占地面积 13 万平方米，是一座再现中国古典文学名著《红楼梦》中“大观园”景观的仿古园林。代好，即杨代好，当代顶级红学研究大师。他从背观角度透视《红楼梦》真谛，取得独创性重大成果，著有《背观红楼梦》数卷。

七律 云冈石窟

灵岩仙境碧湖泉，
寺殿凌空玉蝶翩。
千载石门藏宝典，
万尊佛像步金莲。
飞天壁画随风动，
舞伎浮雕伴影旋。
梦向大唐从此始，
云冈绝唱史无前。

说明：2013年冬季，游览山西大同云冈石窟作此诗。

注释：此位于大同市西郊武周山南麓，石窟依山开凿，东西绵延约1公里。现存主要洞窟45个，大小窟龛252个，石雕造像51000余躯，为中国规模最大的古代石窟群之一，与敦煌莫高窟、洛阳龙门石窟和天水麦积山石窟并称为中国四大石窟艺术宝库。云冈石窟的开凿始于北魏文成帝和平元年（460年），一直延续至孝明帝正光五年（524年）止，前后60余年。此后的东魏、北齐、隋及初唐均有开凿。辽、金时对石窟进行过大规模修整。云冈石窟是印度及中亚佛教艺术的中国化，是造就大唐石刻佛教文化盛世的发端。

七律 华严寺

云中名刹古时光，
殿宇恢宏气势昂。
宝塔魁星凌碧汉，
石雕壁画铸华章。
佛姿神韵寰球秀，
天品藏楼海内扬。
契刻乾坤弘善举，
巍凝教化永流芳。

说明：2013 年 8 月，游览山西大同华严寺作此诗。

注释：此位于大同市城内西南隅，始建于辽重熙七年（1038 年）。依《华严经》“慈悲之华、必结庄严之果”的大乘教义而命名。寺院的山门、普光明殿、大雄宝殿、薄伽教藏殿、华严宝塔等 30 余座单体建筑，分别排列在南北两条主轴线上，占地 66000 平方米。其建筑、塑像、壁画、壁藏等规模巨大，技艺高超，堪称辽金艺术博物馆。是中国现存年代较早、保存较完整的一座辽金寺庙建筑群。

七律 马仑草原

马仑平步入云巅，
绿草茵波近日边。
牛吻流霞晨牧壮，
鸟鸣溪树夕歌翩。
长城古道连林海，
塔影遗踪话佛禅。
暂借芦芽千尺剑，
扫清玉宇卫蓝天。

说明：2013 年 9 月，游览山西省宁武县马仑草原，天蓝云阔，日朗气清，好一派三晋草原风光，遂写此诗。

注释：此位于管涔山之巅，是一块广袤的高山草甸，与陡峭似剑的芦芽山相距 2 公里。海拔 2712 米，阳面是万仞花岗石壁，阴面为森林覆盖，顶部面积 6000 多亩，夏秋绿草茵茵，牛羊成群，为历代放牧基地。马仑草原西南端的十字墕，有古代石佛寺及舍利塔群遗迹。南端险峻嵯峨，“绣球狮子”“天书”“寿桃”“八戒思乡”“八仙醉酒”和“金蟾含珠”等奇峰迭出，宛如仙境。顶部自西向东，有高出地面 1 米多的齐长城遗址。

七律 万年冰洞

赤日炎炎入洞天，
雪宫银殿隐何年？
帘花剔透廊厅冷，
锥笋玲珑乳嶂鲜。
顶缀流苏如玉线，
壁连瀑幔似霞川。
火冰隔岭千秋望，
绝世奇葩叹若仙。

说明：2013 年 9 月，游览山西省宁武县万年冰洞作此诗。

注释：此位于宁武县城西 50 公里处的春景洼乡麻地沟村，形成于新生代第四纪冰川期，距今约三百万年，故名。此地地下不具结冰的气候环境，但洞内四季冰封，冰雕玉砌，且地层越深冰层越厚，同常规地质规律形成强烈反差。与冰洞相距不到二百米处，有一处千年不熄的地火，一冰一火，堪称世界奇观。

七律 王家大院

城墙高峻角亭空，
府第依山气势雄。
刻石铭门凝古训，
雕梁画栋透家风。
东西对峙重楼阔，
豪雅相融数院通。
三晋名居堪宝藏，
建工艺术秀寰中。

说明：2013 年 9 月，游览山西省灵石县静升镇王家大院作此诗。

注释：王家大院是由静升王氏家族经明清两朝、历 300 余年修建而成，包括五巷六堡一条街，总面积达 25 万平方米。主要由高家崖建筑群的 35 座院落和红门堡建筑群的 88 座院落组成，各个院落各具特色，珠联璧合。所有建筑严格按照封建等级制度和前堂后院的庭院风格建造。其建筑艺术凝结着自然质朴、清新典雅和明丽简洁的乡土气息。精湛的砖、木、石三雕艺术，体现了清代建筑装饰风格，将儒、释、道思想与传统民俗文化融为一体，是一座具有汉族文化特色的建筑艺术博物馆。

七律 绵山

翠拥高峰入玉京，
路悬峭壁鸟鸣晴。
岩藏古寺千秋韵，
云绕丹崖万仞营。
巨瀑叠潭凝碧邃，
长桥飞谷看霞横。
介公归隐清明祭，
龙岭旌旗动洛城。

说明：2013年9月，游览山西省绵山作此诗。

注释：此位于山西省介休、灵石、沁源三市县地界，最高海拔2560米，是太岳山的一条支脉。因春秋时晋国介子推携母隐居被焚在山上，又名介山，中国清明节（寒食节）发源地。早在北魏之时就有寺庙建筑，唐初时已具有相当规模的佛教禅林。玉京为道家所说玉皇大帝在上天居住的地方。寒食节为祭祀春秋时期不愿做官、携母隐居于绵山，后被官兵放火烧死的介子推，后演变为清明节。龙岭即龙脊岭。李世民率军在绵山龙脊岭驻扎和统兵打仗，此为匡定大唐之基，并最终推翻建立洛阳东都的隋朝。

七律 平遥古城

故垒千秋管水东，
高墙环峙敌楼雄。
龟城街巷铭青史，
商铺民居展古风。
衙署门联三晋著，
日昇票汇九州隆。
情人漫步唐砖路，
穿越时空隧道中。

说明：2013 年 9 月，游览山西省晋中市平遥古城作此诗。

注释：平遥古城俗称龟城，距今已有 2700 多年的历史。城墙长 6163 米，高 12 米，有 6 座城门瓮城，4 座角楼，72 座敌楼，3000 个垛口。城内有 4 条大街，8 条小街，72 小巷，民居 4000 多座，以及最古老的县衙。有寺宇文庙等古建筑 300 多座，是彩雕彩塑的艺术宝库。有中国第一座票号日昇昌及首个镖局。是研究中国政治、社会、经济、建筑、文化、艺术发展的经典标本。管水指发源于宁武县东寨镇管涔山脉水母洞的汾河，全长 713 公里，是山西的母亲河。

七律 悬空寺

翠屏千仞揽晴川，
古寺凌空峭壁悬。
横木飞梁撑殿宇，
环廊栈道步云烟。
阁楼临壑依岩构，
紫气萦栏伴鸟旋。
俯瞰红尘遮路远，
心随天籁叩禅缘。

说明：2013年9月，游览山西省大同市浑源县悬空寺作此诗。

注释：此位于北岳垣山金龙峡西侧翠屏峰峭壁上，原名“玄空阁”。建成于491年，是佛、道、儒三教合一的独特寺庙。悬空寺呈“一院两楼”格局，总长约32米，楼阁殿宇40间。南北两座雄伟的三檐歇山顶高楼凌空相望，悬挂在绝壁上，三面环廊合抱，六座殿阁相互交叉，木柱支撑上部离谷底最高达80米。寺内有铜、铁、泥佛像80多尊。寺下岩石上有唐代诗仙李白题写的“壮观”二字。悬空寺建筑独具特色，全寺为木质框架结构，以在陡壁上凿洞横插悬梁为基，楼阁间以栈道相连，巧借岩石暗托，梁柱上下一体，廊栏左右相连，高低错落，栈道飞架，曲折回环，虚实相生，巧夺天工。全寺背依绝壁，下临深谷，十分惊险，颇为壮观。悬空寺选址之险，建筑之奇，结构之巧，内涵之深，香火之旺，影响之广，堪称世界一绝。它不但是中华民族的国宝，也是人类的珍贵文化遗产。

七律 恒山

人天北柱仰恒宗，
耸峙危峰入九重。
雄踞朔方关塞地，
势含吴楚暮云锋。
灵山古寺藏玄路，
飞石仙台觅故踪。
骚客帝王游迹在，
名垂五岳展殊容。

说明：2013 年 8 月，游览山西省大同市浑源县北岳恒山作此诗。

注释：恒山曾名常山、恒宗、元岳、紫岳。为天下道教主流全真派圣地。位于山西省大同市浑源县城南 10 公里处，与东岳泰山、西岳华山、南岳衡山、中岳嵩山并称五岳。恒山山脉始于太行山，横跨塞外，东连燕山，西跨雁门，南障三晋，北瞰云代，东西绵延五百里，是海河支流桑干河与滹沱河的分水岭。其紫荆关、平型关、雁门关、宁武关虎踞为险，是塞外高原通向冀中平原之咽喉要冲，自古是兵家必争之地。主峰天峰岭海拔 2016.1 米，被称为“人天北柱”、“绝塞名山”。为国家级风景名胜区。

七律 情人谷

峡谷幽深一鉴开，
清溪九曲任徘徊。
山花云树蜓蜂乱，
阁影秋光凤侣裁。
潭瀑相思流碧泪，
栈桥宛转诉愁哀。
芦芽仙境情人醉，
美酒金风唤再来。

说明：2013 年 9 月，游览山西省宁武县芦芽山情人谷作此诗。

注释：情人谷是一条幽雅静谧的沟谷，相传一对坚贞的情人在此地终成眷属。一条清溪自谷中流出，终年不断，象征情人之间缠绵的情丝；瀑布、石潭、山花、云树、婉转的鸟鸣及曲折的小径，象征着爱情的多姿多味。情人谷随着季节的变化，展现出不同的韵味与美景。

七律 青山湖

冰湖一片碧霞天，
两岸林峦百丈悬。
临水栈桥连野渡，
倚山古寺伴龙泉。
云浮殿塔晨钟韵，
雪漫亭楼暮霭烟。
身处峰巅当纵目，
北陲千里梦魂牵。

说明：2014 年 1 月 12 日，游览吉林省白山市青山湖作此诗。

注释：此位于白山市城郊 2.5 公里处，为截河而成的人工湖。两岸青山耸立，树木茂密，湖水纯澈，环境清幽。湖的一侧廊亭蜿蜒，亭楼玉立，游船如织。山上的青山寺、玉皇阁浮云缭绕，时隐时现，为景区增添了一些神秘色彩。冬日的青山湖冰封雪盖，山峦、寺庙、廊亭和栈道一派银装，景色格外旖旎。

七律 大阳岔雪韵

峰峦合抱锁孤村，
山野银龙绕岔门。
雪漫民居三丈垛，
冰封溪谷数重墩。
红灯摇曳迎晨鸟，
酒肆飞扬动晚樽。
玉树临风黄犬吠，
暮烟袅袅入诗魂。

说明：2014 年 1 月，游览吉林省白山市大阳岔雪乡作此诗。

注释：大阳岔村位于四面环山的开阔谷地斜坡上，省际公路从村边通过，一条冰封的小河流经村中。上百年的一排排民居沿缓坡而建，家家门前有围着的木栅栏和小牌坊门脸，院内的木架上挂着密密麻麻的金黄色玉米，房顶上有一排排冒着白烟的烟囱和一尺多厚的积雪，屋檐下挂着晶莹剔透的长长的冰凌，人们大多在家猫冬，游人的欢笑不时引来几声狗吠，打破村子冬日的寂静。村边是白雪皑皑的大片农田，十几米远一个玉米秸秆垛连成一条条直线点缀其间，村周白色的峰峦上间或有片片碧松和落尽叶子的乔木，在夕阳的余晖照耀下显得极为壮观，好一幅绚丽的北国乡村冬韵画卷。

七律 雪地摩托赛

雄踞边疆傲岳巍，
银峰环峙入穹帏。
晴空万里浮云渡，
峦嶂千重玉蕊霏。
铁骑离弦惊雪野，
健儿逐鹿卷春晖。
英豪自古多徽士，
拼搏方求筑梦归。

说明：2014 年 3 月 21 日至 24 日，国家体育总局汽车摩托车运动中心和有关单位，联合主办的首届全国雪地摩托越野挑战赛在长白山举行，并取得圆满成功。我为赛事拍摄了大量照片，并乘雪地摩托从北坡登上天池，在朔风凛冽的零下 45 摄氏度极寒条件下，拍摄天池雪景一个半小时才下山。故写此诗。

七律 晚芳

垂柳婆娑绿草香，
荷花映日泛馨光。
浮云卷岫从天渡，
苇荡鸣蛙任鹭藏。
一叶扁舟湖影碧，
数声鸟语海林苍。
斜阳几缕情人醉，
漫步河滨话晚芳！

说明：2014 年 6 月 22 日，游览北京河滨湿地写此诗。

七律 狼牙山

狼牙壁立入云端，
秀水飞流响翠峦。
栈道千重幽径远，
峰波万里落霞残。
英雄殉国惊仇寇，
浩气凝虹贯玉銮。
我以同心磨利剑，
扫平寰宇世人安。

说明：2015年5月2日，游览河北省保定市易县狼牙山，有感于八路军英勇抗击日寇，五壮士跳崖殉国壮举而作。

注释：此位于易县西部的太行山东麓，距县城35公里。因其奇峰林立，峥嵘险峻，状若狼牙而得名。海拔1105米，东北走向25公里，南北间15公里，有五坨三十六峰之称。山上有风动石、仙人桥、南天门等自然景观，亦有老君堂、三教堂、蚕姑庙等众多文物古迹。狼牙山原名郎山，因汉武帝时太子刘据之子为躲避“巫蛊之狱”避难于此而得名。郎与狼谐音，亦名狼山。为古易州十景之一和古保定八景之一的“狼山竞秀”。1941年9月25日，八路军五壮士（马宝玉、葛振林、宋学义、胡德林、胡福才）为掩护部队撤离，面对步步紧逼的众多日伪军，宁死不屈，毁掉枪支，纵身跳下数十丈悬崖的英雄壮举，使狼牙山声名远播。现有狼牙山五壮士陈列馆，为国家森林公园、爱国主义教育基地和国家红色旅游景区。

七律 荆轲塔

千秋高塔矗云峦，
原野沧桑梦子丹。
古月朗清辉大地，
残碑凝重话金兰。
图穷匕见秦王惧，
士勇魂殇易水寒。
一曲悲歌今绕耳，
国强剑锐固如磐。

说明：2015 年 5 月 3 日，游览河北省保定市易县荆轲塔作此诗。

注释：此位于易县城西南一公里处的荆轲山山顶，这是纪念为燕太子丹行刺秦王未遂身死的古义士荆轲（战国时卫国人，？—前 227 年）而建的。塔高 26 米，须弥座八角十三层，砖木结构，白色。形如利剑，直指苍天。每层八隅各悬风铃，清风摆动，清脆悦耳，音传四野。又称圣塔院塔，塔原为圣塔院寺内之建筑，寺建于辽代，不久寺与塔俱毁。明万历六年（1578 年）重建，清代又加修葺，现仅存此塔及清《重修圣塔院记》石碑等。

七律 白石山

险路盘旋上太行，
峰林独秀映穹苍。
栈桥飞渡云中立，
峭壁凌空鸟影藏。
西望华山腾细浪，
东观渤海舞朝阳。
遥思抗日英雄事，
浩气罡风永激扬！

说明：2015年5月4月，游览河北省涞源县白石山而作。

注释：此位于涞源县城南15公里，雄居800里太行山最北端，景区面积54平方公里。山体高大，地貌奇特，结构复杂，有“三顶、六台、九谷、八十一峰”，主脊线长7000余米，最高峰佛光顶海拔2096米，是华北平原西北隆起之龙首。登临其顶可远眺狼牙山和五台山。白石山集峰林、怪石、绝壁、峡谷、瀑布、森林、云海、佛光、长城、庙观等景观于一体，是中国古代“三十六洞天福地”之一。白石山是北京房山世界地质公园的一部分，拥有全国独一无二的大理岩峰林地貌。是国家森林公园，国家5A级旅游景区，全国青少年科普教育基地。

七律 天生桥

奇峰耸峙秀峦横，
峡谷幽深怪兽峥。
九级丹崖倾玉瀑，
千寻琼宇猎旃旌。
石桥长跨天门险，
冰幔高悬鹤鸟惊。
脚踏梯云由信步，
关山飞渡任平生！

说明：2015 年 5 月 7 日，游览河北省保定市阜平县天生桥风景区而作。

注释：此位于阜平县东下关乡朱家营村，由朱家营天生桥瀑布景区和龙泉关景区构成，面积 56 平方公里，主峰百草坨海拔 2144 米。远古地质变迁的强烈隆起及断块运动，造就景区奇峰耸峙、怪石嶙峋、峡深谷幽、溪清瀑高、秀木森森，形成了中国最大的变质岩天生桥和北方最大的瀑布群两大地质奇观。天生桥长 27 米，宽 13 米，飞驾于落差 112.5 米的瑶台瀑布之上，组成了气势磅礴、瑰丽壮观的桥瀑风光。景区的九级瀑布，宛如九条巨龙从崖壁飞流而下，落差均在 50 米以上，错落跌宕，犹如玉龙飞舞；落差最大的瑶台瀑布，势如奔雷，响彻山巅。景区还有高山草甸、原始次生林、笔架山、砚石崖、将军石、十里画廊和冰川遗址等自然景观，以及明长城、古战场、龙宿庵和招提寺等人文景观。是国家地质公园，国家森林公园。

七律 湿地晨韵

曦露星沉晓雾开，
霞光万道沐林来。
柳丝摇曳闻啼鸟，
荷影婆娑映达莱。
苇岸多通滨水渡，
渔翁独钓紫云台。
歌声婉动微风醉，
湿地清新任尔徊。

说明：2015年5月18日，在北京长阳滨河湿地游览写此诗。

注释：该滨河湿地位于北京市房山区长阳镇。由城市综合区、湿地展示区和郊野生态区三部分构成。湿地展示区北起京良路，南至长阳大街，东起小清河，西接东环路。湿地景观主要有藕香亭、梦泽飞鹭、栖霞园、青枫绿屿、绿荫迷宫和环翠岛等。

七律 广场夜韵

细柳蝉鸣月色清，
霓虹闪烁塔楼横。
歌喉婉转飞原野，
舞步翩跹醉玉京。
宝剑流光天地动，
少林竞技夜风轻。
人皆尽享无穷乐，
睡梦依稀唱和声。

说明： 2015年5月22日，在北京市房山旅游，夜宿一别墅区并参加广场活动，为丰富多彩的群众夜生活所感染，遂作此诗。

七律 紫宸山

飞人展翅立晴空，
石柱喷泉伴彩虹。
千栋墅楼欧陆韵，
数条绿带岭南工。
穿林鸟语惊残梦，
漫步花溪荡落红。
最是碧云多眷恋，
紫宸醉客笑春风。

说明：2015 年 5 月 28 日，夜宿北京珠江紫宸山千栋别墅有感作此诗。

注释：北京珠江紫宸山别墅位于北京昌平区温泉资源核心区域，由北京珠江地产联合海外十大建筑和景观设计事务所设计建设，总面积 1900 亩，规划别墅 1150 栋，是京城规模最大的纯独栋别墅群。分为 6 期完成，现已完成前三期工程建设，并且大部分已入住。独栋别墅面积 460—600 平方米，为欧式风格。别墅区绿树成荫，碧草连片，湖光山色，花香四溢，环境优美。

七律 老君山

凌空飞索越巉巅，
漫步悬梯入九天。
云海嶂崖千里浪，
斜阳金顶数峰烟。
青牛倚殿聆经韵，
老子修身化隐仙。
骚客喜吟秋色赋，
何人参透道真篇？

说明：2015 年 10 月 5 日，与弟刘重华、刘重林等，登河南省栾川县老君山作此诗。

注释：此位于洛阳市栾川县城东南 3 公里处，为八百里伏牛山主峰，海拔 2297 米。原名景室山。东周时期，因“守藏室史”的李耳到此归隐修炼被道教尊为太上老君，唐太宗赐名为“老君山”，沿袭至今，成为道教主流全真派圣地，已具有 2000 多年悠久道教文化历史。北魏时期，山上始建太清观，纪念老君；唐太宗时期，山巅修建铁椽、铁瓦、铁顶的老君庙，香火炽盛。老君山风景区面积庞大，主要由居中的老君山主景区、西部追梦谷景区和东部寨沟景区构成。老君山记录着十九亿年前造山等地质构造的演变过程，山上具有独特的“滑脱峰林”地貌和壮观的石林等景观群，山势奇险，重峦叠嶂，瀑布众多，云海苍茫，林木茂盛，风景如画。有景观区 6 处、景点 179 个，有老君庙、太清宫等庙宇 16 座。老君山现存庙宇中，金顶道教建筑群规模最大，主要包括老君庙、道德府、五母金殿、钟鼓楼、大道院、神道天桥等，其中金殿、亮宝台和玉皇顶三座金顶，在夕阳下金光闪闪、金碧辉煌，成为老君山的主要标志。

七律 重渡沟

湖光桥影伴峦烟，
窗纳青峰对酒眠。
梦听蛙声千丈瀑，
鸡鸣客栈五更天。
一溪碧水萦幽竹，
数洞迷宫隐圣泉。
诗意田园何处觅，
刘郎重渡可修仙？

说明：2015 年 10 月 6 日，游览河南省栾川县重渡沟作此诗。

注释：此位于洛阳市栾川县潭头镇西南熊耳山，因东汉光武帝刘秀为摆脱王莽追杀二渡伊水至此而得名。景区内溪流宛转，翠竹森森，峰峦凝黛，飞瀑成群，客栈绵延。主要景点有泄愤崖瀑布、飞虹瀑布、金鸡河、滴翠河、水帘仙宫、农耕村等。最大的泄愤崖瀑布高达百米，势若奔雷。农家客栈床位多达万张，被称为“中国农家宾馆第一村”。农耕村展示了北方农村耕作的独特风韵。是北国不可多得的田园文化风景旅游区。

七律 梨花节

夹河两岸柳眉黄，
古镇沧桑史著芳。
万顷梨花铺雪海，
千村游客踏春光。
碧湖疏影斜阳渡，
红苑轻歌旷野扬。
玄烨出巡惊午梦，
至今蝈蝈不声张？

说明：2016年4月3日，游览北京市房山区琉璃河镇贾河村梨花节写此诗。

注释：房山琉璃河为京郊古镇。其贾河村史称夹河村，有万亩百年梨园，老梨树17000余棵，树龄最长的有300多年，最粗的直径80多厘米，树形美观，枝叶繁茂。每年清明节前后都要举办梨花节。届时万亩梨花盛开，犹如雪盖京南，香馨四溢，花海飞歌，人流如潮。相传清康熙皇帝(爱新觉罗·玄烨)到京郊出游至贾河村，因午睡被蝈蝈叫声吵醒，便说三里之内不许蝈蝈叫，至今贾河村一带仍无蝈蝈叫声。

七律 青龙湖

红亭碧水影云天，
落雁长桥映翠莲。
岸柳岚烟垂钓醉，
楼船旌旆踏歌绵。
数层梯瀑涛声远，
几阵松风鸟语传。
帆叶青峰留夕照，
帐篷一梦忆华年。

说明：2016 年 5 月 6 日，游览北京青龙湖作此诗。

注释：此由位于南部房山区崇各庄乡境内的青龙湖水上乐园和北部丰台区王佐镇青龙湖公园两部分构成。其前身为崇青水库，总面积 4.94 平方公里，湖容 2900 万立方米，是集灌溉和旅游为一体的中型水库。远山与碧水遥相呼应，交错成景；湖区岸线曲折，游船点点；四周岸柳依依，油松连片，景色宜人。

七律 紫荆关

紫岭峰巍绕碧烟，
长城高矗两千年。
犀牛拱卫秦关险，
拒马曾观汉月圆。
残垒依偎凝铁血，
断垣沉睡梦旌旃。
更堪抗日除规秀，
战绩辉煌续史篇！

说明：2016年5月29日，游览河北省易县紫荆关长城作此诗。

注释：紫荆关东汉时称五阮关、蒲阴陉，宋时名金坡关，后因山上多紫荆树而易现名。位于河北省保定市易县城西40公里的紫荆山上。关城东为万仞山，千岭耸立，峭壁悬崖；城西有犀牛山，蜿蜒向西，与盘石口相接；城北为拒马河，谷宽坡陡，浪高水急；城南是黄土岭，千山万壑，层峦叠嶂。紫荆关由小金城、关城、小盘石城、奇峰口城、官座岭城组成。关城依山傍水，两峰对峙，四周形成天然屏障，是关内长城三大雄关（紫荆关、居庸关、倒马关）之一。是华北平原的重要门户之一，兵家必争之地。紫荆关长城始建于战国时期，后经历代扩建，形成完备的防御体系，发生于此的战斗达140多次。抗战期间，八路军在紫荆关长城南面的黄土岭战斗中，一举击毙日军蒙疆驻屯总司令阿部规秀中将。

七律 渔人码头夜韵

几缕斜阳洒海天，
悠悠楼影荡渔船。
长堤压浪金湾静，
高塔鸣鸿玉镜悬。
临岸霓街如宇汉，
接穹翠岛坠岚烟。
灯阑煮酒吟诗后，
垂钓秋风子夜舷。

说明：2016年8月18日，游览大连市小渔人码头写此诗。

注释：小渔人码头位于大连市中山区滨海路虎滩渔港内，老虎滩海洋公园东面，北依滨海路，南望黄海，东西青山相对，山海相连，港湾宁静，景色撩人。占地面积近6万平方米，有长达1768米的海岸线，西侧和东南角区域有天然沙滩，南侧有一条长约280米的栈桥。是集观光、娱乐、文化、餐饮、购物、度假于一体的，以码头文化为特色的综合性商业区。

七律 棒槌岛日出

旭日浮空海水涟，
金波万里紫云天。
岛礁拍浪鸣穹宇，
绝壁悬松缀碧渊。
曲岸银滩花径醉，
微霞白鹭柳风翩。
毛公勒石存千古，
绿野仙踪荡晓烟。

说明：2016年8月18日，在大连棒槌岛拍日出写此诗。

注释：棒槌岛位于大连滨海路东段，距岸600米，海拔53.1米，面积0.094平方公里，西高东低，南部有一天然石洞，岛上岸崖陡峭，怪石嶙峋，植被茂密。因小岛形似棒槌而得名。棒槌岛景区三面环山，一面濒海，北面为群山环抱，南面是开阔的海域，东面是长达500米、沙质洁白的银滩，风光旖旎，美不胜收。是一处以山、海、岛、滩为主要景观的旅游胜地。著名的棒槌岛国宾馆坐落于景区。从毛泽东手书叶剑英元帅《远望》诗中临摹的“棒槌岛”刻于巨石。

七律 老虎滩

虎踞金滩揽碧霄，
海湾礁石弄狂潮。
青山凝黛斜阳坠，
曲岸飞虹舰旆飘。
小岛浮云翔白鹭，
长桥跨港听渔谣。
水中芭蕾尤舒目，
极地熊鲸分外娇。

说明：2016 年 8 月 21 日，游览大连市老虎滩写此诗。

注释：此位于大连南部海滨中段，主要包括老虎滩海洋公园、虎雕广场、空中索道和军舰停泊区。大连老虎滩海洋公园占地面积 1.18 平方公里，海岸线 4000 余米。园内蓝天碧海、青山奇石、山水相融，一派绮丽的海滨风光。主要有珊瑚馆（有珊瑚礁石生物群 200 余种、3000 多个）、鸟语林（有孔雀、丹顶鹤、白天鹅等 80 多种鸟类、2000 余只珍禽）、极地馆（主要展示南极和北极的白鲸、海象、北海狮、北极熊、企鹅等珍稀极地动物）、四维影院、侏罗纪激流探险、旅游船、海兽馆、海盗村等景点。是展示海洋文化，集观光、娱乐、科普、购物、文化于一体的现代海洋主题公园，国家 5 A 级旅游景区。

七律 金石滩

岛湾迤逦海天娆，
蚀柱横空任浪雕。
奇石裂纹龟鳖俏，
大鹏展翅水云寥。
千层岩饼凌盘月，
一线风帆逐夕潮。
数里泳滩游客醉，
斜阳几缕钓逍遥。

说明：2016 年 8 月 26 日，游览大连市金州区金石滩写此诗。

注释：此位于辽东半岛东北端的黄海之滨，由东部半岛、西部半岛及两者之间的开阔腹地和海水浴场组成。陆地面积 62 平方公里，海域面积 58 平方公里，海岸线 30 公里。三面环海，冬暖夏凉，气候宜人，风景绝美。主要有长约 4.5 公里的黄金海岸，2.4 万平方米石林景观的金石园，独特山形地貌、海滩奇绝礁石形态、岩层古生物化石、海天自然雕塑奇观构成的滨海地质公园，300 余尊名人蜡像的金石蜡像馆，生命奥秘博物馆和发现王国主题公园等景区、景点，被誉为东方夏威夷、神力雕塑公园。为国家级地质公园、国家级风景名胜区、国家级旅游度假区、国家 5 A 级旅游景区，曾被 CNN(美国有线电视新闻网) 评价为中国 40 个最美景区之一。

七律 旅顺口

半岛东西两海天，
长风骇浪碧云悬。
青山对峙藏军港，
战舰穿梭猎旆旃。
日寇屠城千古血，
沙俄掠地百年烟。
如今亚太阴霾起，
待旦依戈卫国坚。

说明：2016年8月28日，再次游览大连旅顺口写此诗。

注释：旅顺口亦称狮子口，位于辽东半岛最南端，南与东南濒临黄海，与山东半岛隔海相望，与朝鲜半岛隔海毗邻；西与西北连接渤海，与天津新港一衣带水，与北戴河海滨遥相呼应，为天然不动港，京津海上门户和东北屏障，战略地位十分重要。1894年11月，日军侵占旅顺口屠城30万人。沙俄于1898年和苏联于1945年占领旅顺口。主要有蛇岛、老铁山、旅顺博物馆和旅顺军港等景点。为国家级风景名胜区、国家级自然保护区和国家级森林公园。

七律 大连观光塔

独凌高塔海天空，
四顾滨城岭市穷。
大厦栉鳞连碧宇，
长桥迤逦伴霞虹。
悠悠岛影沙鸥戏，
点点船帆夕照融。
昔日渔村何处是？
夜阑星汉醉秋风。

说明：2016 年 8 月 17 日至 30 日在大连旅游，登大连观光塔写此诗。

注释：此位于大连劳动公园南面绿山之巅，海拔 360 米，塔高 190 米，在塔上观景平台，可鸟瞰翠绿的山峦、蔚蓝的大海和秀美的城市风光。为大连标志性建筑。大连市较早时仅是一个小渔村，现在已发展成为有几百万人口的现代化大都市。

七律　滦州古城

古城千载沐京风，
楼馆牌坊映碧穹。
岸柳拂舟皮影醉，
龙溪绕巷剪花雄。
双桥卧水鸣飞雁，
一塔凌空挽落虹。
最忆夷齐谦让事，
金樽对月意朦胧。

说明：2016年8月30日至9月1日，游览河北省唐山市滦县滦州古城写此诗。

注释：滦州古城地处京畿，紧邻滦河，是通住东北三省交通要道上一座现为明清建筑风格的千年历史文化古城。占地面积2000亩，由北方古街区、传统民俗区、滦河文化风景区、宗教文化区、北方婚庆体验区、中国古代养生区构成。主要有东城门、关帝庙、紫金塔、文庙、滦州衙门、接官亭等明清风格建筑群，青龙河、九龙溪北方风格水街，小吃一条街，古玩一条街，四合院客栈一条街等景点。为环渤海旅游圈最耀眼的一颗明珠。史载，有18个皇帝到过滦州古城。据考，商朝末年孤竹国(在今秦皇岛、唐山及辽宁西南部)王去世，国王指定次子叔齐继位，叔齐让哥哥伯夷继位，哥哥坚持不受，遂伯夷出走，叔齐随之，史称夷齐让国、不食周粟、以身殉国的故事，至今广为流传。

七律 南湖

龙山突兀阁凌空，
花海绵延醉落虹。
丹凤朝阳雕塑绝，
碧湖缀岛水天穷。
一行鸥鹭鸣斜照，
七彩喷泉舞乐风。
地震沉区何处是？
世园博览亦称雄。

说明：2016 年 9 月 1 日，游览唐山南湖公园写此诗。

注释：此位于唐山市中心南部，原为开滦煤矿采煤沉降区，经改造后形成的南湖生态城核心区，面积 28 平方公里，包括九个湖、五个岛和巨大的音乐喷泉等 120 多个景点。主要有桃花潭、龙泉湾、青龙泽、植物园、凤凰台公园和地震遗址公园等，为湖水、绿地、城市森林和花卉组成的天然生态景观，宛若江南水乡，景色十分诱人。是2016年唐山世界园艺博览会会址。为国家湿地公园。

水龙吟 唐山世园会

冀东千里金风，凌云龙阁扬旌旆。繁花似海，绿茵万顷，树峦涌翠。岛影虹桥，碧波接宇，岸亭霞蔚。望鹭鸥鸣柳，清音拂月，南湖丽，神州醉。

曾地震堪惨烈，国之殇、新城开蕊。龙须何在？水蓝山旋，瑶池天坠。黛瓦红楼，世园场馆，欧风非味。看霓光水舞，凤凰展翅，五洲声蜚！

说明：2016 年 9 月 1 日，参观第 32 届唐山世界园艺博览会写此诗。

注释：此会址是在曾遭地震严重破坏的采煤沉降区上建设起来的南湖生态城，面积 22.6 平方公里。向世界 55 个国家和地区展示了凤凰涅槃、浴火重生的南湖美景。1976 年 7 月 28 日，唐山发生 7.8 级特大地震，全城几乎夷为平地，死亡 24 万人，伤 20 万人，为世界地震史所罕见。2016 为唐山大地震四十周年，一个现代化的唐山在废墟上崛起，为世界所震惊！唐山亦称凤凰城。

七律 梨木台

峡谷蜿蜒十里遥，
层层树果满山腰。
一缝穿壁登天道，
五指浮云入碧霄。
红叶影潭秋水醉，
青峰悬瀑晚霞飘。
长城千载凝烽火，
数万旌旗斩日妖。

说明：2016年10月1日，游览天津市蓟县梨木台自然风景区写此诗。

注释：此位于蓟县下营镇船舱峪村北，景区面积7000亩，由峰林、峡谷、潭瀑、溪流、藤萝和森林构成的自然风光奇特，典型的石英岩峰林峡谷地貌，造就了岩画岭、登天缝、五指山和万卷天书等地质景观。最高峰长寿山海拔999米，有北齐长城和抗日根据地。称津门第一山。

七律 登雾灵山

伏凌峰剑插青霄，
云海银涛泛旭娆。
一塔穿空山坳屹，
五龙昂首玉穹摇。
秋风瑟瑟吟秋赋，
峡谷幽幽舞峡雕。
极目长城临汉尽，
依稀烽火马萧萧！

说明：2016 年 10 月 2 日，游览河北省承德市兴隆县雾灵山写此诗。

注释：雾灵山史称伏凌山、五龙山、孟广硎山，毗邻京津，为燕山山脉主峰，海拔 2118 米，面积 142.49 平方公里。其山势雄伟、层峦叠嶂、奇峰怪石、云雾缭绕，素有“北方小黄山”、“京东第一高峰”之称。区内群峰耸峙，怪石林立，森林茂密，河谷纵横，景色绚丽。主要有歪桃峰景区、仙人塔景区、龙潭景区和清凉界景区 4 个景区，共 102 个自然景观。其中，由岩石天然节理发育而成的柱状岩体形似仙人，高 48 米、地基部宽 9 米、厚 5 米的仙人塔久负盛名。雾灵山生物资源丰富，有陆生脊椎动物 173 种，高等植物 1870 种，被誉为“华北物种基因库”，国家级自然保护区。曾于清顺治二年（1645 年）被划为清东陵“后龙风水禁区”，长达 260 余年。森林覆盖率达 80.29%，是护卫京、津的绿色屏障和京、津地区重要水源地。雾灵山历史文化悠久，巨石上刻有明朝刘基到此书写的“雾灵山清凉界”六个大字，有近百公里的明长城及部分燕秦长城，有红梅寺、云峰寺、钟鼓院等佛道寺院遗址。

七律 兴隆溶洞

打猎寻踪入地宫，
启开宝库世称雄。
千姿石乳乾坤柱，
百态珊瑚碧海风。
神剑倚天辉玉幔，
吊球悬壁梦苍穹。
亿年一吻相思苦，
望断长空万里鸿。

说明：2016 年 10 月 3 日，游览河北省承德市兴隆溶洞写此诗。

注释：此位于兴隆县北水泉乡陶家台村，为一大型石灰岩溶洞，已发现的有 50000 多平方米，开发 2700 米，迄今发育约为 10 亿年至 14 亿年，现仍在生长发育，属典型的渗流带洞穴和缓慢扩散流碳酸钙沉积，是我国最古老的溶洞之一。洞内的钟乳石、石笋、石花、石幔等景观种类繁多、原色原貌、晶莹剔透、形态奇异，被誉为燕山水晶宫。

七律 六里坪

青峰叠嶂耸平川，
雾海林涛拂古弦。
奇石依天鸿雁远，
金蝉鸣日紫云翩。
莲花吐蕊萦禅韵，
松瀑飞虹动碧渊。
一片秋光涵月影，
相思醉吻始何年？

说明：2016年10月4日，游览河北省承德市兴隆县六里坪国家森林公园写此诗。

注释：此位于燕山山脉中段中低海拔山区，面积22.5平方公里，森林覆盖率达84%，最高峰海拔1442米。是暖温带向寒湿带过渡区域，为猕猴生存北限，省级猕猴自然保护区。由六里坪森林旅游度假区和九龙潭观光旅游区两部分构成。主要有海拔1000米以上高山湖泊松源湖、以奇松怪石著称的微观小黄山等大型景观及景点40余处。

七律 胜芳古镇

古刹凌云映碧波，
牌坊翘角眺长河。
硝烟散尽炊烟袅，
魅影驱除柳影娑。
弘历题诗铭胜水，
苏洵引藕展芳荷。
斜阳一抹归舟晚，
东淀新飞筑梦歌！

说明：2017 年 4 月 29 日，游览河北省霸州市胜芳古镇写此诗。

注释：此位于霸州市东 35 公里、东淀（仅次于白洋淀）中游北岸，三面环大清河，古时即为水陆交通枢纽，商贾云集，人文荟萃，现有大悲寺、文昌阁、牌坊、戏楼及大量沿河古建民居，为华北商贸文化重镇。苏洵将南方稻荷引入胜芳。清乾隆帝曾三次到此巡游。获“南有苏杭，北有胜芳”之美誉。这里曾是著名的抗日根据地，平津战役第四野战军部队和接管天津干部的集结地。

七律 运河唐人街夜韵

两岸琼楼泛古香，
碧云玉带影斜阳。
彩桥飞渡霓虹灿，
游艇穿梭水月泱。
数拱牌坊钩野史，
一尊乌府品沧桑。
京杭千里波光涌，
头枕银河入梦乡。

说明：2017 年 4 月 30 日至 5 月 1 日，游览唐山运河唐人街写此诗。

注释：运河唐人街位于唐山市丰南区唐津运河生态旅游度假景区中心位置，惠丰湖南侧、唐津运河两岸，全长 1000 米，为明清仿古建筑，总建筑面积 30500 平方米，是集品牌餐饮、休闲娱乐、特色购物和观光旅游为一体的文化商业旅游街。是镶嵌在唐津运河上的一颗明珠，被誉为“北方秦淮”。

七律 惠丰湖

烟波万顷映青霄，
琼岛垂虹伴玉桥。
凤阁揽云鸥鹭舞，
栈台濒水柳风摇。
多姿泉柱冲穹宇，
迷幻歌声透绮寮。
花岸萦香明月醉，
轻舟沽酒荡逍遥。

说明：2017 年 5 月 1 日，游览唐山市丰南区惠丰湖写此诗。

注释：此位于丰南新城区核心区域，为唐津运河生态景区带的一部分，紧临市民广场，占地 1500 亩，湖面 800 亩，湖中有裕丰岛、延丰岛、永丰岛三座人工岛，并设有一长 200 米的大型音乐喷泉，可喷射 11 种水型，最高水柱可达 100 米。惠丰湖夜景十分壮观。碧波荡漾的湖面，变幻多姿的喷泉，长虹卧波的拱桥，生机盎然的花木，令游人流连忘返。

七律 曹妃甸湿地

海滨千里泛霞虹，
湿地晴岚绕晓空。
芦荡幽深鸥鹳醉，
栈桥宛曲塔云彤。
长堤水巷连天路，
八卦荷塘隐舫风。
遥忆曹妃乘鹤去，
唐王独钓大江东。

说明：2017 年 5 月 2 日，游览河北省唐山市曹妃甸湿地写此诗。

注释：此位于曹妃甸区，因唐王李世民率大军东征高丽，曹妃染病殁于此地而得名。总面积 540 平方公里，包括湿地与鸟类自然保护区、曹妃湖风景区、曹妃甸湿地公园、湿地迷宫和湿地风情园等，有野生植物和鸟类等资源 1200 余种，是澳大利亚至西伯利亚鸟类迁徙的重要驿站和栖息场所，每到迁徙季节，湿地呈现“万鸟翔集、鹤舞鸥鸣”的壮丽景观。曹妃湖中有三座天然鸟岛、荷花池、水上乐园和游艇码头。湿地迷宫可乘船探秘按八卦图设置的迷宫水道，可登瞭望塔饱览湿地风光。整个湿地栈道蜿蜒、瞭塔巍巍、港汊迷蒙、芦荡深深、游船繁多，令人神往。曹妃甸湿地集自然保护、休闲度假、旅游观光和体育运动于一体，是我国北方最大的滨海湿地。

七律 潘家口水库

峭崖对拱奇峰逦，
云影山光翠鉴收。
两座雄关镶碧水，
一条玉带舞沙鸥。
画廊百里漓江秀，
轻棹孤村夕照幽。
最是长城凝铁血，
大刀神曲著千秋！

说明：2017 年 5 月 2 日至 4 日，游览潘家口水库写此诗。

注释：此位于河北省宽城满族自治县西部，由一座拦河大坝和两座副坝组成，最大面积 75 平方公里，库区水面 70 平方公里，水深 80 米，总容量 29.3 亿立方米。水库两侧山峰陡峭，怪石如林，十分险峻。区内有明长城约 50 公里，共有墩台 21 座，敌楼 160 座。自古兵家必争的喜峰口、潘家口两个长城要塞，均已淹没水中，形成水下长城奇观。抗日时期，日寇制造了屠杀 1000 余名村民的潘家口惨案；我 29 军在喜峰口长城取得歼敌 5000 余人的大捷。以反映 500 大刀手血战日寇的《大刀进行曲》，即诞生于此地。潘家口水库为引滦入津主体工程。

七律 太谷古城

重檐翘角鼓楼空，
街巷幽深宅院雄。
白塔晓钟扬梵韵，
青砖夜市泛霓虹。
依稀票号雕栏阁，
斑驳商眉画栋风。
古有城墙无觅处，
凤凰遗梦待春红。

说明：2017 年 4 月 21 日至 23 日，参加原陆军第 63 集团军 187 师炮兵团首长和司令部机关战友聚会，重游太谷古城写此诗。

注释：太谷亦称凤凰城。始建于北周武帝建德六年(577 年)，距今已有 1400 多年历史。古城有 4 街 8 井 72 巷，以鼓楼为中心，辐射东、南、西三条大街。楼北为旧县衙，北大街与西大街中段相交，街巷大多横平竖直，规范整齐。古城建筑规模宏大，高墙宅院风格各异，晋商店铺古朴典雅，80% 为清末民初建筑。商铺有重楼式、栅栏式和穿堂式三种。屋顶造型多样，门楼雕刻精美。在 20 世纪初期以前的几百年中，这里商铺票号林立，各地商贾云集，经济十分发达，是中国乃至亚洲的金融中心之一，被誉为中国的华尔街。如今古城高大的城墙、瓮城和护城河，以及著名园林已不复存在。

七律 草原天路

京畿尺咫草原鸿，
高路云飞牧野空。
翠岭绵回凌涧壑，
长城宛曲没蒿蓬。
一鞭晓雾蹄声脆，
满眼风车夕照红。
几盏清风疑月醉，
孤村篝火映苍穹。

说明：2018 年 8 月 2 日至 9 日，在河北张家口草原天路避暑写此诗。

注释：此位于张家口市张北县和崇礼区交界处，西起张北县城南野狐岭，东至崇礼县桦皮岭，分为东线和西线两部分，全长 132.7 公里，沿线山峦起伏、沟壑纵横，草原广袤、牛羊成群，风车林立、高路入云，是连接崇礼滑雪区、赤城温泉区和张北草原风景区的一条重要通道，也是中国大陆十大最美公路之一。分布着古长城遗址、桦皮岭、野狐岭要塞、张北草原等众多人文、生态和地质旅游资源。是著名避暑胜地。

七律 鸡冠山

曲路盘旋越岭岗，
飞身翠嶂俯苍茫。
风车舞鹤残阳坠，
草地流霞野马狂。
凌壑栈桥观巘浪，
依山木屋浸花香。
穹冥悠远炊烟袅，
羁客天涯梦断肠。

说明：2018 年 8 月 2 日，游览张北县草原天路西线鸡冠山写此诗。

注释：此位于草原天路西线 109 公里处，主峰海拔 1617 米，顶部有观景平台，登顶远眺，视野开阔，群山起伏，沟壑纵横，田园碧绿，牛羊成群，风车依天，极为壮观。天路从其顶部经过。

七律 大崖湾

两峰对峙挟平川，
天路车流任往旋。
红瓦高墙庭院阔，
绿萝窄巷酒旗悬。
三更狗吠惊春梦，
五里鸡鸣起晓烟。
最是月明消暑夜，
霓虹篝火舞蹁跹。

说明：2018 年 8 月 2 日至 7 日，在张北县草原天路西线大崖湾村避暑写此诗。

七律 野狐岭要塞

野岭崔嵬入昊天，
长城遗垒梦烽烟。
蒙金大战飞灰尽，
洞壑犹闻啸马穿。
十万雄师驰故地，
千寻要塞猎新旃。
何当重铸兵锋锐，
不据坚池出铁拳？

说明：2018 年 8 月 4 日，游览河北省张北县野狐岭要塞写此诗。

注释：野狐岭海拔 1600 米，山势高峻，战略要地，兵家必争。1211 年，成吉思汗率 10 万铁骑，在此大败金军 40 万主力，一举奠定元朝入主中原的基础。史称“野狐岭之战”。岭上的古长城遗址绵延起伏，是坝上与坝下的分界点及农耕与游牧民族的分界线。野狐岭要塞位于张北县油篓沟乡玻璃彩村，占地面积 1000 平方米，是 20 世纪 70 年代，为防御北方敌人入侵修建的一个庞大军事要塞。现以要塞工程为主体，以展示我军历史上规模最大的军事演习（“802”演习）纪念馆为依托，并建有体能拓展训练区、国防人防地道参观区和飞机、坦克、火炮等大型兵器户外展区，辟为国防教育与爱国主义教育基地。是中国北线的第一堡垒。

七律 白龙洞

台路沟南峭巇高，
攀岩下壁伴鹰翱。
羊肠小道奇花醉，
幽洞神泉梵语陶。
极目澄湖镶碧野，
侧身云岫听松涛。
长城遗垒狼烟尽，
塞外清风猎旆旄。

说明：2018 年 8 月 7 日，游览河北张家口草原天路西线白龙洞写此诗。

注释：此位于张北县台路沟南部坝头山崖的半山腰。这里近似 90 度的绝壁，有 300 米深，洞口 20 多平方米，洞内深不可测。据说，往洞里扔进活鸡，就从几里外的红丝洞飞出鸡毛，洞里经常有“呼呼”的风声。现在洞里有佛像、神泉、神土、莽洞，引得周围乡里顶礼膜拜。从坝顶探进白龙洞，山路崎岖，灌木丛生，异常艰险。当年日军追赶八路军至此，也无法进洞，后架起大炮轰击，白龙洞仍安然无恙。坝顶有蜿蜒的齐长城遗迹。

七律 草原布达拉

九转峰回越莽苍，
雾开雨霁挽斜阳。
梯田涌翠千层浪，
古寨生辉万缕光。
远摄巉岩凌昊宇，
近观风电舞霓裳。
牧鞭响处歌声起，
一骑红尘入梦乡。

说明：2018 年 8 月 8 日，游览河北张家口草原天路东线草原布达拉景区写此诗。

注释：该景区以大石头洼村为中心，周围群山环列，四面梯田遍布，登高远眺，风光旖旎。因大石头洼村依山而建，红瓦村舍层层叠叠，就像布达拉宫镶嵌在山上一样，故名“草原布达拉”。周边有九梁十八洼，平均海拔 1480 米，地势险要，山峰林立，沟谷纵横，草场茂盛，是草原天路一幅绚丽的画卷。

七律 天鹅湖

峰透水阔映斜晖，
岸碧云低漾翠微。
影入澄渊鸥鹭舞，
声闻芦荡雁鹅飞。
红尘漫漫传天籁，
白佛巍巍蔽汉帏。
塞北龙庭何处是？
草原篝火醉芳菲。

说明：2018 年 8 月 7 日，游览河北张家口市沽源县天鹅湖写此诗。

注释：天鹅湖又名库伦淖尔，占地面积 400 亩，水域面积 150 亩，湖水源自葫芦河，湖边山丘逶迤、草原辽阔，湖水清澈见底、碧波荡漾。每到草长莺飞时节，数不清的天鹅、灰鹤、野鸭等水鸟在此过往栖息，俨然鸟的天堂，天鹅湖也由此得名。湖中有一座几十米高的白色观音像屹立于青波之上。湖周边分布着辽、金、元三代帝王避暑行宫遗迹，原生态的自然风光融入厚重的历史积淀，为天鹅湖增添了一分神奇色彩与文化魅力。

七律　滦河神韵

转佛敖包透碧霄，
栈廊殿宇映旌桥。
草原苍莽湖天阔，
滦水蜿蜒玉带娆。
极目云横穿夕照，
凭栏鹤舞伴渔樵。
孤村犹记皇家猎，
啸马雕弓破寂寥。

说明：2018 年 8 月 7 日，游览河北滦河神韵风景区写此诗。

注释：该景区位于张家口市沽源县东北 20 公里处，北依转佛山，南临金莲川大草原，东有转佛庙，西望草原湖，遥遥相对的是元代“小宏城遗址”（金莲川幕府）。这里水草丰美、风景秀丽、气候凉爽，历史上曾是北魏御夷镇，辽、金、元历代帝王游猎避暑的圣地。因滦河源头闪电河蜿蜒流转、九曲十八弯的大自然神韵而得名。景区总面积 34.3 公顷，有丰富的野生植物和陆生脊椎动物，是草原湿地的典型代表。驻足景区转佛山上，极目远望，天地相连，绿色苍茫，滦河河道千曲百回，逶迤如带。环顾四野，塞外草原风光尽收眼底。

七律　草原湖晨韵

波动孤村夜梦香，
一帘星斗唤朝阳。
岚开黛岭炊烟袅，
鹭舞霞光碧水煌。
几棹轻舟穿苇巷，
数提暗网满鱼仓。
金滩晓牧湖天邈，
候鸟何时返故乡？

说明：2018年8月8日，游览河北张家口市沽源县闪电河乡草原湖写此诗。

注释：草原湖的千顷湖面碧波荡漾，犹如一面巨大的明镜，镶嵌于草原之中。成群的野鸭、海鸥、鱼鹰在湖面游荡，上万只天鹅、大雁等候鸟常年在此栖息与经过，牛马羊群点缀于辽阔的草原，构成了一幅十分靓丽的塞外高原风光画卷。

七律 老掌沟

穿谷翻梁入莽川，
只身寻路踏云巅。
青巉壁立千层嶂，
林海苍茫几缕烟。
极目远峰穷碧落，
凌崖险道绕岚渊。
飞车越野排空上，
夕照英雄举旆旃。

说明：2018 年 8 月 8 日，游览河北张家口市沽源县老掌沟写此诗。

注释：老掌沟全长十几公里，崇山峻岭，沟谷纵横，森林密布，人烟稀少，溪流穿壑，牧草茂盛，其高峰海拔达 1800 余米，沟底海拔 1400 余米，为蒙古高原向华北林地的过渡地带。因当地沟中有一大石类似脚掌而得名。这里大部分被森林覆盖，主要为华北落叶松和杨桦次生林，在森林间隙的高山草甸上，广泛分布着有经济价值和观赏价值的木本植物，以及金莲花等美丽的草本花卉，被称为塞外天然野生植物园。

七律 闪电湖

炭山凝黛白云低，
电闪萦迴碧水迷。
万顷湖光辉古镇，
一川鸟影注滦溪。
长桥连岸金沙醉，
骏马飞蹄野草萋。
角冀升霄神女慕，
斜阳几抹染虹霓。

说明：2018 年 8 月 8 日，游览河北张家口市沽源县闪电湖写此诗。

注释：该湖是滦河上游最大的湖泊，因入湖前的河流为闪电河，且在高处俯视湖的形状也极像一道闪电而得名。湖面水天一色，烟波浩渺，水鸟翔集；湖滩金沙平缓，摩托轰鸣，马蹄纷飞；湖岸草原辽阔，芳草萋萋，牛羊成群；空中飞翼翱翔，白云漫渡，一碧如洗。攀登延绵的炭山，观日出日落，可领略别具一格的草原风光。

七律 大海陀山

杖策穿林步九霄，
崎岖踏破似扶摇。
千峰涌翠沧溟阔，
孤寨流丹丽影娇。
苍狗瞬时多幻化，
青山不老乐逍遥。
红尘一瞥西风恶，
试叩禅关伴叟樵。

说明：2018 年 8 月 9 日，游览河北张家口市赤城县大海陀山写此诗。

注释：大海陀山为国家级自然保护区，位于赤城镇南部，东接承德市，西连张家口市，北靠坝上草原，南临北京市延庆区，是燕山山脉军都山系，主峰海拔 2241 米，总面积 100 余平方公里。其山脊是河北省与北京市的分界岭，山南是北京松山国家级自然保护区。大海陀山顶是一长近 10 公里、宽 500 米（最窄处不过百米）的草甸平缓山顶，南侧断裂升降显著，山势险峻。其山高林密、植被丰茂、动物繁多，各种动植物达 2000 多种，是北京周边地区最完整的自然生态系统。为北京第二高峰，它像一座巨大的屏风横亘于首都之北，成为抵御沙尘暴入京的重要防线。每年 10 月至次年 6 月，有“海陀戴雪”之奇观。

醉蓬莱 登大海陀山

踏重峦绝巘，屹立云霄，岭青天碧。雾断风清，望千峰波色。嶂壑蜿蜒，海林苍莽，震八方仙客。虎踞幽燕，京城锁钥，朔方铜壁。

亘古炎黄，阪泉鏖战，饮马村溪，石崖留迹。书隶鹏骞，拒始皇封职。抗日烟消，堡垒犹在，仰万民歼敌。待滑高台，南坡飞降，奥旗辉国！

说明：2018 年 8 月 9 日，余独自攀登大海陀山，写此词以纪之。

注释：此位于河北省张家口市赤城县大海陀乡与北京延庆区张家营镇北部交界处，属燕山山脉军都山系，主峰海拔 2241 米，山脉呈西南至东北走向，为北京与河北的自然分界和分水岭。据考证，海陀山南阪泉村为黄帝与炎帝大战遗址。两千年前，这里发生过王次仲将篆书改为隶书、三拒秦始皇封爵的故事。海陀山也曾是八路军平北抗日根据地。其南坡为 2022 年北京冬奥会滑雪基地之一。

七律 三流水村

青峰耸峙抱孤村，
险路盘旋伴玉宸。
远眺秋山千叠浪，
近观林海百重墩。
雄鸡鸣树萦幽巷，
酒肆迎风拂石门。
隧道一通天外阔，
深闺倩丽忐勾魂。

说明：2018 年 9 月 25 日，游览北京市房山区霞云岭乡三流水村写此诗。

注释：该村因曾有三股溪流经过而得名，总面积 14.19 平方公里，四面环山，风景奇丽，平均海拔 730 米，最高峰黑牛峰海拔 1200 米，有万亩松林、包公棺、鳄鱼石、望日孔、马尾洞、风动石、鹰栖洞等景观。春天山花烂漫，夏日气候凉爽，秋季层林尽染，寒冬漫山雪景，堪称世外桃源。

七律 水峪村

沟岩宛转古风熏，
庭院依山翠叠门。
火柿凌空遮曲巷，
绿瓜吊架醉金樽。
中幡磑碾明清韵，
大鼓秧歌汉宋根。
莫道僻乡池墨浅，
农家石板透诗魂。

说明：2018 年 9 月 25 日，游览北京市房山区南窖乡水峪村写此诗。

注释：该村地处深山区，沿一条西北东南走向的沟岩分布，平均海拔 500—800 米，一条 S 形的青石古道贯穿全村，村落呈圆形，坐南朝北，依山而建，具有独特风格的 100 余套、600 余间明清四合院民居坐落在村东缓坡之上，最具代表性的建筑有杨家大院、瓮门、娘娘庙等。其 128 盘石碾创下吉尼斯世界纪录。以独具特色的中幡、大鼓和秧歌表演为主的庙会文化源远流长。中幡表演可追溯到明洪武永乐时期，盛于清咸丰年间，由民间耍幡祈雨纳福演化为集体表演相传至今。村民杨守安写于石板的诗词堪称水峪一绝！

七律 登嶂石岩

太行峡谷屹奇峰，
百里丹崖嶂万重。
九女云横星汉断，
千寻岩峭壁音封。
灵泉幽壑观晨瀑，
古刹长廊听暮钟。
杖顶一呼天地动，
烟岚锁翠醉霓虹。

说明：2018 年 10 月 1 日至 2 日，游览河北省石家庄市赞皇县嶂石岩写此诗。

注释：嶂石岩为国家级风景名胜区，面积约 120 平方公里，最高峰黄庵垴海拔 1774 米 (在山西省昔阳县境内)。被专家命名的嶂石岩地貌，与丹霞地貌、张家界地貌并称为中国三大旅游砂岩地貌，还有“百里赤壁”“万丈红峻”之称。嶂石岩春时百花争艳，夏日林荫蔽日，秋季层林尽染，寒冬冰柱倒挂。其丹崖、碧岭、奇峰、幽谷堪称四绝。最大的天然回音壁，被列入世界吉尼斯纪录。雄伟的嶂岩三叠，奇秀的九女峰使人叹为观止；一线天、三秀峡、槐泉峪、乳泉洞、大天梯等自然景观令人神往；千年古刹槐泉寺、三栈胜境玉皇庙暨千佛碑、大王台、义军寨等为寻古探幽的佳景。站在最高峰远眺，近处怪石嶙峋，峭壁跌宕，沟壑纵横；远处奇峰连绵，山影叠翠，峰波似海。夕阳之下，如梦如幻，气势磅礴。

七律 回音崖

翠岭丹崖壑谷深，
长弧绝立嶂千寻。
流霞舞鸟泉珠落，
空壁传声虎洞吟。
一段画屏凝海浪，
数题铭刻伴禅林。
浮云直向凌霄阁，
引得诗潮叩涧琴。

说明：2018 年 10 月 1 日，游览河北省石家庄市赞皇县嶂石岩回音崖写此诗。

注释：回音崖壁高 110 米，弧长 300 余米，弧度 255 度，为中国乃至世界最大的回音崖。只要在其一端发声，另一端马上会应出回声，游人到此都要一试究竟。其顶端有几缕泉水飞下，称为云崖撒珠。岩壁有“女響斯應”“云海”等古时题刻。临近处有一似斧劈的以成岩之初的海浪波纹，构成的状如鱼、鸟、兽的石画屏，对研究远古地质演化具有重要价值。

七律 淮泉寺

丹峰突兀碧云飞，
古刹临岩隐翠微。
晨罄悠悠天籁出，
高香袅袅紫空违。
依稀碑刻凝禅史，
甘洌槐泉映月辉。
莫道佛门深似海，
善根永驻涤心扉。

说明：2018 年 10 月 1 日，游览河北省石家庄市赞皇县嶂石岩淮泉寺写此诗。

注释：该寺又称槐泉寺，原名石佛寺，始建于唐代，元、明两代及以后相继重修，现有山门、天王殿、观音殿、罗汉殿、大雄宝殿和钟鼓楼。其刻于唐代的万佛碑堪称一绝。

七律 九女峰

攀崖越嶂步云峦，
伫巘披晖俯壑观。
远眺千重林海碧，
近观九女剑峰丹。
天梯拾级连霄汉，
长袖盈风拂玉銮。
浊世难寻松鹤地，
桃源深处可修禅。

说明：2018年10月2日，游览河北省石家庄市赞皇县嶂石岩九女峰景区写此诗。

注释：此位于石人寨村东南，一个个大小不一、形态各异的石峰，高低错落，屹立于山脊之上，常有云雾飘绕，如九仙女下凡，故名九女峰。山体由紫红色砾岩、砂岩、粉岩构成，年龄17亿年左右，为嶂石岩景区标志性山峰。

七律 苍岩山

千嶂嶙峋入太虚，
丹峰隐寺结云庐。
崖关锁翠天梯邈，
桥殿飞虹日影疏。
九曲禅宫悬壑谷，
一帘漱玉坠穹舒。
石门修度隋炀女，
圣迹焜煌炳史书。

说明：2018 年 10 月 3 日，游览河北省石家庄市井陉县苍岩山写此诗。

注释：此山总面积 63 平方公里，海拔 1039.6 米，群峰巍峨，怪石嶙峋，深涧幽谷，古树名木，清泉碧湖，构成了奇特、幽静、秀丽的自然景观。千年古刹福庆寺为中国三大悬空寺之一，以其悠久的历史和卓越的建筑艺术著称于世，使之享有“五岳奇秀揽一山，太行群峰唯苍岩”之美誉。福庆寺建于 1400 年前的隋代初期。据碑文记载，隋炀帝女儿南阳公主目睹父皇横征暴敛，愤极出家，在此削发为尼，弘法修行，度过了 62 个春秋，被后世称为“慈佑菩萨”。山上主要建筑有书院、万仙堂、桥楼殿、大佛殿、藏经楼、公主祠、碑亭等。所有建筑依山就势，小巧玲珑，或建于断岩，或跨于险壁，斗拱飞檐，构造宏丽，云蒸霞蔚，颇为壮观。是中国历史文化名山，国家重点自然风景名胜区。

七律 于家石头村

群峦环抱枕孤村，
晓梦惊蛙日色温。
鳞次石房连古巷，
斑斓祠宇透忠魂。
戏楼曾浸沧桑泪，
民宅深藏社稷根。
安得满朝廉吏出？
唤回清气荡乾坤。

说明：2018 年 10 月 3 日至 4 日，游览河北省石家庄市井陉县于家石头村写此诗。

注释：于家村是于谦直系后裔的发祥地。于谦（1398—1457），字廷益，号节庵，汉族，杭州钱塘人。明永乐十九年（1421 年）进士，官至兵部尚书，著名政治家、民族英雄，一生为官清廉，忧国忘身，刚直不阿，在英宗复辟后为奸臣诬陷被杀，后宪宗时复官赐祭，追谥“忠肃”。有《于忠肃集》传世。其名志诗《石灰吟》：“千锤万凿出深山，烈火焚烧若等闲。粉身碎骨全不怕，要留清白在人间。”对后世产生了深远影响。他与岳飞、张煌言并称“西湖三杰”。在明代成化年间，于谦之长孙于有道从井陉南峪村迁居于此，繁衍至今已 24 代，400 多户，1600 多人。于家村四面环山，500 年来，于家人以勤劳的双手开山凿石，就地取材，利用丰富的石头资源，修成梯田、盖成房屋、雕成石器……营造了一个罕见的，由石楼石阁、石房石院、石桌石凳、石磨石碾、石街石巷、石桥石栏与古老的石头村路构成的石头王国。全村共有六街七巷十八胡同，总长 3700 多米，街巷全是青石铺就，街巷串联的石头房屋 4000 多间。全村到处都是石头文化。于家石头村，是一部用石头书写的村落史诗。

七律 颐和园赏荷

荷香溢岸晓风轻，
翠柳摇塘雨渐晴。
玉带凌空翔鹭鸟，
扁舟穿汉荡华英。
青莲蔽日游鱼动，
粉蝶萦花拍客盈。
幽径人稀情满满，
平生路漫伴霞行。

说明：2020 年 7 月 26 日，在北京颐和园观赏荷花写此诗。

刘登荣诗词集

西部神韵篇

七律 北京飞成都

卢沟晓月隐戎楼，
夜幕徐开伴雾收。
银燕扶摇天地动，
朝霞喷薄碧霄幽。
俯观雪岭思边塞，
遥望高疆替国愁。
云海千重巴蜀近，
长风万里写春秋。

说明：1999年10月26日晨，余率总后工作组从北京飞赴成都战区调研写此诗。

七律 登玉龙雪山

晨幕渐开明月隐，
玉龙盘卧沐朝晖。
天风送我凌空立，
丽日追云伴鹤飞。
云岭千峰驰海浪，
高原万里泛岚微。
神山古乐勾人恋，
春染姑苏引客归。

说明：2000 年 2 月 5 日，登云南丽江玉龙雪山写此诗。

注释：玉龙雪山又称黑白雪山（因其岩体为石灰岩与玄武岩黑白分明）和欧鲁，位于丽江市玉龙纳西族自治县境内，为横断山系云岭山脉的主峰，为纳西族人的神山。南北长 35 公里，东西宽 13 公里，面积 455 平方公里，由 13 座山峰由南向北纵向排列，主峰扇子陡海拔 5596 米，直插蓝天，是北半球距离赤道最近的终年积雪的山脉。其绵延的高峰犹如一条腾空的巨龙，气势磅礴，秀丽挺拔。玉龙雪山分布有 19 条现代冰川，海拔 4200 米至 4800 米，面积达 11.6 平方公里。主要有扇子陡、冰川公园、甘海子、蓝月谷、云杉坪、牦牛坪、白水河、滑雪场等景区。是一个集观光、登山、探险、科考、度假为一体的旅游风景胜地，为国家 5A 级旅游景区。丽江被称为高原姑苏。

七律 泸沽湖

峻峰环抱锁澄渊，
碧水清风荡晓天。
日照千秋西岭雪，
云浮数岛紫霞烟。
槽舟对唱和涛韵，
篝火翩跹舞月圆。
木屋频传猜酒令，
女儿国里做神仙。

说明：2000年2月8日至9日，游览泸沽湖写此诗。

注释：泸沽湖又名左所海、勒得海、鲁枯湖、亮海。从高山俯视，宛如一只展翅的飞燕，故又称燕海。位于四川省凉山彝族自治州盐源县与云南省丽江市宁蒗彝族自治县之间，为高原断层溶浊陷落湖泊。湖略呈西北至东南走向，南北长9.5公里，东西宽5.2公里，湖岸线长44公里，湖水面积50.1平方公里，湖面海拔2685米，最深处105.3米。湖周群山环抱，海拔3754.7米的格姆女神山屹立湖边。湖中有7个小岛，最大的是后龙山楔入湖心的长达4公里的小岛，将湖面分隔为马蹄形。湖水清澈湛蓝，碧波荡漾，水天一色。摩梭人能歌善舞。他们乘猪槽船在湖中劳作，男女常常对唱情歌；每逢节假日傍晚，在村子广场点燃篝火载歌载舞，其舞调有72种之多。泸沽湖摩梭人是中国唯一保存下来的母系氏族社会，实行男不娶、女不嫁的“走婚”制，一家之长是女主人。走婚所生孩子由女方及女方的哥哥、弟弟抚养。走婚的双方互称阿肖。男阿肖晚上到女阿肖家偶居，次日晨返回自己家中。双方虽然建立了性爱关系，但却不是对方家庭成员，双方互不约束，也不太注重财富、地位与门第，唯以感情取舍。被世人称为女儿国。

七绝 怪石域

嶂崖壁立依奇石，
走兽飞禽筑大营。
一阵狂飙惊峡谷，
伏兵疑现铁流横。

说明：2002年9月12日，游览新疆博乐怪石域有感而作。

注释：此位于新疆博乐市东北约48公里处的卡浦牧尕依沟中，紧傍阿拉山口口岸，与准噶尔盆地艾比湖相邻。总面积230平方公里，是我国西北最大的怪石群落之一。景区岩石裸露，怪石嶙峋，如巨兽，似飞鸟，若魔鬼，千奇百怪，鬼斧神工，大自然造就了独具魅力的神奇世界。

七律 亚丁

雪峰拥列入青霄，
飞渡云霞筑彩桥。
快马不嫌泥路远，
侠心敢战野狼嚣。
圣山鸿影凝秋色，
草地牛铃响暮寮。
犹看冰封迎丽日，
琼花玉树碧湖娇。

说明：2003 年 10 月 1 日至 6 日，专程从北京到四川稻城亚丁摄影写此诗。

注释：亚丁位于四川西北甘孜州稻城县境内，地处青藏高原东部，横断山脉中段。亚丁藏语意为向阳之地，又名念青贡嘎日松贡布，即圣地。亚丁景区属高山峡谷类风景区，海拔 2900 米（贡嘎河口 ）至 6032 米（仙乃日峰），面积 1344 平方公里，是中国最完整、最原始的高山自然生态系统之一，国家级自然保护区。亚丁央迈勇、仙乃日等高插云霄的雪峰，积雪终年不化。

七律 登西山

半壁危廊千嶂险，
一池碧水数行鸥。
丹崖耸翠藏名刹，
栈道飞虹瞰彩舟。
远眺花城琼宇屹，
近观金马晚霞流。
卧湖倩女飘长发，
日月沉浮亘古悠。

说明：2007年1月30日，游览昆明西山写此诗。

注释：西山古称碧鸡山。为碧鸡山、华亭山、太华山、罗汉山、挂榜山等山峰的总称。位于昆明西郊，滇池西岸，隔滇池与金马山遥遥相对。北起碧鸡关，南至海口，绵延40多公里，最高峰罗汉峰海拔2 511米。山峦起伏，形似卧佛，故也称卧佛山。地势险峻、古木参天、古寺多座、游人如织，为国家级风景名胜旅游区。一望无际的滇池，湖岸线长约150公里，面积为330平方公里，素称五百里滇池。湖面鹭鸥翔集，蔚为壮观。

七律 重登玉龙雪山

壁立巨龙凌汉宇，
雪峰迤逦沐朝晖。
天风拂袖瑶池荡，
冰嶂悬空杜鸟飞。
云岭层峦奔海浪，
高原牧曲入芳帏。
霎时纷降鹅毛玉，
独露红梅引翠微。

说明：2007年2月7日，重登云南丽江玉龙雪山作此诗。

注释：玉龙雪山主峰扇子陡海拔5596米，直插蓝天，南北向排列的玉龙十三峰犹如一条腾空的巨龙，气势磅礴，秀丽挺拔。随时令和阴晴变幻，时而云蒸雾涌，玉龙乍隐乍现；时而碧天如水，雪峰银光耀目。东方初露晨曦，雪山与霞光辉映。玉龙雪山为纳西族神山。

七律 登华山

五峰峻极依霄汉，
绝壁千寻俯壑渊。
栈道浮云凌松乱，
巉台捧日侧身悬。
南瞻秦岭腾波浪，
北瞰黄河入海川。
纵目寰球魑魅戾，
鬓霜仗剑舞长天。

说明：2009 年 8 月 3 日，游览陕西华山而作。

注释：华山古称西岳、太山、太华山。位于陕西省渭南市华阴市境内，在一块完整硕大的花岗岩体上，由东峰、西峰、南峰、北峰、中峰五峰构成，最高峰南峰海拔 2154.9 米，东西长 15 公里，南北宽 10 公里，面积 148 平方公里。南接秦岭，北俯黄（河）渭（河），以险峻称雄于世，自古称为天下奇险第一山，我国五岳之一。华山雄伟奇险，山势峻峭，壁立千仞，群峰挺秀，虎踞龙盘，气象森森。华山的著名景区多达 210 多处，主要有凌空架设的长空栈道，三面临空的鹞子翻身，在峭壁绝崖上凿出的千尺幢、百尺峡、老君犁沟，以及西岳庙、金锁关、苍龙岭、天下第一洞房、毛女洞、全真岩、真武殿等。华山是道教主流全真派圣地，有 72 个半悬空洞、20 余座道观，其中玉泉院、都龙庙、东道院、镇岳宫为全国重点道教宫院。自秦始皇首祭华山之后，历代帝王大都亲临华山或登山祭祀、封禅。华山具有悠久厚重的历史文化。是国家级风景名胜区和国家 5A 级旅游景区。

七律 兵马俑

始皇地殿布雄兵，
战阵恢宏旷世营。
但见三军征列国，
犹闻六合猎秦旌。
遥思大泽烽烟起，
别梦朝廷暴政倾。
铁马金戈尤可锐，
江山永固赖民声！

说明：2009年8月7日，游览陕西临潼观兵马俑而作。

注释：兵马俑即秦始皇陵兵马俑，为兵马（战车、战马、士兵）形状的陶俑殉葬品。秦始皇陵兵马俑坑是秦始皇陵的陪葬坑，位于陕西临潼东30公里的秦始皇陵园东侧1500米处，坐西向东，三坑呈品字形排列，在深5米左右的坑底，每隔3米筑起一道东西向的承重墙，兵马俑排列在过洞中。由8000余件形体高大的俑群，构成规模庞大、气势磅礴的军阵体系。秦始皇兵马俑博物馆是中国最大的古代军事博物馆，联合国世界遗产，被誉为“世界第八大奇迹”！陈胜吴广领导的大泽乡起义，揭开了秦末农民大起义的序幕，为推翻秦朝政权奠定了基础。

七律 华清宫

宫阙凌寒上碧穹，
温泉自古誉西东。
骊山云揽千峰色，
渭水波扬万载风。
霓舞曲终留遗恨，
渔阳鼓起震关中。
无须国难疑淫女，
民力堪为倒海功！

说明：2009年8月18日，游览陕西临潼华清宫而作。

注释：华清宫又名华清池，位于陕西省西安市临潼区骊山北麓，西距西安30公里，南依骊山，北临渭水，是以温泉汤池著称的中国古代离宫。据文献记载，秦始皇曾在此“砌石起宇”，西汉、北魏、北周、隋代亦建汤池。644年（唐贞观十八年）唐太宗诏令在此造殿，赐名汤泉宫。747年（天宝六载）改名华清宫。华清宫具有6000年温泉利用史和3000年的皇家园林建筑史。国家5A级旅游景区。盛唐时期，唐玄宗李隆基和杨贵妃在华清宫内演绎了千年传诵的爱情故事，玄宗“尤知音律”，杨贵妃“弹唱娴熟”，他们珠联璧合，创作了许多千古妙曲歌舞，其中最著名的是《霓裳羽衣舞》。安禄山在渔阳举兵叛唐，即安史之乱发生后，天宝十五载（756年）六月十四日，杨贵妃随李隆基流亡蜀中，途经马嵬驿，禁军哗变，38岁的杨贵妃被缢死，香消玉殒，终成长恨。白居易《长恨歌》中“渔阳鼙鼓动地来，惊破霓裳羽衣曲”，指的就是这一重大历史事件。

七律 太白山

太白凌霄近日隈，
长风浩荡动仙台。
千重青巘云涛涌，
万道红霞宇幕来。
南北气温山脊断，
江河水向雪峰开。
神州砥柱擎天地，
倒转乾坤任我裁！

说明：2009年8月19日，游览陕西太白山而作。

注释：太白山又名太乙山，位于陕西宝鸡秦岭北麓，眉县、太白县、周至县三县境内，东西长约91公里，南北宽约39公里，秦岭山脉的主峰，海拔3771.2米，是我国大陆东部的第一高峰，国家森林公园。太白山是我国南北气候分界线，它像一道高大宽厚的巨壁，阻挡着南来北往的气流，使南北气候产生明显差异；也是渭河和汉江两大水系的分水岭。太白山主要有太白积雪六月天、斗母奇峰、云海奇观、高山奇湖、万年冰洞、拔仙绝顶等壮丽景观。有沙坡寺、蛟龙寺、黑虎关、嵩平寺、中山寺、斗母宫、太白庙等十几座寺庙宫观为主的古建筑群。太白山是动植物宝库，有世界仅存、中国独有的独叶草，有大熊猫、金丝猴、羚牛、太白虎等大批国家保护动物。太白山千峰竞秀，万壑藏云，云海波涛汹涌澎湃，变幻多端。山巅终年积雪，银光四射，百里可见，极为壮观。唐宋以来，许多文人学士登临挥毫，留下脍炙人口的诗篇。

七律 黄河石林

鸡鸣狗吠炊烟袅，
隔岸禅宫晓雾吞。
云绕翠峦腾紫气，
霞飞丹壁透天门。
冰川融化峰林谷，
雨剑雕镌岁月痕。
羊筏漂流连野渡，
黄河万里铸龙魂。

说明：2009年8月10日至11日，游览黄河石林而作。

注释：此位于甘肃省白银市景泰县东南部，与中泉乡龙湾村毗邻，占地约10平方公里。石林景观与黄河曲流山水相依，颇具天然神韵。黄河石林生成于距今四百万年前的第三纪末和第四纪初的地质时代。由于燕山运动、地壳上升、河床下切，加之风化、雨蚀、重力坍塌，形成了以黄褐色河湖相砂砾岩为主的石林地貌奇观。石柱、石笋一般高达80米至200米，海拔1340米至1600米之间。景区内陡崖凌空，造型千姿百态，景象步移万千；峡谷峰林遍布，状物似人，栩栩如生，好一派北国石林风光，为国家地质公园。

七律 崆峒山

峰林耸峙入玄清，
云海苍茫锁玉京。
殿宇飞檐凌嶂起，
拱桥卧涧伴虹萦。
广成修道传薪火，
黄帝询仙仰圣名。
道法自然皆大道，
安能归隐渡平生？

说明：2009年8月16日，游览平凉崆峒山而作。

注释：此位于甘肃省平凉市城西，东瞰西安，西接兰州，南邻宝鸡，北抵银川，是古丝绸之路，西出关中之要塞。面积84平方公里，主峰海拔2123米，属六盘山支脉，其峰峦雄峙，危崖耸立，似鬼斧神工；林海浩瀚，烟笼雾锁，如缥缈仙境；高峡平湖，水天一色，有漓江神韵。相传崆峒山为仙人广成子修炼得道之地，中华民族人文始祖轩辕黄帝曾亲临此山问道广成子，此山被尊为天下“道教第一山”。玄清即天空的三清圣境，为道家元始天尊、灵宝天尊、道德天尊三位至高神起居之处。

七律 麦积山

丹峰翠谷外空来，
拔地凌霄殿宇开。
栈道蜿蜒悬峭壁，
佛陀高矗坐莲台。
几多膜拜凡夫客，
惟少虔诚济世才。
休让浮云遮望眼，
黄河万里涤尘埃！

说明：2009年8月17日，游览甘肃天水麦积山而作。

注释：麦积山又名麦积崖，始创于十六国后秦（384年至417年）时期。区内松竹丛生，山峦叠翠，群峰环抱，为秦岭山脉西端小陇山的一座奇峰，海拔1742米，山顶距地面142米，孤峰突起，形如麦垛而得名。总面积215平方公里。现存佛教窟龛194个，泥塑石雕、石胎泥塑7200余身，壁画1300余平方米，全部窟龛开凿在东西两崖峭壁之上。由于麦积山山体为第三纪砂砾岩，石质结构松散，不易精雕细镂，故以精美的泥塑著称于世，绝大部分为泥塑彩妆，被雕塑家刘开渠誉为“东方雕塑陈列馆”。麦积山石窟为中国四大石窟之一（其它三窟为敦煌莫高窟、龙门石窟、云冈石窟），也是闻名世界的艺术宝库。

七排律 秦州怀古

羲皇史迹永传扬，
开启文明第一章。
演绎河图兴古卦，
巧依绳结破洪荒。
丹霞雕塑神州醉，
丝路峦关域外彰。
杜甫遗诗堪绝唱，
春秋巨柏势轩昂。
街亭大战堠烟尽，
蜀魏争雄故事长。
遥想千秋成纪月，
阴晴不改照辉煌。

说明：2009年8月17日，游览甘肃省天水市而作。

注释：秦州为天水的古称。远古称成纪，伏羲皇出生地。《汉书》中说：成纪属汉阳郡，汉阳郡属天水郡也。古帝伏羲氏所生之地。所以天水历来被称为羲皇故里。伏羲是中华民族人文始祖，是我国古籍中记载的最早的王，所处时代约为新石器时代早期。他根据天地万物的变化，发明创造了八卦，成为中国古文字的发端，也结束了结绳记事的历史。他又以结绳为网，用来捕鸟打猎，教会了人们狩猎的方法，发明了瑟，创作了《驾辨》曲子，他的活动，标志着中华文明的起始，也留下了大量关于伏羲的神话传说。河图为上古时期，孟津东郊有一条图河与黄河相接，伏羲依龙马之图画出了乾、兑、离、震、巽、坎、艮、坤为内容的卦图，后人称为伏羲八卦图。龙马负图出于图河。龙马负图寺为河图之源。天水麦积山为丹霞山。诗圣杜甫在秦州南郭寺留居三个月，有诗作117首，清初宋琬选60首，刻制《二妙轩》碑，现存于南郭寺。

七律 嘉峪关怀古

雄关屹立夕阳残，
皓月悬空岭雪寒。
禁阙高擎连敌垒，
旌旗漫卷动晴阑。
千秋烽燧三寻剑，
万里征程一寸丹。
唯有铁军凝国运，
风萧西域固如磐。

说明：2009 年 8 月 18 日，游览甘肃嘉峪关而作。

注释：嘉峪关位于甘肃省嘉峪关市狭窄山谷中地势最高的嘉峪山上，城关两翼城墙横穿沙漠戈壁，向北 8 公里连黑山悬壁长城，向南 7 公里接天下第一墩。始建于明洪武五年（1372 年），历经 168 年修建，为明长城西端起点和西部第一重关，古丝绸之路的交通要冲，万里长城最为壮观的关城，是保存最为完好的古代军事城堡。岭雪指祁连山岭的积雪。

七律 酒泉卫星发射中心

千秋戈壁祁连雪，
万丈黄沙大漠烟。
首发卫星惊世界，
再飞导弹震豪权。
一声核爆长空动，
数艘神舟昊宇旋。
亘古祖先奔月梦，
嫦娥指日可升天。

说明：2009年8月20日，参观酒泉卫星发射中心后作此诗。

注释：酒泉卫星发射中心又称东风航天城，位于内蒙古阿拉善盟额济纳旗及甘肃省酒泉市金塔县交界的巴丹吉林沙漠西北边缘，海拔1000米，占地2800平方公里。属内陆及沙漠性气候，每年约有300天可以进行发射试验。是中国卫星和运载火箭的发射试验基地之一，是中国创建最早、规模最大的综合型导弹、卫星发射中心，也是中国目前唯一的载人航天发射场。该中心是发射中低轨道各种试验卫星、应用卫星的主要基地。自1970年4月24日，长征一号运载火箭成功发射中国第一颗卫星——“东方红一号”至2005年10月，中国发射了约50颗人造卫星，其中37颗在酒泉卫星发射中心发射。1960年11月5日，该中心成功发射中国制造的第一枚地地导弹。1966年10月27日，中国第一次导弹核武器在这里试验成功。在这里第一次以热核聚变引爆原子弹试验成功。1999年11月20日，“神舟一号”试验飞船从这里发射升空，拉开了中国载人航天工程的幕布。尔后神舟系列飞船和天宫飞行器相继在此成功发射，将航天员送往太空。是世界三大航天发射场之一。中国计划尽快将嫦娥载人飞船送上月球，实现中华民族几千年的登月梦想。

七律 月牙泉

金峰环抱浮云断，
驼影悠长小径烟。
几缕残阳辉殿宇，
一弯新月映灵泉。
澄潭泛浪千秋水，
沙砾鸣琴万古弦。
西汉渥洼飞野马，
神奇大漠醉诗仙！

说明：2009年8月21日，游览甘肃敦煌月牙泉而作。

注释：月牙泉处于鸣沙山环抱之中，因其形酷似一弯新月而得名。古称沙井，俗名药泉，位于甘肃省河西走廊西端的敦煌市。月牙泉南北长近100米，东西宽约25米，泉水东深西浅，最深处约5米，水质甘洌，澄清如镜。流沙与泉水之间仅数十米，虽遇烈风而泉不被流沙所掩没，地处戈壁而泉水不浊不涸。这种泉沙共存的独特地貌，确为天下奇观。从鸣沙山下滑时，沙子会发出神奇的声响。自汉朝起为“敦煌八景”之一，有“沙漠第一泉”之称。

七律 阳关寻古

葡萄美酒柳莺啼，
孤寨藤街绕碧溪。
万里丝绸边塞路，
千秋大漠汉唐骊。
西瞻楼国平沙远，
东望长安暮色低。
古道雄关何处是？
烽台高矗夕阳迷！

说明：2009年8月22日，游览敦煌西的阳关而作。

注释：阳关位于甘肃省敦煌市西南古董滩附近。是中国古代陆路对外交通咽喉，丝绸南路必经关隘，古代兵家必争战略要地。西汉置关，因在玉门关之南得名。和玉门关同为当时通往西域门户。唐代大诗人王维一首“渭城朝雨浥轻尘，客舍青青柳色新。劝君更尽一杯酒，西出阳关无故人”，写尽古时阳关之荒凉。今日阳关一带已是西北最大的鲜食葡萄基地和敦煌野生罗布麻生产基地。站在烽燧高耸的墩墩山上，举目远视，绿树葱葱，一派塞上江南景象。

七律 玉门关

朔漠罡风动碧天，
平沙千里卷祁连。
烽烟凝入残垣梦，
箭影依稀铁马年。
汉塞雄关环绿野，
长城故道隐桑田。
玉门羌笛今何怨？
杨柳春光拂古弦。

说明： 2009 年 8 月 23 日，游览敦煌西玉门关而作。

注释： 玉门关俗称小方盘城，位于中国甘肃省敦煌市西北约 90 公里处，在汉朝和唐朝两次建立，是汉唐时期重要军事关隘和连通丝绸之路的交通要道。始置于汉武帝开通西域道路、设置河西四郡之时，因西域输入玉石取道于此而得名。今甘肃敦煌的玉门关是唐代玉门关的遗址。玉门关在中国古代一直是文人墨客的咏叹之地，唐代诗人王之涣就曾留下《凉州词》：黄河远上白云间，一片孤城万仞山。羌笛何须怨杨柳，春风不度玉门关。诗中那悲壮苍凉的情绪，引发人们对这座古老关塞的向往。1988 年，玉门关被确定为全国重点文物保护单位。祁连即祁连山。汉塞雄关即汉武帝设置的玉门关。长城即公元前 116 年至前 105 年修筑的酒泉至玉门间的长城。

七律 莫高窟

绵亘祁连瀚海茫，
三危拔地碧空苍。
鸣沙山麓藏禅地，
石窟门前泛瑞光。
壁画飞天千古韵，
彩雕塑像五洲芳。
遗书万卷惊寰宇，
宝藏何时转故乡？

说明： 2009年8月25日，游览敦煌莫高窟而作。

注释： 莫高窟俗称千佛洞，被誉为20世纪最有价值的文化发现、东方卢浮宫，坐落在河西走廊西端的敦煌，以精美的壁画和塑像闻名于世。它始建于十六国的前秦时期，历经十六国、北朝、隋、唐、五代、西夏、元等历代的兴建，形成巨大的规模，现有洞窟735个，壁画4.5万平方米，泥质彩塑2415尊，是世界上现存规模最大、内容最丰富的佛教艺术圣地。我国著名的四大石窟之一，全国重点文物保护单位，联合国世界文化遗产。三危即鸣沙山对面三危山。莫高窟开于敦煌市东南25公里处的鸣沙山东麓的断崖上。南北长1600多米，上下排列五层、高低错落有致、鳞次栉比，形如蜂房鸽舍，壮观异常。敦煌壁画中的飞天图案，被唐朝人赞誉为天衣飞扬，满壁风动，成为敦煌壁画的象征。1900年道士王圆箓发现的藏经洞，内有从4世纪到11世纪的历代文书和纸画、绢画、刺绣等文物5万多件，对研究中国和中亚地区的历史具有重要的史料和科学价值。藏经洞被发现后，英国、法国、俄国等许多西方的考古学家和探险者，廉价从王圆箓处获得大量珍贵典籍和壁画运回国内。大英博物馆现有与敦煌相关的藏品约1.37万件。法国考古学家获取的1万多件敦煌文书，大都藏于法国国立图书馆。

七律 钓鱼城

峭壁凌霄鹭鸟愁，
三江锁钥控渝州。
孤城抗敌堪营垒，
骄军沉沙震亚欧。
独钓中原多少代，
镌铭战史数千秋。
江山兴替忠魂在，
浩气随波万古流。

说明：2010 年 1 月 30 日，游览重庆合川钓鱼城而作。

注释：此位于重庆市合川区合阳镇嘉陵江南岸钓鱼山上，占地 2.5 平方公里。山上有一块平整巨石，传说有一巨神于此钓嘉陵江中之鱼，以解一方百姓饥馑，由此而得名。钓鱼城山突兀耸立，相对高度约 300 米，周围几为峭崖绝壁，城墙雄伟坚固，山下嘉陵江、涪江、渠江三江汇流，南北西三面环水，地势十分险要，为兵家雄关。 渝州为重庆的古称。钓鱼城山具有自给自足的条件和依恃天险易守难攻的特点，在蒙军包围下坚守抗战达 36 年，成为南宋抗蒙的中流砥柱。骄军沉沙即蒙哥汗（汗为蒙古等北方少数民族最高政治首领的尊称，又称合罕、大汗、可汗）在钓鱼城战死，迫使蒙军的第三次西征停滞下来，缓解了蒙古势力对欧亚非各国的威胁。独钓中原即蒙哥汗在钓鱼城下的败亡，导致蒙古这场灭宋战争全面瓦解，使南宋政权得以延续 20 年。

七律 蒙顶山

扶摇直上步穹寥，
五巘烟岚筑彩桥。
峨岭祥云浮碧海，
贡山晴雪映青霄。
蒙茶入口千秋醉，
古道遗香万里遥。
高卧莲台甘不醒，
桃源品茗度春宵。

说明：2010年2月24日，登四川蒙顶山而作。

注释：此位于雅安市名山县境内，川西名山，因“雨雾蒙沫”而得名，海拔1456米，五峰环列，形如莲花，有2000多年的种茶历史，曾为皇室贡茶，并经茶马古道远销欧亚各国，被誉为天下第一茶！蒙顶山因是茶的发源地而成为世界茶文化圣山。峨岭即峨眉山，位于四川峨眉山市境内，最高峰万佛顶海拔3099米。地势陡峭，风景秀丽，有“秀甲天下”之美誉。贡山即贡嘎山，位于四川省康定以南，大雪山的主峰，海拔7556米。周围有海拔6000米以上的山峰45座，山峰陡峭，冰川巨大，被喻为蜀山之王。蒙茶即蒙顶山茶。古道即由雅安至西藏、尼泊尔、印度等地的茶马古道。

七律 观音峡

峡谷幽深仰落冠，
瀑流千丈吼雷寒。
洪涛涌雪奔龙口，
翠柳摇虹映佛坛。
古道崎岖遗址在，
雄关屹立马帮残。
何时滇藏添高铁，
万里长风跨玉峦。

说明：2010年8月25日，游览云南丽江观音峡而作。

注释：此位于丽江古城东南七河乡，面积10多平方公里，因峡内有观音寺而得名。该峡长而深，时逢雨季，瀑流高挂，涧水暴涨，咆哮而下，气势壮观。是一个融湖泊、峡谷、瀑布、森林和纳西村落、茶马古街、民俗风情、宗教寺庙为一体的综合景区，被誉为丽江第一景。茶马古道源于古代西南边疆的茶马互市，兴于唐宋，盛于明清，分为川藏、滇藏两路。雄关即玉龙关，是历史上茶马古道滇藏线从丽江入藏的唯一关口和军事要塞。观音峡是玉龙关的入口。

七律 丽江古城

临山筑屋自然栖，
翠柳澄潭百鸟啼。
碧水幽幽穿小巷，
玉龙邈邈映清溪。
纳西古乐惊天界，
茶马东巴印雪泥。
夜色笼街歌舞起，
霓虹酒肆醉情迷。

说明：2010年8月27日，第四次游览云南丽江古城而作。

注释：丽江古城又名大研镇，位于丽江坝中部，北依象山、金虹山，西枕狮子山，东南面临数十里的良田阔野。古城始建于宋末元初，距今已800多年，是茶马古道必经重镇。它坐落在玉龙雪山下，古建依山傍水，雪峰倒映清溪，纳西古乐悠扬，东巴文化深邃，这里是人与自然最完美结合的精神家园，中国历史文化名城，联合国世界文化遗产。据考证，纳西古乐起源于公元14世纪，是中国或世界最古老的音乐之一。由《白沙细乐》《洞经音乐》和《皇经音乐》（“皇经音乐”现已失传）组成，融入了道教法事音乐，儒教典礼音乐，甚至唐宋元的词曲牌音乐，形成了它独特的灵韵，被誉为音乐化石。东巴文化是纳西族古代文化，因保存于东巴教而得名，已有1000多年的历史。主要包括东巴文字、东巴经、东巴绘画、东巴音乐、东巴舞蹈、东巴法器和各种祭祀仪式等。

七律 梦幻泸沽湖

泸湖万顷水天苍，
云影山光翠柳扬。
碧岛飞舟惊雁阵，
渔歌唱晚绕亭梁。
摩梭篝火锅庄舞，
阿夏闺楼洞烛香。
千古走婚风韵事，
女儿国度话沧桑。

说明：2010年8月30日，重游泸沽湖而作。

注释：泸沽湖位于四川省凉山彝族自治州盐源县与云南省丽江市宁蒗彝族自治县之间。面积50.1平方公里，湖边居民主要是摩梭人。摩梭人有自己的母语摩梭语，但没有文字，信奉藏传佛教。是中国唯一仍存在的母系氏族社会，实行男不娶、女不嫁的“走婚”制度。其典型的高原湖泊自然风光和独特的摩梭母系氏族文化，原始的民俗风情，为这片古老的土地罩上了一层神秘而美丽的面纱，被称为神奇的东方女儿国。

七律 丽江黑龙潭

澄潭叠布对天开，
桥影山光映玉台。
千仞雪溪飞碧液，
数重水巷杳尘埃。
微风荡谷晴岚动，
翠柳披霞白鹭裁。
醉倚雕栏舒目望，
瑶池仙女下凡来？

说明：2010 年 8 月 28 日，游览云南丽江古城黑龙潭而作。

注释：黑龙潭又名玉泉公园，旧名玉泉龙王庙，因清嘉庆、光绪两朝皇帝敕封“龙神”而得名，后改称黑龙潭。位于城北象山脚下，潭水从石缝间喷涌而出，汇成四万平方米潭面。山上苍松翠柏，山下数潭相连，亭台楼阁流丹，潭水清澈如镜，蓝天白云倒映，飞瀑下泻古城，成为千巷水源。雪溪即玉龙雪山冰雪融化形成的溪流。

七律 白水河

银岭冰峰化雪泉，
飞流万仞动寒川。
蓝溪幽谷澄潭镜，
白水琼台碧浪烟。
高峡石崖倾玉液，
平湖山影映云天。
小楼醉卧涛声急，
铁马萧萧入壑渊。

说明：2010年8月28日，游览丽江白水河而作。

注释：此位于云南丽江玉龙雪山东麓山箐的云杉坪旁。由玉龙雪山冰川融化的雪水汇流而成，沿山谷层叠形成梯级瀑布而下，因水清澈见底，河床、台地由白色大理石、石灰岩碎石构成，远看就像一条白色的河，因此得名。该河段名蓝月谷，有白水台、玉液湖、蓝月湖、镜潭湖，听涛声逶迤而下，湖边垂柳拂面，湖中云天倒映，湖口涛声震谷，景色秀美壮观。

七律 虎跳峡

峡深千丈隐苍穹，
虎跃蛟龙踞嶂嵩。
玉巘万寻存汉雪，
金川九曲突云丛。
惊涛击石沉雷吼，
飞瀑腾虹峭壁空。
遥想下游曾抢渡，
红军浩气大江东。

说明：2010年9月1日，游览金沙江虎跳峡而作。

注释：此位于云南省玉龙纳西族自治县龙蟠乡东北。峡谷长17公里，由南岸海拔5596米的玉龙雪山和北岸5396米的哈巴雪山紧夹江流形成，最大谷深3900米，江水落差213米，为世界三大峡谷之一。分为上虎跳峡、中虎跳峡和下虎跳峡。上虎跳峡最窄处仅30米左右，江中有一矗立水面的巨石，据说曾有一只猛虎从南岸经该石跳到北岸，因此而得名。江水汹涌，巨浪排空，惊涛震天，水雾数丈，云蒸霞红，实乃气势磅礴，蔚为壮观。玉巘即峡谷两侧的大雪山。金川即流经虎跳峡的金沙江。

七律 普达措

翠湖草甸依星汉，
林海苍茫锁碧天。
马吻朝霞莺语脆，
云浮黛岭紫岚翩。
蜿蜒栈道连秋水，
迤逦花堤荡柳烟。
雨带斜阳游客醉，
晚风阵阵动经旃。

说明：2010年9月3日，游览云南普达措国家森林公园，但见林海茫茫，草甸辽阔，蓝天白云，湖光山色，曲径蜿蜒，风光旖旎，余步行7公里，拍摄8小时，故写此诗。

注释：普达措，普达即佛教普度众生之意。措为藏语，即湖。位于云南省迪庆藏族自治州香格里拉县城东，由碧塔海与属都湖生态旅游区组成。海拔在3500米至4159米之间，总面积约300平方公里。内有高山湖泊、牧场、湿地、原始森林。碧塔海、属都湖两个美丽的淡水湖泊素有高原明珠之称，是“三江并流”风景名胜区的重要组成部分。

七律 西岭雪山

庙基突兀青霄矗，
云海苍茫晓色彤。
晨鸟戏林鸣桂谷，
断崖飞瀑走蛟龙。
轻扬西岭千秋雪，
远眺高原万里峰。
日照金山腾碧浪，
钟灵巴蜀隐姝容。

说明：2010 年 9 月 18 日至 19 日，重登四川西岭雪山，伫立游人可达的最高处红石尖，但见云海苍茫，群峰时现，层峦叠翠，瀑流飞漩，桂树成林，风光无限，故写此诗。

注释：此位于四川省成都市大邑县境内，总面积 483 平方公里，最高峰庙基岭海拔 5364 米，矗立天际，终年积雪不化，为成都第一峰。区内有原始林海、悬崖绝壁、奇花异草、珍禽异兽，终年有云海、日出、佛光、阴阳界、日照金山等变化莫测的高山气象景观，国家级风景名胜区。站在红石尖，可远眺青藏高原迤逦的群峰。

七律 中秋登瓦屋山

壁立高塬入玉宫，
修篁古树蔽藤笼。
银河飞泻惊千壑，
暮鼓悠扬绕万嵩。
东望峨眉金顶翠，
西瞻贡嘎落霞红。
临风把酒邀明月，
一统江山四海同。

说明：2010年9月22日（农历中秋节），游览四川洪雅县瓦屋山而作。

注释：瓦屋山景区位于四川盆地西沿的眉山市洪雅县境内，占地面积700平方公里。瓦屋山海拔2830米，孤峰突起，壁立万仞，顶为高塬，下临平湖，古木入云，天河飞泻，最大落差1040米，为世界之最，系中国历史文化名山，道教发源地，中国鸽子花故乡，世界杜鹃花王国，国家森林公园。站在瓦屋山顶，可远眺峨眉山和贡嘎雪山。

七律 题三苏祠

祠宇巍峨猎彩旌，
清溪竹影绕鸥鸣。
大江东去千秋颂，
赤壁西游一赋惊。
两代词文开盛世，
八家泰斗冠英名。
何时巴蜀钟灵地，
再领骚坛发风声？

说明：2010年9月23日，再谒四川眉山三苏祠而作。

注释：三苏祠位于四川省眉山市中心城区纱縠行南街，是北宋著名文学家苏洵、苏轼、苏辙的故居，元代改宅为祠祭祀三苏。明末焚毁，清康熙四年即1665年重建至今。现为占地104亩的古典园林。三苏为北宋时期著名文学家，在中国文学史上具有重要地位，可谓萃父子兄弟于一门，唐宋八大家占三席，其文章宏伟博辩，品格超尘脱俗，如文坛三座雄伟的高峰，鼎足而立，相互辉映，雄视百代。尤其苏轼诗词文赋取得很高成就，并是古文革新运动的领袖，以“大江东去”和“赤壁赋”为代表的诗词文赋气势磅礴，豪情奔放，瑰丽雄杰，空前绝后，乃千古一人，罕见其匹。

七律 列车飞渡

遥望东方日幕开，
云霓漫卷晓风来。
青山万座凭飞渡，
碧水千条任剪裁。
袅袅炊烟萦竹院，
柔柔夕照沐宸隈。
一声长笛孤鸿远，
游子思乡入梦徊。

说明：2010年9月29日，乘车从蓉城出发返京。但见列车穿过崇山峻岭，飞越江河原野，风驰电掣，一日千里，余不时抓拍美景。遥望远去的孤鸿与殷红的残阳，平添几许落寞，次日在列车写此诗。

七律 滇池康城

采莲碧水绕新城，
垂柳依窗晓雾轻。
百鸟鸣飞惊夜梦，
繁花竞放醉晨更。
渔翁独钓星光退，
湖塔凌空旭日生。
安得山河皆秀色？
澄清玉宇九州春。

说明：2010 年 10 月 15 日，到昆明住滇池康城小区。但见采莲河碧水环流，四周繁花似锦，岸边垂柳摇曳，长堤翠竹幽深，东侧湖光芦荡，天成江南胜景。17 日晚与中国著名书法家禾千及张宝华先生，从昆明乘机返京途中作此诗。

七律 锦里

锦绣蓉城蜀国雄，
里闳文脉古今通。
雕楼巷院秦关梦，
曲水廊桥汉府风。
小吃吆声穿夜幕，
老街酒肆映霓虹。
情人最爱幽偎处，
独放寒梅一树红。

说明：2011年1月1日至9日，在成都观光，多次到与住地近在咫尺的锦里散步和拍摄，其雕楼、石刻、对联、物品，无不透出强烈的三国文化、汉唐风韵、巴蜀乡情，尤其夜幕降临，霓虹闪烁，人头攒动，小桥流水，天鹅传情，无不让人乡情绵绵、浮想联翩、心旷神怡。故写此诗。

注释：锦里即锦官城，古时为成都之代称。现为成都市著名步行商业街，为清末民初建筑风格的仿古建筑。锦里古巷在蜀国建都成都时即已有之，其热闹非凡，近两千年而不衰。但见牌坊矗立，古楼连街，小巷深深，曲水环流，店房逶迤，游人如织，号称“西蜀第一街”。

七律 杜甫草堂

浣水梅桥百鸟嬉，
修篁茅屋汉唐篱。
荷池映柳浮云影，
高塔鸣铃颂杜诗。
千古草堂留墨客，
九州文脉铸丰碑。
如今广厦连郊野，
一派春光舞旆旗。

说明：2011 年 1 月 7 日，游览成都市杜甫草堂。杜甫草堂名贯中外古今，可谓浣花溪水环流，池塘云影天光。翠竹遮天蔽日，四野繁花溢香。茅屋仿古似古，诗意荡气回肠。五洲游人仰慕，诗圣万古流芳。故写此诗。

注释：杜甫草堂即成都杜甫草堂博物馆，位于四川省成都市西门外的浣花溪畔，是唐代伟大现实主义诗人杜甫流寓成都时的故居。759 年冬天，杜甫为避安史之乱，携家入蜀，在成都营建茅屋而居，称成都草堂。杜甫先后在此居住近四年，创作大量不朽诗篇，其中直接写草堂且最著名的当属《茅屋为秋风所破歌》。杜甫（712–770），字子美，号少陵野老，世称杜少陵，杜工部。河南巩县（今郑州巩义）人，原籍湖北襄阳。其诗以古体、律诗见长，风格多样，而以沉郁为主，显示了唐代由盛转衰的历史过程，被称为诗史。因其在诗歌创作上的辉煌成就而被后世誉为诗圣，诗作流传至今 1400 多首。

七律 草海

碧湖高踞近吴钩，
仙女梳妆映玉楼。
万顷波光峰岭醉，
千层云影海潮流。
扁舟徐动惊鸥鹭，
牧笛悠扬掠宛骝。
夕照穿林幽岛静，
渔歌袅袅唤重游！

说明：2011 年 4 月 1 日，游览贵州省毕节市威宁县草海而作。

注释：此位于威宁彝族苗族回族自治县境内，面积约 45 平方公里，海拔 2400 米，贵州境内最高的高原湖泊。是一个由岩溶堰塞形成的淡水湖，四周环山，常年积水，清澈见底，湖中水草繁茂，故得名。登山俯瞰草海，周围青松葱郁，湖山辉映，景色如画，因而又称松波湖。全年栖息或越冬的鸟有黑颈鹤、白鹳、海鸥、赤麻鸭、黑库鸭、鸳鸯等数十种达几万只，为国家级著名自然生态保护区。

七律 西安世界园艺博览会

凌峰高塔隐苍穹，
锦绣滨湖起彩虹。
花舫巡游扬灞水，
喷泉漫舞戏龙宫。
亭台曲榭长安韵，
雕塑尖楼异国风。
道法自然千古业，
天人合一五洲同。

说明：2011 年 6 月 2 日至 4 日，参加西安世界园艺博览会写此诗。

注释：该会在位于西安市浐灞生态区广运潭西安世博园举行。西安世博园总面积 4.18 平方公里，其中水域面积 1.88 平方公里。主要建筑有长安塔、创意馆、自然馆和广运门。有长安花谷、五彩终南、丝路花雨、海外大观、灞上彩虹五大主题园艺。主要展园有长安园、秦岭园、关中园、红豆杉主题园、世界庭园、古希腊园、意大利台地园、法国古典主义园林、英国自然式风景园、西班牙伊斯兰园、大师园、植物学家花园、山水 . 中国地图园等。有灞上人家、椰风水岸和欧陆风情三处特色服务区。西安世园会以“天人长安，创意自然”为主题，展示回归自然，绿色生活时尚。园内是长安汉唐风韵与现代生态文明的高度融合，是中外园林艺术与建筑风格的完美统一。现为国家 4A 级旅游景区。

七律 法门寺

古塔巍峨镇莽川，
地宫隐秘过千年。
珍藏佛指惊华夏，
重现光芒耀昊乾。
踏入法门天地小，
参明梵道世尘湮。
更期四海烽烟熄，
和煦春风舞月圆。

说明：2011 年 6 月 3 日，参观陕西省法门寺而作。

注释：此位于陕西省扶风县城北法门镇。始建于北魏时期，距今有 1700 多年。始称阿育王寺，隋朝时改为成宝寺，唐初高祖李渊改为法门寺。唐朝是法门寺的全盛时期，八位皇帝开塔迎请佛祖释迦牟尼真身指骨舍利。法门寺历经扩建重修，最后形成了有 24 个院落的宏大寺院。2009 年 5 月 9 日落成的合十舍利塔高 148 米，造型如同合十的双手，塔前铺设一条长达 1230 米、宽 108 米的佛光大道，一些源于佛教经典题材的景观小品及金色菩萨像点缀在大道两侧。大道两头分别是可容十万人的朝圣广场与山门广场。古塔即法门寺内的护国真身宝塔。唐咸通十五年（874 年）正月四日，唐僖宗李儇最后一次送还佛骨时，按照佛教仪轨，将佛指舍利及数千件稀世珍宝一同封入宝塔下的地宫，用唐密曼荼罗结坛供养。唐代诸帝笃信佛法，对舍利虔诚供养，寺院大小乘并弘，显密圆融，使法门寺成为皇家寺院及举世仰望的佛教圣地。1981 年 8 月 24 日宝塔半边倒塌，1987 年重修宝塔时发现地宫，在沉寂 1113 年之后，2499 件大唐国宝重器，簇拥着佛祖真身指骨舍利重新面世！地宫内出土的稀世珍宝，对研究中国政治史、文化史、科技史、中外交流史、美术史等，具有极其重要的价值。

七律 天生三桥

桥横银汉九重巅，
洞映丹青十里烟。
壁立千寻悬玉瀑，
虹飞百道舞晴川。
雄鹰展翅星云动，
巨蟒腾空雨雾绵。
且借如椽书绝景，
渝州诗韵醉天仙。

说明：2011年6月9日，游览重庆武隆天生三桥风景区而作。

注释：此位于重庆仙女山与武隆县之间，由天龙桥、青龙桥、黑龙桥组成，以其规模庞大、气势磅礴称奇于世，是亚洲最大的天生桥群。天龙桥顶天立地，桥高200米，跨度300米，犹如飞龙在天。青龙桥垂直落差最大，桥高350米，跨度400米，桥身青翠，藤蔓缠绕，远观似青龙飞天。黑龙桥桥色深暗，如黑龙横卧。三座桥呈纵向排列，平行横跨在羊水河峡谷上，将两岸山体连在一起。天生桥桥体溶洞四伏，水帘高悬。桥下溪流潺潺，喷泉叮咚。两岸悬崖万丈，壁立千仞，峰青岭翠，林森木秀，一派雄奇、苍劲、神秘、幽静的原始自然风貌，以山、水、瀑、峡、洞、桥构成一幅完美的自然山水画卷。为中国南方喀斯特地貌的主要代表之一，联合国世界自然遗产。

七律 武隆地缝

熔岩裂缝慑人心，
日月神工绝世深。
嶂立千重晨鸟怵，
梯悬百级暮云沉。
翠峦银瀑飞幽壑，
碧涧风涛奏古琴。
一线霞光明地罅，
揭开奥秘候佳音。

说明： 2011 年 6 月 9 日，游览重庆市武地缝风景区而作。

注释： 此位于武隆县仙女山镇境内，由几千万年前造山运动形成，属典型的喀斯特地貌景观。峡谷长 5 公里，谷深 200—500 米，其规模宏大，气势磅礴，雄险峻秀。峡谷悬崖千仞，岩壁险绝，植被茂密，一线天光，峰矗云涌，飞瀑流泉，溪水长流，潭碧涧清，翠竹婆娑。穿洞洞体宏大，钟乳星罗密布，中有地下湖泊。银河飞瀑、九滩十八潭、蛟龙寒窟为其标志性景观。景区内的高山、峻岭、峡谷、流水，共同构成一幅完美的山水画卷。

七律 夜游甲秀楼

名冠神州甲秀红，
长联独步古今空。
飞檐凌汉浮明月，
曲岸横波落彩虹。
登顶仰观穹宇幕，
凭栏沐浴夜郎风。
栋梁辈出兴邦运，
何惧秋霜仗剑雄。

说明：2011年6月15日，夜游贵阳市甲秀楼。登楼远眺，浮玉桥如白龙卧波，灯光水色交相辉映，人影散聚楼桥，游艇漂荡波心，可谓美不胜收，是夜作此诗。

注释：甲秀楼位于贵阳市城南南明河中一块巨石上，名甲秀，取科甲挺秀之意。始建于明，后楼毁重建，改名来凤阁。清代多次重修，并恢复原名。现存建筑是宣统元年(1909年)重建。楼上下三层，白石为栏，高22.9米，为木结构阁楼，三层三檐四角攒尖顶，画甍翘檐，红棂雕窗，白石巨柱托檐，雕花石栏相护。南明河从楼前流过，汇为涵碧潭，楼侧由石拱浮玉桥连接两岸。甲秀楼朱梁碧瓦，四周水光山色，名实相符，堪称甲秀。历代骚人墨客对甲秀楼题咏甚多，其中清人刘玉山所撰206字长联脍炙人口，此联比号称天下第一联的昆明大观楼长联还多26字。它概括了山城贵阳的地理形势及历史变迁。为全国重点文物保护单位。

七律 青岩古镇

敌楼雄垒屹城门，
数座牌坊百代魂。
古道遗风凝国粹，
屯田胜迹话乾坤。
满街苗饰银光闪，
一馆胡龙化石存。
夜色朦胧寻酒肆，
共邀明月对金樽。

说明：2011 年 6 月 16 日，游览贵阳市花溪区青岩古镇有感而作。

注释：此位于贵阳市南郊，历经明清两代，距今已 600 余年，因附近多青色岩峰而得名。古镇面积 3 平方公里，镇容布局沿袭明清格局，至今仍存完好的朝门、腰门以及陈旧古老的石柜台和木柜台。古为屯田驻兵之地，古镇四周筑有城墙，分内城和外城，用方块巨石垒砌，城墙上筑有敌楼、垛口、炮台，气势宏伟的定广门城楼与石板古道是古镇标志。胡龙即贵州龙，体长几十厘米，杂食，生存于距今 2.1 亿年前的三叠纪中期，化石产于兴义市顶效镇绿荫山村。海生动物，小脑袋，长脖子，身体宽扁，四肢保留趾爪，能两栖生活，属鳍龙目肿肋龙亚目，命名为“贵州龙科贵州龙属胡氏贵州龙”。贵州四大古镇（青岩、镇远、丙安、隆里）之一，也是贵州最著名的文化古镇。

七律 茅台镇

青峰环抱古村幽，
安乐蜿蜒任我游。
国酒溢香飘万里，
茅台入口醉千秋。
灵山秀水骚人觅，
旷世琼浆汉武求。
遥寄谪仙邀月饮，
一江美酿伴诗流。

说明：2011年6月28日至7月1日，游览贵州省仁怀市茅台镇，参观茅台酒集团有感而作。

注释：此位于仁怀市赤水河畔，群山环峙，地形险要，是川黔水陆交通的咽喉要地。地处贵州高原西北部，大类山脉西段北侧，北靠历史名城遵义，南临川南。1915年茅台酒在巴拿马万国博览会上荣获金奖，从此茅台镇誉满全球。赤水河古称安乐水，位于川江南岸，因河流含沙量高、水色赤黄而得名。为长江上游支流，发源于云南省镇雄县北部的两河乡花果顶梁子，海拔2000米，流域集水面积约20440平方公里，河长523公里，天然落差1588米，两岸陡峭、滩险流急。上游称鱼洞河，东流至川滇黔三省交界处的梯子岩，称毕数河，经贵州省赤水市至四川省合江县入长江。因中国工农红军四渡赤水和流域内盛产美酒，故有“英雄河”“美酒河”之称。谪仙即李白（701—762），字太白，盛唐最杰出的伟大浪漫主义诗人，素有谪仙之称。

七律 茅台镇怀古

高原叠翠白云悠，
碧水青峰伴彩流。
小镇扬名惊世界，
茅台摘冠震神州。
酒都犹有秦唐韵，
渡口仍拴弹洞舟。
自古诗仙皆傲骨，
愿将樽斝对吴钩。

说明：2011年6月28日至7月1日，游览贵州省仁怀市茅台镇，并参观茅台酒集团而作。

注释：茅台镇地处贵州高原西北部群山环抱的低谷地带，依青山，傍赤水，集中国古盐文化、灿烂的长征文化、神秘的酿酒文化于一体，为中国第一酒镇。茅台酒至今仍保留着发源于贡奉汉武帝时构酱酒的酱香风韵，1915年在美国巴拿马万国博览会获金奖。1935年红军在茅台镇三渡赤水，为扭转乾坤而名垂青史。品尝着琼浆玉液般的茅台酒，默诵着李白、欧阳修、苏东坡等著名酒仙的千古绝唱，心中生出无限感慨。

七律 七彩丹霞

日照丹山涌赤潮，
祁连晴雪映青霄。
草滩浩瀚流云动，
峰巘崔嵬彩絮飘。
古道丝绸遗圣火，
金城寺殿卧虹桥。
天然油画神仙笔，
不慕蓬莱伴醉箫。

说明：2011年9月6日，游览甘肃省张掖市七彩丹霞山而作。

注释：张掖古为甘州，史有金张掖之称。该山海拔1600米左右，由连绵的群山构成，面积约50平方公里，山形瑰丽，岭壑通连，红色为主，七彩相间，日照生辉，漫山红遍，天然油画，蔚为壮观，为中国五大丹霞之一，堪称丹霞地貌之精品，游后深感丹霞观止矣！

七律 焉支山怀古

祁连峨岭朔风寒，
林海云涛卷翠峦。
古寺禅钟萦岫壑，
清流栈道绕驼盘。
挥师汉旅匈奴去，
缔约焉支绝塞安。
勒石客歌遗胜迹，
飞沙大漠掩征鞍。

说明：2011年9月7日，游览甘肃省张掖市焉支山国家森林保护区而作。

注释：焉支山位于甘肃省山丹县城东南，属祁连山脉，主峰海拔3978米，南北宽20公里，东西长34公里，总面积680平方公里。该区重峦叠嶂，松林密布，沟壑纵横，清泉淙淙，峡谷幽长，奇石林立，有河西大黄山之称，是戈壁大漠深处一颗绿色明珠。山上有逾千年的钟山寺与玉皇道观。公元前121年，汉将霍去病挥师西征过焉支山，击败匈奴，打通中原与西域通道。隋大业五年（609年），隋炀帝西巡焉支山，召见西域27国使臣并缔约，在张掖举行“万国博览会”，写下著名长诗《饮马长城窟》，现存遗址。唐代诗人李白在此写下《幽州胡马客歌》，“虽居焉支山，不道朔雪寒，妇女马上笑，颜如赪玉盘，翻飞射野兽，花月醉雕鞍”，现刻于山下巨石。

七律 万寿寺木塔

塔身突兀入云穹，
楼宇飞檐笑朔风。
南倚祁连千岭雪，
北飘大漠万条虹。
朝迎紫气腾霄汉，
暮眺斜阳坠碧空。
天籁梵音终不远，
红尘忘我悟禅功。

说明：2011 年 9 月 8 日，拜谒甘肃省张掖市万寿寺木塔而作。

注释：万寿寺木塔始建于北周，几经废兴，距今已 1400 多年。木塔为八角九层，高 32.8 米，向上逐层缩小，中空，设扶梯登临。一至七层为砖壁木构外檐，八九两层为木构叠架斗拱，为国内罕见的古代木质楼阁式高塔。该塔结构精巧，风格别具，威然壮观，在风清日丽、云过塔绶、禅钟悠扬、百鸟围翔时登楼观城，则一目千里、心旷神怡。

七律 张掖大佛寺

走廊千里浮云动，
塞上禅林雪岭空。
古寺晨钟鸣谷野，
金州卧佛显神功。
丝绸驼队惊香客，
大漠清风荡俗瞳。
莫道梵门离世远，
天音皆与善心同。

说明：2011 年 9 月 8 日，拜谒甘肃张掖大佛寺而作。

注释：张掖大佛寺位于千里河西走廊中段张掖市西南隅。该寺原名迦叶如来寺，明永乐九年（1411 年）敕名宝觉寺，清康熙十七年（1678 年）敕改宏仁寺，因寺内有巨大卧佛故名大佛寺，又名睡佛寺。该寺始建于西夏崇宗永安元年，即 1098 年，几经毁建，已有 900 多年历史。占地约 23000 平方米，主要建筑有大佛殿、藏经阁、弥陀千佛塔等，建筑庄严宏伟，佛教文化厚重。寺内安放佛祖释迦牟尼的涅槃像，长 34.5 米，肩宽 7.5 米，为全国室内卧佛之最。寺内藏有奉明朝英宗命以真金书写《大般若波罗蜜多经》共 1600 卷，另藏清代金银粉手写经书 126 卷，实为不可多得的国宝。

七律 大漠吟

流沙风起耸峦冈，
瀚海无垠隐大荒。
峰岭迤逶金浪阔，
黄云漫卷碧空苍。
牧童湿地哼晨曲，
飞鸟湖盆舞夕阳。
漠野接天戈壁路，
驼铃一响断愁肠。

说明：2011年9月9日，游览甘肃省武威市民勤县境内的腾格里大沙漠而作。

注释：腾格里沙漠位于内蒙古自治区阿拉善左旗东南部和甘肃省中部边境，南越长城，东抵贺兰山，西至雅布赖山，面积42700平方公里，海拔1200—1400米，为中国第四大沙漠。腾格里蒙语意为天，意为茫茫流沙如渺无边际的天空，故名。沙漠境内有沙丘、湖盆、盐沼、草滩、山地及平原交错分布。其中大部为沙丘，最高达100米，且常向东南移动。土地荒漠化、沙漠化日益严重，人类面临生存空间逐步缩小的巨大危机！

七律 天鹅湖

无涯大漠昊空清，
百鸟鸣湖碧浪横。
金岸流云穿绿岛，
天鹅展翅掠旃旌。
残阳一抹依山落，
篝火三堆映月明。
游子依稀南国梦，
何时戈壁遍春英？

说明：2011年9月9日，游览腾格里大沙漠天鹅湖而作。

注释：此位于甘肃省中部边境与内蒙古阿拉善左旗西南部的腾格里沙漠区内，因每年三月底四月初和九月底到十月底期间，众多天鹅在迁徙和北归时在此歇脚而得名。天鹅湖水面约3平方公里，湖水碧波荡漾，年年有白天鹅、灰鹤、野鸭等数百种鸟类聚集；湖周沙丘连绵、湖盆遍布、绿洲点缀、沙枣依稀，已形成沙漠观光、沙漠探险、运动娱乐、休闲度假为一体的沙漠旅游景区。

七律 武威文庙

万仞宫墙庙宇开，
棂星嵬伟接瑶台。
仲尼百世为师表，
圣殿千秋聚栋才。
瀚海龙腾云路出，
祁连凤带紫霞来。
继承传统需扬弃，
儒学三纲任我裁。

说明：2011 年 9 月 10 日，游览甘肃省武威市文庙而作。

注释：武威文庙又名凉州圣庙、凉州孔庙，位于武威市区东南隅，始建于明正德四年（1439 年），规模宏大，造型雄伟，为陇右学宫之冠，全国第三大孔庙建筑群，河西走廊最大的历史博物馆。建筑格局类似帝王宫殿，由义路、礼门入庙，其内影壁高大，牌楼通天，殿宇恢宏，古树蔽日。文庙坐南朝北，由东部文昌宫、中部文庙、西部凉州府儒学构成，总面积 1500 平方米，是历代文人祭祀孔子之地。

七律 沙湖

万顷澄湖伴苇塘，
斜阳含翠动霞光。
鹰翔濒水群鸥起，
艇击波峰巨伞扬。
大漠飞车惊雪鹭，
驼铃唱晚绕沙梁。
依稀塞上江南梦，
任我长游不返乡。

说明：2011年9月14日，游览宁夏石嘴山市沙湖写此诗。

注释：此位于石嘴山市平罗县前进农场，是以沙、水、苇、岛、山五大自然景观为主体，以湖面、沙漠和湿地三大部分构成，融合江南水乡之灵秀与塞北大漠之雄浑为一体的“丝路驿站”上的旅游明珠。总面积约80平方公里，其中湖面约45平方公里。主要有国际沙雕园、沙湖鸟岛、湿地博物馆、毛泽东像章馆、农垦博物馆、沙湖题字石等景点。沙湖碧水连天，芦荡成片，水鸟云集，鱼肥跃船，大漠烟腾，驼铃唱远，千里清秋，落霞宛燃，被誉为塞上江南。国家5A级旅游景区。

七律 沙坡头

大漠无垠佛塔昂，
黄龙九曲水天茫。
驼铃沙岸摇晨雾，
皮筏金湾荡夕阳。
古渡桥横林海暗，
长城燧立险峰苍。
孤烟落日今非比，
谁为神州续炜煌？

说明： 2011年9月16日，游览宁夏中卫沙坡头国家级自然保护区而作。

注释： 此位于中卫市城区西部腾格里沙漠东南缘。东起二道沙沟南护林房，西至头道墩，北接腾格里沙漠，南临黄河，长约38公里，宽约5公里，海拔1300米至1500米，由腾格里沙漠与天下黄河第一湾构成。集浩瀚大漠、九曲黄河、高山峡谷和沙漠绿洲为一体，既有西北风光之雄奇，又有江南山水之秀美，是国家级自然保护区和5A级旅游景区。这里有宁夏黄河大湾，皮筏漂流，滑索飞渡，古渡索桥，无垠瀚海，大漠驼铃，沙坡鸣钟，长城烽燧，参天古树等，令人目不暇接，堪称旷世奇观。在沙与河的无边原野，尽可领略今日繁华与唐代大诗人王维“大漠孤烟直，长河落日圆”的苍莽意境。

七律 中华黄河坛

巨塔牌坊凌碧汉，
诗碑大鼎铸民魂。
玉桥横浪苍烟起，
殿宇依峰画韵存。
万里黄河浮日月，
千秋圣水写乾坤。
登楼极目斜阳坠，
九曲奔流入莽昏。

说明：2011年9月17日，游览宁夏青铜峡中华黄河坛。站在高耸的楼台上，眺望奔腾不息的哺育中华民族的母亲河——黄河，心中充满无限感激之情，遂写此诗。

注释：中华黄河坛亦称中华黄河圣坛。位于宁夏吴忠市青铜峡市黄河第二大拐弯金沙湾，长999米，宽200米，建筑面积6.5万平方米，背靠贺兰山山脉，隔河屹立牛首山，左傍万里黄河臂弯，右依青铜峡峡口。主要建筑有高大牌坊，巨大浮雕影壁，数十座黄河诗碑，二十四节气绘画铜柱，四书五经开卷刻板，数座殿宇和楼阁等，可谓规模巨大，结构宏伟，文化深邃，历史厚重，是中国唯一以感恩黄河为主题的大型祭坛。站在黄河圣坛位置向下望去，眼前的黄河及滩地正好构成一个太极八卦图。

七律 贺兰山岩画

贺兰横亘倚苍天，
峦嶂崔嵬瞰壑川。
先祖图腾岩壁刻，
早期符号涧崖悬。
风云绘画超千种，
时代穿梭越万年。
远古文明堪宝库，
东方独秀续新篇。

说明：2011年9月18日，参观宁夏贺兰山岩画而作。

注释：贺兰山位于宁夏回族自治区与内蒙古自治区交界处，北起巴彦敖包，南至毛土坑敖包及青铜峡，山势雄伟，若群马奔腾。该山南北长220公里，东西宽20—40公里，海拔2000米至3000米，主峰敖包疙瘩海拔3556米，为宁夏境内最高峰。贺兰山东麓诸多山口内外，分布有一万年左右的远古先民在岩石上以涂绘、敲凿、凿磨、刻画等方法，制作的动物图像、人面像、人体像、生活图像、符号和几何图案等数万计的岩画，仅贺兰山口就有5679幅。这些刻于山体石壁或沟谷单石上千姿百态的岩画，反映了远古先民放牧、狩猎、征战、祭祀、娱舞等活动图景，是研究中国人类文化史、宗教史、民族史和原始艺术史的巨大宝库，是中华民族乃至世界不可多得的瑰宝。

七律 洛带古镇

洛水清流穿小镇，
灵泉八角伴龙宫。
朝闻名刹禅钟韵，
暮望街旗蜀汉风。
湖影天光翔白鹭，
客家世代有英雄。
名传三国千秋事，
都付茶余笑话中。

说明：2012年10月20日，游览成都市龙泉驿区洛带古镇而作。

注释：此位于四川成都市东郊、龙泉驿区北部，于三国时期建镇，传说因蜀汉后主刘禅的玉带落入小镇旁的一口八角井而得“落带”之名，后演变为“洛带”。唐宋时，隶属成都府灵泉县，排名东山“三大场镇”之首。有“中国西部客家第一古镇”之称。明末清初时期的移民运动和“湖广填四川”的历史，使来自异乡的客家人在四川洛带生根。经过数百年的繁衍生息，洛带古镇形成了独特的客家风俗和客家文化。有广东会馆、江西会馆、湖广会馆、川北会馆等诸多建筑精美的古建筑群落。为国家4A级风景名胜旅游区。

七律 重游三苏祠

池荷翠柳倚云根，
碧水溪桥绕竹屯。
祠宇楹联声誉远，
文章宋韵浩风存。
三峰屹立铭巴蜀，
两代相随耀国门。
将相王侯今记否？
承传经典铸华魂。

说明：2013 年 7 月 20 日，余第四次游览四川省眉山市三苏祠作此诗。

注释：三苏祠位于眉山市中心城区纱縠行南街，是纪念唐宋文学八大家中的苏洵和苏轼、苏辙父子三人的祠堂。三苏祠占地 104 亩，红墙环抱，清溪萦绕，荷池相通，古木扶疏，小桥流水，翠竹森森。馆堂亭榭古朴典雅，匾额对联词意隽永。祠内有三苏及家人塑像，陈列有三苏大量手迹、拓片和遗物，以及碑廊、石刻和上万件与三苏相关的文献、文物，是蜀中精美的古典园林和最负盛名的人文景观。清代文华殿大学士兼吏部尚书张鹏翮撰大门联赞三苏：“一门父子三词客，千古文章四大家”最为有名，影响深远。

七律 宽窄巷子

石磨瓦房嵌壁墙，
重门古井话沧桑。
浮雕演绎巴风韵，
小店彰明蜀府煌。
碧榭亭台凌晓月，
红檐茶馆伴斜阳。
少城美女名天下，
声色斑斓夜梦芳。

说明：2013年7月20日，夜游成都市宽窄巷子作此诗。

注释：此位于成都市青羊区长顺街附近，长500米，由宽巷子、窄巷子和井巷子三条平行排列的清代老式街道，以及其间的青黛砖瓦仿古四合院落组成，是成都现存的清朝古街道，与大慈寺、文殊院并称为成都三大历史文化保护街区。原为康熙五十七年（1718年），在平定准噶尔叛乱后，选留千余名兵丁驻守成都，在当年少城基础上修建的满城，民国时将“胡同”改为“巷子”，并依胡同宽窄而得名。

七律 彭祖山

群峦环抱峙江天，
曲水南流荡紫烟。
巨佛凿崖凌汉立，
潜仙选眼卧云眠。
穿林梯路连峰顶，
破雾禅钟动壑川。
胜景名山千载祭，
自然调养享尧年。

说明：2013年7月19日，游览四川彭祖山写此诗。

注释：此位于眉山市彭山县江口镇，海拔610米。彭祖山原名仙女山，古称彭亡山、彭女山，因彭祖在此归隐修炼成仙并葬于此山而得名。彭祖山有齐山双佛，凿于唐代开元初(713年)，距今1200多年。佛像一坐一立，高与山齐，故此得名。最高一尊立佛高28米，名列世界第八位，为释迦牟尼佛。半坐为多宝如来佛，高24米。潜仙即彭祖。黄帝之后，部落首领高阳帝颛之玄孙，陆终氏的第三个儿子，中国古代长寿之星，享年130岁(按当时四川彭山纪年法60天为一岁，传彭祖活800余岁)，其引导术、调摄术、膳食术、房中术四大养生秘法，为中华养生文化之经典。仙女山为一处天然太极地，渐至高扬的仙女山与渐至下降的寿泉山互为环抱呈S形，那上扬的山脉显然是一条阳鱼，而下降的山脉则为一条阴鱼。彭祖晚年养生修炼及死后墓葬处恰好在阳鱼鱼眼上。汉刘向撰《列仙传》，将彭祖列为仙界。彭祖山从山下至山巅，有石阶999级，取九九长寿之意。彭祖山主要有彭祖祠、彭祖墓、养生殿、采气场、齐山双佛、立体太极地、仙女平台、慧光寺等景点。该山名扬四海，被尊为中华养生文化第一山。

七律 邛海

苍山环列入云天，
碧水飞霞动晓烟。
绕寺禅钟天籁远，
逐舟鹭鸟逆风翩。
千寻螺髻凝秋色，
万顷湖光映古川。
彝海结盟青史著，
笙歌火把舞蹁跹。

说明：2013年9月17日，考察四川凉山西昌市邛海而作。

注释：邛海古称邛池。属更新世早期断陷湖。位于西昌市城区东南5公里处，西为川南胜景泸山，东接与昭觉县的界山，南临螺髻山，北至西昌市区河谷，形似蜗牛出壳。南北最长11.5公里，西北宽1.5公里，东西最宽5.5公里，岸线长35公里，水域面积30平方公里。最深34米，水面海拔1507.14米至1509.28米。群山环抱，一碧万顷，风光旖旎，美不胜收。主要有邛海公园、鸟岛湿地公园、新沙滩渔村、莲池、月亮湾、天下第一缸、萝莎玫瑰园、青龙寺、梦里水乡湿地、烟雨鹭洲湿地、西波鹤影湿地、梦寻花海湿地等景观。为四川第二大淡水湖，国家级风景名胜区。

七律 老牛湾

九曲黄河越晋蒙，
奔流穿峡忽西东。
双牛吸水曈曈日，
孤寨悬崖浩浩风。
古堡凌云连隘燧，
长城遗垒忆刀弓。
临窗把盏繁星醉，
皓月浮天入梦中。

说明：2016年5月30日，游览内蒙古自治区呼和浩特市清水河县黄河老牛湾景区写此诗。

注释：此位于晋蒙交界的万家寨水利枢纽大坝北13公里处，以黄河为界，南岸是山西的偏关县，北岸是内蒙古的清水河县，西临鄂尔多斯高原的准格尔旗。黄河在此入晋，内外长城在此交汇，晋陕蒙大峡谷以此为发端。老牛湾三面环水，一面连山，呈牛头形状而故名。景区由包子塔湾、老牛湾、四座塔湾和杨家川小峡谷组成，河谷两岸壁立万仞，河道碧波万顷，河岸长城耸立，村落古迹遍布。主要有长城、黄河、古堡、烽火台、石头村、古庙、栈道、码头等景观。坐落于黄河大峡谷的悬崖峭壁之上的明代古堡，是老牛湾景区的标志之一。黄河蜿蜒曲折，在包子塔湾回转形成了一个近乎360度的圆湾和半岛，是大峡谷最险峻、最摄魂、最壮观之地。

七律 乾坤湾

乾塔穿云万壑葱，
青峰涌动翠岚穷。
峡湾太极涵天地，
圣水黄河入海空。
日落苍崖斑鸟脆，
船扬碧浪客声朦。
山南古寨窑庭阔，
柳影婆娑醉彩虹。

说明：2016年5月30日，游览山西省忻州市偏关县万家镇黄河乾坤湾写此诗。

注释：此位于偏关县万家寨水利枢纽上游几公里的辛庄窝村。黄河东面是偏关县，西面和北面是内蒙古准格尔旗和清水河县，因黄河在此转弯形成巨大S形的太极图案而得名。主要有明门、八卦台、乾塔、坤阁、神牛梨河雕塑、人行景观步道、景观墙、六角观景亭等人文景观。乾坤湾为黄河入晋第一湾，国家5A 级旅游风景区。

七律 大召寺

塞外归城屹梵宫，
草原万里密宗雄。
佛陀睿智沧桑路，
堂塔巍峨汉藏风。
精美雕龙飞浩宇，
恢宏壁画透禅功。
九边第一泉声著，
御驾亲临远客隆。

说明：2016年6月1日，游览呼和浩特市大召寺写此诗。

注释：此位于呼和浩特市玉泉区南部，是一座大型藏传佛教（格鲁派黄教）寺院。是蒙古人皈依黄教初期所建的大型寺院之一，原称“弘慈寺”，后称“无量寺”，又称“银佛寺”。由明代蒙古土默特部落首领阿拉坦汗于1579年主持创建，是蒙古少有的不设活佛的寺庙。占地3万平方米，为清朝皇庙。其辉煌的寺庙建筑，丰富的极品文物，大量的艺术藏品，神秘的恰木舞蹈和佛教音乐，尤其是堪称三绝的银佛、龙雕和壁画，构成了大召寺独特的“召庙文化”。归城为呼和浩特市旧城归化城的简称。大召寺的玉泉井为九个边镇的第一泉。为国家4A 级旅游区。

七律 重游沙湖

尖顶茅亭透碧空，
码头银帐绕霞红。
游船劈浪芦丛密，
飞伞腾云鹭影穷。
一路驼铃惊古道，
数车沙岸越新嵩。
滩湖尤有鳙鱼美，
明月金樽水复东。

说明：2016年6月3日，第三次游览宁夏石嘴山市平罗县沙湖作此诗。

七律 重登嘉峪关

西域雄关矗谷丘，
无垠戈壁起台楼。
高墙千仞苍鹰怵，
坚垒三层敌寇愁。
一线长城悬峭巇，
数墩烽燧映清流。
古人征战成追忆，
铁马秋风舞剑旒。

说明：2016 年 6 月 4 日，第二次游览甘肃省嘉峪关长城作此诗。嘉峪关地势险要，建筑雄伟，是明长城最西端的关口，素有“河西咽喉”“连陲锁钥”之称，中国长城三大奇观(东有山海关、中有镇北台、西有嘉峪关)之一。

七律 鸣沙月泉感怀

大漠无边起朔风，
沙峰迤逦矗云中。
如钩晓月灵泉落，
似瑟鸣沙乐律通。
雷寺披霞传梵语，
驼铃绕谷荡晴空。
千秋丝路遗仙侣，
亘古相偎爱意隆。

说明：2016年6月5日，第三次游览甘肃省敦煌市鸣沙山和月牙泉写此诗。月牙泉在沙峰环列、风沙肆虐的条件下，千年不枯，堪称世界奇观。

七律 巴里坤草原

天山雪岭入苍穹，
绿草如茵夏日风。
骏马扬蹄嘶夕照，
硕羊饮水吻云丛。
镜泉宿月西陲著，
瀚海鳌城汉使功。
一曲牧歌飞旷野，
画廊百里舞霓虹。

说明：2016 年 6 月 6 日，游览新疆东北部的哈密市巴里坤县巴里坤草原写此诗。

注释：巴里坤草原地处东天山盆地，四周是高耸入云的连绵不断的山脉，南山尤其高大雄伟，山顶积雪终年不化，山腰林带四季常青。草原海拔 1650 米，有效使用面积约 133.3 平方公里，雪山晶莹，云雾缭绕，牧草丰美，绿野如茵，牛羊肥硕，溪流宛转，蓝天白云，且有著名的“天山淞雪”“瀚海鳌城”“镜泉宿月”“岳台留胜”等八景名胜古迹，以及如翡翠般的巴里坤湖。为新疆第二大草原，亦称天马故乡。

七律 巴里坤湖

雪岭青峰绿草芳，
毡房窗外奶茶香。
湖光荡漾连天碧，
栈道逶迤入海苍。
几缕晨晖云缝出，
一群汉马水滩狂。
叼羊弹唱传千古，
蜃景迷离伴夕阳。

说明：2016年6月6日，游览新疆哈密市巴里坤县境内巴里坤湖写此诗。

注释：巴里坤湖古称蒲类海、婆悉海，元代称巴尔库勒淖尔。位于巴里坤县城西北18公里处，属高原湖泊，海拔1585米，东西宽约12公里，南北长约20公里，湖水面积112平方公里。四周山峦起伏，湖周草原辽阔，湖中碧波荡漾，独具“迷离蜃市罩山峦”的奇观。湖水中储有丰富的芒硝和盐矿，以及生长着大量卤虫。哈萨克族牧人常在湖滨举行“阿肯弹唱会”。

七律 重游葡萄沟

火焰山峦峡谷长，
清溪九转入葡乡。
翠廊连舍萄珠密，
绿架临窗嫩果香。
千泪瀑泉留丽影，
百寻亭堡挽斜阳。
凡提故事孩童晓，
西部歌王永著芳。

说明：2016年6月7日，第二次游览新疆吐鲁番葡萄沟写此诗。

注释：葡萄沟位于吐鲁番市区东北11公里处，为火焰山西侧的一个峡谷，南北长8公里，东西宽0.6—2公里，因盛产葡萄而得名。沟内有布依鲁克河流过，水质纯净；沟谷两岸悬崖峭壁，犹如屏障；溪流两侧葡萄藤架层层叠叠，古村农舍掩映在缓坡的密林中。阿凡提出生于葡萄沟达甫散盖村。葡萄沟建有西部歌王王洛宾音乐艺术馆，为国家5A 级风景名胜区。

七律 吐鲁番怀古

千秋征战熄烽烟，
故垒残垣话逝年。
古郡葡萄天下客，
火州坎井水中仙。
张骞出塞和戎域，
玄奘行西著佛编。
最是驼铃丝路梦，
无垠戈壁续新篇。

说明：2016 年 6 月 8 日，第二次游览新疆吐鲁番写此诗。

注释：吐鲁番古称高昌、西州、火州、交河。为新疆维吾尔自治区中部的地级市，东临哈密，西、南与巴音郭楞蒙古自治州毗邻，北隔天山与乌鲁木齐市及昌吉回族自治州相接。南北宽约 240 公里，东西长约 300 公里，总面积 69713 平方公里，其中低于海平面的面积为 2085 平方公里。夏季极端气温达 49.6 摄氏度，冬季最低气温为零下 28.5 摄氏度。吐鲁番战略地位十分重要，历来为兵家必争之地。西汉及以后历代中央政权与匈奴等在此发生征战无数。这里曾是汉武帝派张骞出使西域经营的重镇和唐玄奘西天取经的必经之地。既是古丝绸之路上的重镇，也是新丝绸之路和欧亚大陆桥的重要交通枢纽。

七律 博斯腾湖

大漠苍茫缀碧湖，
烟波浩瀚接穹苏。
无边芦荻鸣鸥靓，
百里荷花映日姝。
野岸含亭摇岛影，
斜阳透水戏麻凫。
孤舟一叶云天渡，
西海金沙入画图。

说明：2016年6月10日，第二次游览新疆巴音郭楞蒙古自治州博斯腾湖写此诗。

注释：博斯腾湖，维吾尔语为“绿洲”。位于新疆维吾尔自治区焉耆盆地东南面博湖县境内，东西长55公里，南北宽25公里，水域总面积800多平方公里，湖面海拔1048米，最深处17米，是中国最大的内陆淡水吞吐湖。该湖为山间陷落湖，主要补给水源为开都湖，同时又是孔雀河的源头。分为大小两个湖区。湖区有鸟类80多种，周围生长广袤的芦苇，湖内盛产各种淡水鱼。主要有河口、阿洪口、海心山和白鹭洲四大景区。为国家重点风景名胜区，国家5A级旅游景区。

七律 塔里木胡杨林

大漠飞沙蔽日空，
塔河九曲接星穹。
疏林万顷连天碧，
密叶多姿耀眼朦。
枯干凌云真侠士，
断枝倒地亦英雄。
年年犹醉深秋色，
金海扬波铁骨风。

说明：2016年6月12日，第二次游览新疆巴音郭楞蒙古自治州轮台县塔里木胡杨林国家森林公园写此诗。

注释：此位于塔克拉玛干沙漠东北边缘的塔里木河中游、巴州轮台县城南沙漠公路70公里处，总面积100平方公里，是新疆最大的胡杨林公园，也是塔里木河流域胡杨林最集中的区域。是集塔河自然景观、胡杨景观、沙漠景观于一体的国家级自然风景区。胡杨是3世纪的残余树种，是被誉为生长一千年不死，死后一千年不倒，倒下一千年不朽的英雄树。塔里木胡杨林是世界上最古老、面积最大的胡杨林保护区。

七律 库车大峡谷

天山巍巇雪晴融，
劈地凌霄峡谷雄。
两岸奇峰遮浩宇，
一帘幽瀑入沙丛。
神鹰旋堡风刀技，
玉女飞鸵雨剑功。
峭壁秘藏千佛洞，
清晨魔影夜惊风？

说明：2016年6月13日，第二次游览新疆巴音郭楞蒙古自治州库车大峡谷写此诗。

注释：库车大峡谷亦称库车天山大峡谷、克孜利亚大峡谷。位于新疆库车县北部、独库公路南端、天山支脉克孜利亚山中，由红褐色岩石经过大自然亿万年的风雕雨蚀形成。由红褐色群山环抱，海拔1600米，最高峰2048米，谷长5.5公里，谷端至谷口落差达200米以上，谷底最宽53米，最窄0.4米，仅容一人弯腰通过。谷侧奇峰插天，重峦叠嶂，崖峭石峋，佛洞神秘。谷内蜿蜒曲折，峰回路转，泉水叮咚，步步有景。南天门、幽灵谷、月牙峡、虎牙桥、魔天洞、雄狮泪等惟妙惟肖；神犬守谷、旋天古堡、显灵洞、玉女泉、卧驼峰等形态逼真。尤以谷口的乃头山、丽人山和佛面山最为雄伟，在夕阳或朝霞的映射下，犹如红灿灿的火焰山，十分壮观。为国家地质公园。

七律 巴音布鲁克草原

雪山环抱昊云低，
绿草无垠百鸟啼。
骏马飞驰迎落日，
硕羊漫步吻霞霓。
一泓碧水天鹅恋，
九曲金溪夕照迷。
举义东归铭国史，
桃源世外话诗题。

说明：2016年6月14日，游览新疆巴音郭楞蒙古自治州巴音布鲁克草原写此诗。

注释：巴音布鲁克草原旧称裕勒都斯草原、珠勒都斯草原、尤鲁都斯草原。主要位于巴音郭楞蒙古自治州和静县西北的巴音布鲁克区境内，在裕勒都斯河流域。地处天山中部山间盆地，四周雪山环抱，海拔约2500米，东西长270公里，南北宽136公里，面积23835平方公里，草原地势平坦，水草丰盛，有九曲十八弯的开都河与优雅迷人的天鹅湖。为中国第二大草原。在1771年，从中国迁徙到伏尔加河下游生活近200年的蒙古土尔扈特部落，不堪沙皇政权的奴役，17万人举义东归，沿途遭俄军围追堵截，仅7万人最终回到中国，在巴音布鲁克草原生活。大型电视剧《东归英雄传》，反映了这一重大历史事件。

七律 库尔德宁晨韵

天山卧佛沐芳菲，
雪岭云杉入翠微。
北眺银峰千里色，
南观碧谷万重帏。
溪流宛转鸣花岸，
骏马悠闲牧晓晖。
一片毡房连草海，
炊烟四起白鸥飞。

说明：2016年6月15日至16日，游览新疆伊犁州巩留县库尔德宁国家自然保护区写此诗。

注释：库尔德宁位于伊犁州巩留县东部山区，为南北走向的山间阔谷，与雪山并行，谷长14公里，宽1公里，谷底海拔1500米，主要有喀班巴依峰远眺、提克喀拉尕依林海、库尔德宁草原等景观，是集雪峰、林海、草原于一体的风景区。为雪岭云杉自然保护区，西天山国家级自然保护区。

七律 八卦城

日出天山晓雾朦，
登临高塔古城空。
阴阳八卦成街局，
堡垒三关忆剑功。
独醉草原伊力酒，
更闻塞外道家风。
乌孙首唱和亲曲，
大汉联姻缔远融。

说明：2016年6月17日至18日，游览新疆伊犁州特克斯县八卦城作此诗。

注释：该城始建于南宋时期，1938年重建。相传为南宋道教全真七子之一的丘处机设置，按易经八卦布局，以太极阴阳两仪为中心，以相等距离、相同角度如射线般向四周延伸八条主街，每条主街长1200米，每隔360米左右设一条连接八条主街的环路，共有四条路路相通、街街相连的环路，形成64卦的城市格局。是世界上最正规、规模最大的八卦城，世界上唯一的乌孙文化与易经文化交织的城市，中国古代有史记载第一位公主远嫁的地方，也是汉王朝远嫁公主最多、与西域游牧古国和亲时间最长、来往最密切的地方。是我国唯一一座没有红绿灯的城市。

七律 赛里木湖

碧湖倒映天山雪，
松翠花繁岭壑春。
骏马扬蹄驱晓雾，
海鸥展翅掠云津。
波峰一色红霞落，
草地无边绿野伸。
夜幕朦胧炉火旺，
奶茶美酒醉诗人。

说明：2016 年 6 月 18 日，重游新疆博尔塔拉蒙古自治州博乐市赛里木湖作此诗。

注释：赛里木湖古称净海，位于博乐市境内天山山脉西段，准噶尔盆地西南端，紧邻伊犁州霍城县，湖面海拔 2071 米，东西长 30 公里，南北宽 25 公里，总面积 453 平方公里，蓄水量达 210 亿立方米。分为环湖风光游览区、草原游牧风情区、生态景观保育区、天鹅等珍稀鸟类栖息地保护区等景区，以及湖区中央核心水体保护、西海岸天鹅湿地草甸水体栖息地、查干郭勒冰雪生态探险区三大特级保护区。是新疆海拔最高、面积最大、风光最秀丽的高山湖泊，国家级风景名胜区。

七律 二道桥国际大巴扎

高塔凌云插碧天，
嵬巍穹顶猎旌旃。
牙刀花帽雕铜灿，
汉语维腔远客连。
万道霓霞辉夜市，
一河星斗落平川。
千秋丝路驼峰影，
西域重光梦里牵。

说明：2016年6月19日，游览乌鲁木齐市二道桥国际大巴扎写此诗。

注释：此位于乌鲁木齐市天山区解放南路二道桥商业圈，是融合现代与古代伊斯兰建筑风格，集旅游观光、民族商贸、民族艺术、餐饮、娱乐于一体的街区，是新疆旅游业产品汇集地和展示中心。主要经营民族服饰、花帽、小刀、手工艺品、乐器、铜器、地毯、挂毯等各类具有民族特色的产品。巍峨的观光塔和蓝色与银色的穹窿形屋顶气派豪华，具有浓郁的西域民族风情与文化特色，占地4万平方米，建筑面积10万平方米，是世界上最大的大巴扎，是新疆之窗、东亚之窗。

七律 天山天池

博峰突兀插云寒，
雪岭冰川映碧澜。
浩渺瑶池浮日月，
蜿蜒岸道绕杉峦。
石门挂壁惊魂断，
银瀑飞天夕照残。
黄竹歌声今又起，
穆王八骏似回銮？

说明：2016 年 6 月 20 日，再次游览新疆昌吉回族自治州阜康市天山天池作此诗。

注释：天山天池古称瑶池，亦称神池。位于天山博格达峰北坡山腰，湖面呈半月形，海拔 1910 米，长 3.5 公里，宽 0.8 公里至 1.5 公里，面积 4.9 平方公里，最大水深 105 米，湖周长 9.7 公里。群山环抱，雪峰倒映，云杉盈岸，水天一色，碧水似镜，风光如画。主要有天池石门、西小天池、东小天池、天镜浮空、定海神针、东岸靓女、灯杆山、铁瓦寺和东岳庙遗址及瀑布群等景观。据说天山天池是 3000 多年前周穆王西巡时，与西王母相恋的地方。为联合国世界自然遗产，国家地质公园，国家重点风景名胜区，国家 5A 级旅游景区。

七律 天山大峡谷

两岸奇峰隐峡天，
鹅湖碧水荡云烟。
溪流宛转和风醉，
壁路扶摇铁马旋。
点点毡房凝族史，
声声牧笛动心弦。
纵横西域千秋雪，
缕缕情思入画笺。

说明：2016年6月21日，游览新疆乌鲁木齐县天山大峡谷写此诗。

注释：此位于天山北坡博格达峰与准噶尔峰之间，喀拉乌成山东部余脉，三面环山，海拔2020米，南北长49公里，东西宽42.5公里，总面积1038.48平方公里，主要有碧龙湾、加斯达坂观光区、乔亚草场、天鹅湖、照壁山、天坝山、天水湖等景观，是集森林峡谷、高山草甸、溪流湖泊和雪山冰川于一体的自然保护区。为国家级森林公园，国家5A级旅游景区，国家级体育运动休闲基地。

七律 喀纳斯湖

雪峰耸峙抱云天，
两岸林涛涌紫烟。
策杖千梯花岭醉，
揽湖万顷月湾涟。
氤氲袅袅萦村寨，
牧曲悠悠绕谷川。
水怪之谜惊远客，
北疆世外可为仙。

说明：2016年6月26日，再次游览新疆阿勒泰市布尔津县喀纳斯湖写此诗。

注释：喀纳斯湖位于阿尔泰山中段友谊峰、奎屯峰南坡，与哈萨克斯坦、俄罗斯、蒙古接壤的黄金地段。海拔1374米，形如弯月，长24.5公里，面积45.73平方公里。水深188.5米，是中国最深的冰碛堰塞湖。由高山、河流、森林、湖泊、草原等自然风光，成吉思汗西征点将台、古代岩画等历史文化遗迹，以及蒙古族图瓦人独特的民俗风情构成，主要有驼颈湾、变色湖、卧龙湾、观鱼台等景点，以及千米枯树长堤、传说湖中水怪、云海佛光三大奇观，具有极高的旅游观光、自然保护、科学考察和历史文化价值。为联合国世界自然遗产，国家地质公园，国家森林公园，中国自然保护区。

七律 梦幻神仙湾

黎明山黛月西沉，
河谷幽幽晓雾深。
日出湖光飞异彩，
风吹树叶荡镏金。
一湾碧水珍珠落，
数道红霞木屋歆。
草地连滩驰骏马，
长枪短炮动诗心。

说明：2016年6月26日至27日，游览新疆阿勒泰市布尔津县禾木喀纳斯蒙古族乡境内的神仙湾写此诗。

注释：神仙湾距喀纳斯村6公里，为喀纳斯河谷低缓处形成的沼泽浅滩。湖面在阳光照射下闪着细碎的光，犹如散落无数珍珠，连树上的叶子都闪闪发光，由此又名珍珠滩。加上山景、湖水、树木常有云雾缭绕，如梦如幻，好似仙境，故名神仙湾。

七律 月亮湾

峰峦叠嶂蔽云天，
幽峡蜿蜒碧水涟。
几道河湾镶树海，
一帘新月落晴川。
平波似镜霓虹影，
罗带连珠翡翠渊。
遥望嫦娥留印处，
牵魂夺目梦追仙。

说明：2016年6月26日至27日，游览新疆阿勒泰市布尔津县禾木喀纳斯蒙古族乡境内的月亮湾写此诗。

注释：该湾距喀纳斯村9公里，由喀纳斯河几个反S河曲构成半月牙形河湾。传说月亮湾两个类似脚印的沙岛，是嫦娥在此奋力奔月时留下的足迹。月亮湾两侧峰峦叠嶂，森林密布，古木参天，为喀纳斯河上的一颗明珠。

七律 卧龙湾

河湾几折岸林苍，
绿草繁花黑土香。
砥柱击流飞玉碎，
柔波浮动落霞长。
巨龙卧水思穹宇，
神女临湖化美妆。
碧液萧萧弹牧曲，
扁舟一叶赏韶光。

说明：2016年6月26日至27日，游览新疆阿勒泰市布尔津县喀纳斯河卧龙湾写此诗。

注释：卧龙湾亦称卡赞湖、锅底湖，位于布尔津县禾木喀纳斯蒙古族乡境内，由喀纳斯河长期侧蚀冲刷形成一连串岸线曲折的河湾组成。距喀纳斯村10公里，海拔1350米。湾内上游有半岛平台、小心滩和下游3.6万平方米的卧龙湾大平台。湖四周森林茂密、繁花似锦、绿草如茵，湖中小岛迤逦、树影婆娑，湖口巨石砥柱、激出飞珠，秀丽神奇，风景如画。

七律 白哈巴村

峰峦怀抱古村幽，
木屋临溪碧水柔。
袅袅炊烟迎拍客，
长长栏影伴飘旒。
绿茵河谷牛铃醉，
雪岭冰川图族悠。
遥望哨楼思剑鞘，
边关秣马著风流。

说明：2016年6月27日，游览新疆阿勒泰市哈巴河县铁热克提乡白哈巴村写此诗。

注释：白哈巴村位于阿尔泰山的深山峡谷之中，西距哈萨克斯坦边界1.5公里，是图瓦人世代居住的地方，20世纪60年代迁入部分哈萨克族人居住。村边有我军西北边防第一哨。整村犹如一幅人与自然和谐的山水画。

七律 禾木村

晓雾空蒙绕巘腰，
星罗木屋接村遥。
炊烟万缕微风袅，
雪岭千重曲水娆。
小院围栏留日影，
长桥飞谷奏林箫。
绿茵漫野牛羊壮，
边塞桃源入画寮。

说明：2016年6月28日，游览新疆阿勒泰市布尔津县禾木喀纳斯蒙古族乡禾木村写此诗。

注释：该村为最大的图瓦人世代居住区，景区面积3040平方公里。与蒙古、俄罗斯、哈萨克斯坦接壤。房屋全由原木搭成，充满原始味道。禾木河从村边逶迤而过。牛羊遍布，骏马飞驰，小桥流水，风景如画，远离尘嚣，犹如世外桃源。

七律 五彩滩

陡壁隆岗耸彩峦，
纵横沟壑色惊澜。
斜阳缕缕燃阶地，
碧水萧萧映雅丹。
北岸天生油画板，
南滨桥接翠廊端。
无涯大漠镶斑玉，
西域边陲第一滩。

说明：2016年6月29日，游览新疆阿勒泰市布尔津县也格孜托别乡五彩滩写此诗。

注释：五彩滩位于额尔齐斯河北岸一、二级阶地上，海拔480米，为典型的彩色丘陵和雅丹地貌，因河岸岩石含有矿物质不同，随着风化的不断发展，幻化出种种异彩，状如彩色古堡、怪兽、峰丛等奇特造型，与对岸绿树葳蕤的河谷风光遥相辉映。

七律 五彩城

大漠茫茫浩宇苍，
奔驰千里入魔乡。
蜿蜒沟壑流橙色，
高矗山峦放赭光。
城堡连绵霓彩落，
宫门迷幻紫霞妆。
清风送我凌廷阙，
犹见娥仙舞袖长。

说明：2016 年 6 月 29 日，游览新疆吉木萨尔县五彩城写此诗。

注释：此位于古尔班通古特沙漠东部吉木萨尔境内，属典型的雅丹地貌。由数十座五彩山丘组成，面积 3 平方公里，连绵的山丘呈现以赭红为主，夹杂黄、白、黑、绿等多种色彩，经风吹日晒雨剥，形成城郭，故名。

七律 茶卡盐湖

苍莽群峦透碧霄，
湖光浩渺涌咸潮。
盐雕高矗浮云绕，
矿垛依稀曲岸遥。
鸥鹭追船鸣夕照，
丽人踏镜舞蓝桥。
汉唐遗迹铭青史，
丝路千秋绝色娇。

说明：2016 年 7 月 2 日，第四次游览青海省海西蒙古族藏族自治州乌兰县茶卡盐湖写此诗。

注释：茶卡盐湖又名达布逊卓尔。位于柴达木盆地，祁连山支脉完颜通布山和昆仑山支脉旺尕秀山之间，为天然结晶盐湖，海拔 3100 米，长 15.8 公里，宽 9.2 公里，呈椭圆形，面积 105 平方公里。盐层一般为 4 米至 8 米，最厚达 10 米。是柴达木盆地的四大盐湖之一，古丝绸之路的重要站点，进疆入藏的必经之地。被称为中国“天空之镜”。

七律 青海湖

冰峰雪岭抱平湖，
千里波光接昊苏。
鸥鹭鸣沙虹影绰，
水天凝黛白云孤。
菜花溢醉腾金浪，
骏马飞驰入画图。
五彩经幡风色动，
蟠桃盛会似仙都？

说明：2016年7月3日，第四次游览青海湖写此诗。

注释：青海湖位于青藏高原东部、青海省海南藏族自治州境内，由祁连山脉的大通山、日月山与青海南山、橡皮山之间的断层陷落形成，湖面海拔3196米，最长约104公里，最宽约62公里，最大水深31.4米，面积4435.69平方公里，围湖周长360多公里，是中国最大的内陆湖和最大的咸水湖。古称西海、仙海。相传，西王母曾在青海湖大宴各路神仙。

七律 日月山

青海峰峦隐莽苍，
千秋赤岭史留芳。
西瞻藏土关山远，
东望长安古道殇。
倒淌思乡流碧泪，
含悲掷镜爱红妆。
当今重走和亲路，
剑啸龙吟护国昌。

说明：2016 年 7 月 3 日，第四次游览青海省湟源县日月山写此诗。

注释：日月山属祁连山脉，长 90 公里，最高峰海拔 4877 米，青藏公路通过日月山口为海拔 3520 米，地处青海湖东部，为我国季风区与非季风区、黄土高原与青藏高原的分界线。因山体呈现红色，古称赤岭。据史载，唐文成公主经赤岭入藏远嫁吐蕃王松赞干部，为担起唐蕃和亲大任，决然将父皇唐太宗李世民所赐日月宝镜扔下赤岭，以断思乡之情。为纪念文成公主深明大义，故改赤岭为日月山。自古即是“羌中道”“丝绸南路”“唐蕃古道”的重要通道。山下有由东向西流的倒淌河。

七律 塔尔寺

莲花圣地矗禅宫，
格鲁开山贯碧虹。
万叶旃檀身像现，
千秋银塔母恩崇。
嵯峨殿宇镶皇匾，
荟萃门徒引教风。
壁画油雕堆绣绝，
红尘一梦遁空蒙。

说明：2016 年 7 月 4 日，第四次游览青海省西宁市湟源县鲁沙尔镇莲花山塔尔寺写此诗。

注释：塔尔寺始建于 1377 年，占地面积 45 万平方米，为汉藏结合风格的建筑群，是中国西北地区藏传佛教活动中心。相传，黄教（格鲁派）创始人宗喀巴在野外出生时，滴脐血处生出一株长有十万片叶子的白旃檀树，每片叶子上都有释迦牟尼像。宗喀巴在西藏学佛，不能回家见年迈的母亲，他便让母亲以十万释迦牟尼像和这株旃檀为胎藏建一座佛塔，见塔如见儿子，母亲照办了。尔后，在先有这座塔的基础上，历代不断扩建成规模宏大的塔尔寺。主要有大金瓦寺、大经堂、弥勒殿、九间殿、花寺、小金瓦寺、如意宝塔等 9300 余间（座）。清康熙帝赐有“净上津梁”匾额，乾隆帝赐“梵宗寺”称号，并为大金瓦寺赐有“梵教法幢”匾额。酥油花、壁画和堆绣，被誉为塔尔寺艺术三绝。为国家 5A 级旅游景区。

七律 赴贵阳

娇燕扶摇上碧天，
长空万里掠星边。
气流扰翼浮云阔，
夕照临窗浩宇燃。
苍莽山峦腾海浪，
蜿蜒江水荡金烟。
一声呼啸银河落，
筑梦凉都话逝川。

说明：2016年7月30日，从北京飞赴贵阳出差写此诗。

注释：贵阳别称林城、筑城，因在贵山之南而得名。总面积8034平方公里，常住人口488万，有30多个少数民族。贵州省省会。地处云贵高原黔中山原丘陵中部，长江与珠江分水岭地带，最高峰庙窝顶海拔1659米，最低为南明河出境处海拔880米。有红枫湖、青岩古镇、文昌阁、甲秀楼、黔灵公园等主要景观。贵阳夏季凉爽，亦称凉都。国家首个森林城市。

七律 重游甲秀楼

鳌矶矗宇名黔筑，
牛渚飞虹越岛丘。
碧瓦翘檐楼月静，
红棂含岭水云悠。
轻风岸柳摇灯影，
靓阁霓桥伴绿洲。
一副长联今古绝，
边隅挺秀著千秋。

说明：2016年7月30日，重游贵阳甲秀楼写此诗。

注释：甲秀楼曾称来凤阁。位于贵阳市城南的南明河中一独立的鳌矶石上。始建于1589年，取科甲挺秀之意得名。有浮玉桥连接两岸。清人刘玉山为甲秀楼所撰206字长联为天下一绝。黔为贵州别称。筑为贵阳别称。

七律 南明河夜色

秀水萧萧绕筑城，
斜阳鸣鹭柳风轻。
古楼明月邀诗圣，
曲岸霓虹荡酒旌。
峰宇影潭星汉坠，
拱桥卧谷玉宫清。
笙歌曼舞长河醉，
不慕仙山梦夏京。

说明：2016 年 7 月 30 日，游览贵阳南明河作此诗。

注释：南明河为贵阳母亲河，全长 118 公里，是贵阳市重点开发的水文化旅游景区。著名的甲秀楼矗立于南明河巨大的鳌矶石上。贵阳是夏季避暑胜地，亦称夏都。

七律 西江千户苗寨

雷山峰翠吻斜阳，
古寨千秋透族芳。
风雨桥凝迁徙泪，
吊楼角隐宿耕霜。
岭连灯火如银汉，
树掩沙溪淌月光。
木鼓芦笙更漏短，
史诗歌舞话沧桑。

说明：2016年8月1日，游览贵州省黔东南苗族侗族自治州雷山县西江镇千户苗寨写此诗。

注释：其位于雷公山麓，由十余个依山而建的自然村构成，为蚩尤后裔，是中国乃至世界最大的苗族聚居村寨。主要有吊脚楼、风雨桥、千户夜灯景、苗寨歌舞等景观。是领略和研究苗族发展历史与传统文化的典型代表，其每年的苗年节、吃新节，十三年一次的牯藏节名扬四海。

七律 清水河大桥

江流急转壁生烟，
峰嶂凌霄抚月弦。
两岸啼猿深谷啸，
数名勇士半空翩。
缆桥飞壑连红岭，
墩柱穿云揽碧天。
峡路惊魂沧海阔，
卧虹一道履平川。

说明：2016 年 8 月 2 日，途经贵州省清水河大桥写此诗。

注释：此桥是位于贵阳市开阳县毛云乡与黔东南州瓮安县建中镇交界处的清水河峡谷上的高速公路桥，桥主塔顶至清水河江面垂直高度达 540 米，桥面至清水河江面垂直高度 406 米，主跨 1130 米，全长 2171.4 米，属中国建造的世界第二高桥（桥高 560 米的湖北省恩施土家苗族自治州四渡河大桥，为世界第一高桥）。是世界最大单跨板桁结合加劲梁悬索桥，亚洲第一的山区双塔单跨钢桁悬索桥。

七律 重游虎跳峡

两山夹缝透苍穹，
长峡幽深水复东。
头顶雪峰猿虎啸，
脚凌崖岸鹫鹰空。
千蛟倒海飞天浪，
万马冲关卷谷风。
独有中流青石屹，
巍然砥柱笑飘蓬。

说明：2017年5月22日，自驾进藏第三次重游虎跳峡写此诗。

注释：虎跳峡位于云南省迪庆藏族自治州香格里拉市虎跳峡镇境内，分上虎跳、中虎跳和下虎跳三段，峡谷长17公里，南岸玉龙雪山海拔5596米，北岸哈巴雪山海拔5396米，中间的江流宽仅30米至60米。峡谷深度3900米，水位落差213米，平均水深40米，每秒平均流量7800立方米。两岸谷坡陡峭，水势汹涌，声闻数里，为世界最深的大峡谷之一。江心有一巨石，相传老虎蹬踩此巨石跳过金沙江而得名。

七律 长江第一湾

蛟龙万里突青嵩，
石鼓江流逆转东。
秀水回环梳岸柳，
索桥飞架荡嬴风。
千重深峡依天碧，
数叶轻舟捕晚虹。
渡口峥嵘铭战史，
长征浩气古今雄。

说明：2017年5月22日，自驾游览长江第一湾写此诗。

注释：此位于云南省丽江市石鼓镇与香格里拉市南部沙松碧村之间，海拔1850米，万里长江从世界屋脊青藏高原奔腾而下，在此突然来了个100多度的急转弯，转向东北，形成V字形大弯而得名。此古渡口历来为兵家必争之地。相传诸葛亮平定南中后，在此“五月渡泸”。1253年，忽必烈又在此“革囊渡江”。红军第二、第六军团曾在此渡江北上抗日。长嬴为夏天的别称，嬴风即夏天的风。

七律 香格里拉

雪山耸峙草原苏，
横断三江绘远图。
高峡并流天地壮，
碧湖镶嵌鹤云孤。
经幡舞动传心语，
牧曲悠扬唤藏姑。
一片星河伸手触，
几杯残月慰征途。

说明：2017年5月22日至23日，自驾游览云南省香格里拉市写此诗。

注释：香格里拉藏语意为“心中的日月”，别称中甸、香巴拉，云南省迪庆藏族自治州首府。此位于云南省西北部、青藏高原横断山脉腹地，是滇、川、藏三省区交汇处，“三江并流”之腹地，面积11613平方公里。其雪山、草地、牦牛、湖泊、峡谷、江流和古寺等，构成了一幅自然风光绚丽多彩的图画，这就是詹姆斯·希尔顿长篇小说《失去的地平线》中，描绘过的一片东方群山中永恒和平宁静的净土。

七律 噶丹东竹林寺

金顶禅宫耸翠微，
袈裟一片紫霞飞。
褐窗密布传天籁，
佛像辉煌映壁帏。
几袭皇书高匾屹，
满墙唐卡古仪威。
红尘世外逍遥客，
试向空门觅道归？

说明： 2017年5月23日，自驾游览云南噶丹东竹林寺写此诗。

注释： 此位于白茫雪山自然保护区金沙江河谷延伸地带，德钦县奔子栏乡书松村南永干顶东坡上，海拔达3000米，距香格里拉市区105公里的滇藏公路旁。始建于1667年，原名冲冲措岗寺，现为格鲁派，为藏区13大寺之一。位居中央的大经堂为四层土木结构建筑，82根合抱大柱呈网状密布。底层为喇嘛诵经处，正面供有格鲁派始祖宗喀巴及弟子，两侧供有释迦牟尼等诸佛，二、三层分别为经堂与佛殿。寺内有大量雕塑、唐卡和壁画等宗教艺术品，以及其它数不胜数的珍贵文物。

七律 梅里雪山

横空卡瓦出青霄，
迤逦峰峦似海潮。
万仞冰川人迹罕，
两江峡谷画廊娆。
孤村凝黛连幽径，
数塔披辉舞大雕。
夕照金山千里秀，
经幡猎猎暮云娇。

说明：2017 年 5 月 23 日，自驾游经云南德钦梅里雪山进藏写此诗。

注释：此位于西藏察隅县与云南省迪庆藏族自治州德钦县云岭乡西部，横断山脉中段怒江与澜沧江之间，是南北走向的庞大雪山群。长 150 公里，主峰卡瓦格博海拔 6740 米，主峰周围有 13 座 6000 米以上的高峰环绕，是云南第一高峰。其主峰至今仍是人类未能征服的“处女峰”，也是唯一一座因文化保护而禁止攀登的高峰。为藏传佛教四大神山（云南的梅里雪山，西藏的冈仁波齐山，青海的阿尼玛卿山和朵朵觉沃山）之一。

七律 飞来寺

斩云翘角古松森，
披雾牌楼倚万寻。
佛像疑飞三界地，
钟声恰似九天音。
斑斓日影辉雕刻，
清澈溪流涤俗心。
遥望雪峰凌汉屹，
何时净土抚禅琴？

说明：2017 年 5 月 23 日，自驾游经云南迪庆州德钦县飞来寺写此诗。

注释：此位于距德钦县城 8 公里的滇藏公路边，始建于 1614 年，距今已有 400 多年历史。占地 1500 平方米，由子孙殿、关圣殿、海潮殿、四配殿等组成。依正乙山山势拾级而建。相传曾有一尊释迦牟尼佛像从藏地飞到此地，故在此建寺并得名。

七律 如美镇

彩云漫渡舞晴川，
奔涌沧江映碧天。
两岸闻鸡花溅露，
一桥飞谷浪生烟。
悠悠塔影依民宅，
猎猎经幡动佛弦。
最是长头朝圣者，
虔诚跪拜丈高原。

说明：2017 年 5 月 23 日，自驾游夜宿西藏芒康县如美镇写此诗。

注释：如美镇地处青藏高原与云贵高原接壤的三江流域峡谷区，海拔2630米。南北走向的宁静山脉与澜沧江贯穿其境。

七律 古盐田

沧江奔涌越芒康，
千载盐田映夕阳。
高脚倚山连片筑，
小畦晒卤满村藏。
晶莹咸粒凝云影，
弯曲羊肠伴雪光。
十字依稀茶马远，
如今古道铸辉煌！

说明：2017 年 5 月 24 日，自驾游经西藏昌都市芒康县古盐田写此诗。

注释：此位于横断山腹地芒康县纳西乡和曲孜卡乡，始于吐蕃时期生产盐。在澜沧江两岸现有 2700 多块盐田，仍沿袭最原始的晒盐方式生产，被誉为雪域盐都。这里有法国传教士于 1885 年在西藏建立的唯一天主教堂，在藏传佛教一统天下的环境下，其周边 80% 的村民至今仍信奉天主教。古盐田是滇藏茶马古道的重要驿站，也是现在国道 214 线的必经之地。

七律 觉巴山

倚天横断起奇峰，
峡谷幽深壁九重。
滇路凌渊飞鸟怵，
藏村凝黛涧云浓。
沧江宛曲流诗韵，
峭岭盘旋走巨龙。
远眺雪峰如浪涌，
踏平险峻自从容。

说明：2017年5月24日，自驾游经西藏芒康县觉巴山写此诗。

注释：觉巴山又称脚巴山，位于四川西部巴塘至西藏东部的芒康、左贡境内，横断山脉的三江（金沙江、澜沧江、怒江）流域，垭口海拔3940米，因澜沧江亿万年深深下切，使得江岸壁立千仞，临崖开辟的30公里川藏公路觉巴山盘山路，有近2000米的高差，上依绝壁，下临深渊，让人望而生畏。

七律 重上东达山

壁立青霄鸟不飞，
轻车宛转入天闱。
碧云漫渡经幡猎，
白塔雄巍寒气吹。
遥想当年翻雪岭，
登临哨所送春菲。
江湖虽远仍忧国，
再跨征鞍筑梦归。

说明： 2017年5月24日，自驾游途经西藏左贡县境内的东达山写此诗。

注释： 东达山垭口海拔5008米，澜沧江经其一侧流过，为藏南川藏公路必须翻越的高峰。山路既缓又直且长，一眼看不到尽头。夏天碧草茵茵，牛羊成群，雪峰逶迤，风光绚丽。余在2004年夏，曾带总后工作组经此进藏考察西藏边防建设。

七律 邦达草原

绿茵雄阔缀穹苍，
玉曲扬波挽夕阳。
骏马飞驰原野静，
硕羊散落白云茫。
蜿蜒古道连欧陆，
矫健银鹰达远方。
忽忆金滩旌旆动，
铁流席卷定边疆。

说明：2017 年 5 月 24 日，自驾游途经西藏邦达草原写此诗。

注释：其地处昌都地区三江流域的高山峡谷之中，海拔 4200 米左右，是澜沧江与怒江分水岭他念他翁山主脊上的一个地势宽缓、水草丰美的盆地，长 80 多公里，宽约 20 公里。怒江支流玉曲河流经其境。曾是著名的“茶马古道”的必经之地。世界上海拔最高的航空港邦达机场坐落在邦达草原北部。1950 年 10 月，解放军经此发起的昌都战役，为和平解放西藏奠定了基础。

七律 业拉山

天路盘旋接汉穹，
急弯陡峭碧云空。
千寻顶塔凌仙气，
数道经幡送梵风。
远眺雪峰斜照壁，
近观峡谷怒江虹。
车流之字书青史，
川藏咽喉万世雄。

说明：2017年5月24日，自驾游途经西藏八宿县业拉山写此诗。

注释：业拉山又名怒江山，属横断山脉，主峰5008米，其垭口海拔4618米。业拉山地处横断山脉和青藏高原的接合部，地质活动频繁，泥石流和大规模塌方十分常见，是横断山脉最后的天险。从业拉山垭口至怒江河谷的几十公里路程，高差达2000米，弯多弯急坡陡，行车十分艰险。这就是著名的"怒江72拐"。

七律 怒江天险

横断凌霄雪岭开，
千寻深峡怒江裁。
洪涛拍岸惊王母，
狭路悬崖绕镜台。
长拱玉桥天堑跨，
孤峰砥柱碧云徊。
兵车飞渡霓虹落，
踏破雄关任往来。

说明：2017年5月24日，自驾游途经西藏八宿县怒江天险写此诗。

注释：川藏公路从业拉山垭口下至怒江峡谷后，通过穿越江中独立石山隧道的怒江大桥，横跨怒江天堑。此为川藏锁钥和战略要地。

七律 然乌湖

雪峰环抱翠湖娇，
迤逦冰川近藏寮。
岸柳清风山影动，
虹桥薄雾绿茵娆。
一泓圣水连雅鲁，
万顷林花隐大雕。
篝火锅庄羁客远，
几杯明月醉春宵。

说明： 2017年5月24日，自驾游途经西藏然乌湖写此诗。

注释： 此位于昌都地区八宿县西南部的然乌镇境内，面积22平方公里，湖面海拔3850米，为山体崩塌巨石碎岩堵塞河道而形成的堰塞湖。湖畔西南有岗日嘎布雪山，南有阿孔贡拉冰川，北有来古冰川，东北方有伯舒拉岭。为雅鲁藏布江支流帕隆藏布江的主要源头。为藏东第一大湖。

七律 波密

雪山竦峙晓云朦，
林壑苍茫牧野空。
木塔披霞凌古镇，
长桥踏浪卷江风。
千层盎甲神峰绝，
百里冰川碧水鸿。
更有武林沧海笑，
一方藏剑走西东。

说明：2017 年 5 月 24 日，自驾游夜宿西藏林芝地区波密县政府所在地扎木镇写此诗。

注释：波密地处念青唐古拉山东段北麓和喜马拉雅山东端，西藏东南部，中部为帕隆藏布江河谷与易贡藏布江河谷，总面积 16578 平方公里，境内有卡青、日母、关星等十大名山，最高峰海拔 6648 米，扎木镇海拔 2720 米。帕隆藏布江流经县城。扎木人擅长武术，长短佩刀不离身。

七律 墨脱52K哨卡

冰峰伴驾步云踪，
曲路盘旋下九重。
碾碎雪尘溪水笑，
俯观林壑紫霞封。
孤烟袅袅山村静，
长谷幽幽哨卡锋。
自古边关多苦寂，
丹心一片化寒冬。

说明： 2017年5月25日，赴西藏墨脱县途经52公里处哨卡写此诗。

注释： 此为边防检查站。位于卡隆拉雪山脚下，扎木镇至墨脱县城52公里处。哨卡紧临藏族小村。K为公里（km）的简写。

七律 亲水叠瀑

一帘幽瀑下云端，
溅玉飞珠荡翠峦。
几叠峭崖悬素练，
万条丝雨跌滢盘。
虹霞缥缈春雷动，
溪树婆娑鸟语欢。
隐秘深闺交响曲，
名驰孤岛冠琴坛。

说明：2017年5月25日，赴西藏墨脱县途经亲水叠瀑写此诗。

注释：此位于扎墨公路约55公里处，瀑布分三级顺山势飞流直下跌入碧潭，发出闷雷般声音，又如高天飘下素练，在阳光下银光闪闪，尽显气吞山河之势。为扎墨公路沿线最壮观的瀑布。

七律 玛迪村

逶迤雅鲁绕孤村，
翠岭云遮倚宅门。
几栋红楼羁客醉，
数丛翠竹鸟声温。
香蕉串串犹惊梦，
稻浪悠悠似显痕。
雪域闺深藏绝秀，
江南从此不勾魂。

说明：2017 年 5 月 25 日，赴西藏墨脱县途经墨脱镇玛迪村写此诗。

注释：此位于墨脱县城北，雅鲁藏布江左岸，扎墨公路通过其境。属雪域高原典型的高山峡谷地貌与亚热带气候，雨量充沛。是以门巴族为主，也有汉族与藏旅混居的村落。主要种植茶叶、柠檬、蜜柚、香蕉等水果，以及水稻、玉米等粮食作物。是墨脱县的香蕉种植基地之一。

七律 雅江大拐弯

青巘云横屹藏东，
飞车盘绕入苍穹。
斜阳极目群峰小，
栈道悬崖万壑空。
宛转碧流浮岛影，
曲迤峡谷卷长风。
巴蕉修竹江南韵，
独卧边关醉眼朦。

说明：2017 年 5 月 25 日，自驾游览西藏墨脱县雅鲁藏布江果果塘大拐弯写此诗。

注释：此位于距墨脱县城 12 公里处，从高处俯瞰雅鲁藏布江蛇形般环绕的岛山犹如一个棒棒糖而得名，也称雅江大拐弯、雅江第一湾。站在高高的观景台眺望，远山如海浪奔腾，云遮雾绕；岛山如同江中青峰突起，郁郁葱葱；峡谷蜿蜒，深达千米，俯视惊魂；雅江犹如一条巨龙，盘绕在群山苍翠茂盛的雨林之间，景色极为壮观。

七律 莲花阁

高阁凌云暮色空，
霞光万缕射苍穹。
俯观城宇冈峦屹，
远眺江流峡谷朦。
刻木结绳凝族史，
刀耕火种透民风。
南山牧马边关近，
夜梦依稀号角雄。

说明：2017 年 5 月 25 日，自驾游参观西藏墨脱县莲花阁写此诗。

注释：此位于墨脱县城西面的一座山上，是一座具有门珞民族风格的地标性建筑，现为展示墨脱原住民门巴和珞巴两族优秀历史文化遗产的博物馆。馆内展示了墨脱县的地理概况，门巴族和珞巴族的农耕生产生活方式，古老的狩猎、宗教、习俗文化，以及纺织、服饰和手工艺品文化等。在莲花阁这个制高点上，可俯瞰县城全景与雅鲁藏布江。

七律 墨脱

边陲小镇隐荒丘，
峡险峰环伴碧流。
佛寺云林深谷静，
藤桥溜索古风悠。
一帘明月听蛙韵，
几缕霓虹拂酒旒。
秘境莲花尘世外，
桃源圣地度千秋。

说明：2017年5月25日至26日，自驾游览西藏墨脱县城写此诗。

注释：墨脱县别称博隅白玛岗、白玛岗。位于藏东南隅喜马拉雅山南麓，雅鲁藏布江下游，与印度毗邻，面积3.4万平方公里(中方控制1.2万平方公里，印方控制2.4万平方公里)，境内海拔在200米至7787米，县城海拔800米，全县1万余人。居民主要为门巴族和珞巴族，雅鲁藏布江大峡谷主段在该县境内，属亚热带温润气候区，是西藏高原海拔最低、气候最温和、雨量最充沛、生态自然最好的地方。墨脱四周山峰环抱，县城犹如花蕊，形如隐秘的莲花，加之莲花生大师曾在此修行，也称“莲花圣地”。

七律 扎墨公路

雪山万仞路难行，
飞石连连役马惊。
百里穿林堪九死，
千重攀壁祈三生。
大军开隧云霄立，
峡谷飞龙世界倾。
边塞孤村连国脉，
萧萧雅鲁落霞横。

说明：2017年5月25日至26日，自驾经扎墨公路游览西藏墨脱县写此诗。

注释：此为西藏波密县扎木镇通往墨脱县城的公路。从扎木镇始，先后跨越波斗藏布江、金珠藏布江、西莫河等6条江河，经米日和玛迪村，到达墨脱县城。2010年12月，在打通最大障碍嘎隆拉雪山隧道后，117公里的扎墨公路全线贯通，从此结束了墨脱县是中国最后一个不通公路，依靠人背马驮运输的历史。该路地处高寒地区至热带雨林，落差巨大，坡陡弯急，可谓一天经四季，十里不同天，且塌方、飞石、泥石流、水毁道路等地质灾害频发，是目前世界上最艰险的公路，也是通往中印边界的战略通道之一。

七律 喜荣沟

青峰晴雪碧云挪，
陡转江流岸柳娑。
走马廊桥凌圣旆，
游人栈道慕兵歌。
凭栏观鸟丛林秀，
戏水临潭倒影娥。
边塞犹生雄国梦，
一壶浊酒忆金戈。

说明：2017年5月26日，自驾游览西藏墨脱县喜荣沟景区写此诗。

注释：喜荣沟景区又名仓秀措景区，位于扎墨公路62公里处。景区群山环抱，山顶白雪皑皑，山腰姹紫嫣红，山脚林木葱茏，林中高塔巍巍，仓秀措湖碧波粼粼，栈道沿溪蜿蜒，蓝天白云漫渡，湖光山色，美不胜收。

七律 色季拉山抒怀

曲路盘旋上雪峰，
经幡猎猎动云重。
雾开雨霁斜阳灿，
风劲花馨海韵浓。
似剑南迦书壮志，
临疆色季映军容。
驰怀纵目思边塞，
铁马萧萧敢为锋。

说明：2017 年 5 月 26 日，自驾游览西藏色季拉山口写此诗。

注释：色季拉山属念青唐古拉山脉，是西藏林芝县东部与中西部的分界带，是尼洋河流域与帕隆藏布江的分水岭，川藏公路南线跨越山口海拔 4728 米。登临山口可观日出、云海、无际的林海，还可远眺喜马拉雅山第七高峰南迦巴瓦峰（海拔 7782 米）的雄姿。色季拉山西坡的达则村旁的本日拉山，是西藏笨教的圣地，为西藏四大神山之一。是西北方尼洋河流域八一镇等与东南方的鲁朗镇等的气候分界线。

七律 林芝

巴瓦青矛刺碧空，
神湖岛影伴峰丛。
巍峨古堡林花醉，
狂野江流峡谷雄。
草甸牧歌萦木屋，
田园麦浪荡春风。
经幡猎猎思边塞，
何日挥师克敌戎？

说明：2017 年 5 月 26 日，自驾游览西藏林芝写此诗。

注释：林芝古称工布。位于西藏东南部，雅鲁藏布江中下游，其西部和西南部分别与拉萨市、山南市相连，东部与北部分别与昌都市、那曲地区相连，南部与印度、缅甸两国接壤，平均海拔 3100 米，面积 11.7 万平方公里（实际控制 7.6 万平方公里，其余为印度控制），20.3 万人，边境线长 1006.5 公里，风景秀丽，被称为西藏的江南。境内有海拔 7782 米的世界第 15 高峰南迦巴瓦峰、巴松措神湖、世界上最深的峡谷雅鲁藏布江大峡谷，以及世界第三深度的峡谷帕隆藏布江大峡谷。

水龙吟　雅鲁藏布大峡谷

高原雪岭云横，剑峰倚汉冰川白。蜿蜒峡谷，水流深切，万寻绝壁。瀑布危悬，藤桥飞渡，落虹悠奕。望峡围巴瓦，雨林棋布，虎猿啸，江南色。

远眺大江奔泻，似银河、九穹流碧。惊涛千里，萧萧层迭，排山威力。开凿天河，雅输大漠，绿还西北。待沙成沃野，玉门春暖，柳闻羌笛！

说明： 2017 年 5 月 24 日至 26 日，自驾游览西藏林芝地区雅鲁藏布江大峡谷写此词。

注释： 大峡谷北起米林县派镇大渡卡村，南到墨脱县巴昔卡村，全长 504.6 公里，最深处 6009 米，平均深度 2268 米，雅鲁藏布江水面高程天然落差达 2755 米，流量每秒达 4425 立方米。由高峰与若干拐弯组合成奇特的大拐弯峡谷，有从高山冰雪带到低河谷热带雨林等 9 个垂直自然带，它辟开青藏高原与印度洋水汽交往的山地屏障，使藏南部分地区成为西藏江南。峡谷由下至上有绒扎、秋古都龙和藏布巴东等四个瀑布群。为世界最深的大峡谷。

七律　柏树王

雾绕青峰雪岭朦，
尼洋河谷柏葱葱。
曾尝熠熠春秋露，
也历萧萧战国风。
树冠冲天擎碧宇，
虬枝蔽日触寒宫。
铮铮铁骨根深茂，
笑傲沧桑世界雄。

说明：2017年5月27日，自驾游览西藏林芝世界柏树王写此诗。

注释：此位于林芝地区雅鲁藏布江与尼洋河海拔3000多米的八一镇巴结村的世界柏树王园林内，该园面积20万平方米，园内柏树平均高30米，平均直径100厘米。其中，最大的一棵高50米，胸径5.8米，树龄2600多年(约从公元前春秋战国时期生长至今)，需12个成人才能合围，被誉为活的文物、世界柏树之王。柏树王又名林芝巨柏，为藏族神树。

七律 米拉山

雪岭飞鹰透碧空，
峰回路转嶂千丛。
凭栏静悟白云语，
俯首遥瞻绿海虹。
牛塑凝神思织女，
经幡漫道猎天风。
中分气候从兹始，
独钓江河水复东。

说明：2017 年 5 月 27 日，自驾游览西藏米拉山写此诗。

注释：米拉山亦称甲格江宗，意为神人山，俗称芒雄拉。位于工布江达县境内，山口海拔 5013 米。山口矗立着一座“雪域之舟”的西藏牦牛石雕像。是雅鲁藏布江与尼洋河的分水岭，以及林芝地区海洋性季风气候与拉萨地区内陆性气候的分界山。山口处常年积雪。川藏公路南线经过米拉山口，则进入林芝地区的工布江达县境内。

疏影 布达拉宫

高原雪域。有倚天殿宇，孤耸穹碧。赭白宫墙，重叠群楼，依山笑傲云迹。飞檐翘角鎏金顶，更脊饰、斜阳晖煜。待月升、仰望星空，玉宇炜煌雄极。

遥想当年干布，筑岩堡爱垒，迎娶倾国。古洞凝香，塑像如生，汉藏千秋归一。雕梁壁画珠光闪，独佛塔、世间难觅。看广场、朝圣人流，搅动满城春色。

说明：2017 年 5 月 28 日，第四次游览布达拉宫写此词。

注释：此坐落于西藏自治区首府拉萨市区西北的玛布日山上，海拔 3700 米，主体建筑分为白宫和红宫两部分，宫殿高 117 米，外观 13 层，内为 9 层，共 999 个房间，总面积 9972 平方米。最初为吐蕃王朝松赞干布迎娶文成公主而兴建，17 世纪五世达赖喇嘛及以后各朝相继重建与扩建至今日规模。其依山垒砌，群楼重叠，殿宇嵯峨，气势雄伟，是藏式古建筑的杰出代表，是世界上海拔最高，集宫殿、城堡和寺院于一体的宏大古代建筑群。前辟有布达拉宫广场。布达拉宫为藏传佛教(格鲁派)的圣地，每年至此朝圣者不计其数。布达拉宫收藏有极其丰富的历史文物，其中有 2500 余平方米壁画，近千座佛塔，上万座塑像，上万幅唐卡；贝叶经、甘珠尔经等珍贵经文典籍；明清两代皇帝封赐达赖喇嘛的金册、金印、玉印及大量金银品、瓷器、珐琅器、锦缎品等，堪称一座建筑艺术与佛教艺术博物馆。

七律 大昭寺

平川突兀起坛城，
金顶迷光夕照横。
远眺布宫依碧宇，
近观佛祖悟禅声。
转经绕寺晨曦亮，
伏地祈禳暮色倾。
汉藏会盟碑石在，
文成古柳拂旃旌。

说明：2017 年 5 月 28 日，自驾游览西藏拉萨市大昭寺写此诗。

注释：大昭寺又名祖拉康、觉康（藏语意为佛殿），位于拉萨老城中心，主殿 4 层，两侧有配殿，按佛教中曼陀罗坛城宇宙理想模式布局，开创平川式藏传寺庙，供奉有佛祖释迦牟尼 12 岁等身像、宗喀巴大师和松赞干布塑像等，有 4400 平方米壁画，占地 25100 余平方米，是由藏王松赞干布建造的藏传佛教寺院，后经历朝改扩建而成现在规模。大昭寺已有 1300 多年历史，在藏传佛教中具有至高无上的地位。其融合了藏、唐、尼泊尔、印度的建筑风格，为藏式宗教建筑的千古典范。寺前终日香火缭绕，广场有相传为文成公主植的柳树，门前青石板上留下了朝圣者叩拜的等身长头深深痕迹。

七律 唐古拉山口

千里冰峰屹碧川，
浮云漫渡隐山巅。
苍茫原野牦牛壮，
凝黛仙湖水鸟翩。
涓滴江源奔大海，
蜿蜒天路起岚烟。
经幡徐动兵车啸，
雕像崔巍话戍边。

说明：2017 年 5 月 30 日，自驾游览西藏唐古拉山口写此诗。

注释：唐古拉山是西藏与青海省的分界线，位于青藏高原腹部，西接喀喇昆仑山，东连横断山，全长约 1000 公里，宽约 150 公里，其主峰格拉丹东雪山海拔 6000 多米，是长江的发源地。山下的可可西里无人区，是藏羚羊等濒危野生动物保护区。唐古拉山口海拔 5231 米，是青藏公路和青藏铁路入藏的必经之地，也是世界海拔最高的公路和铁路所在地。建有筑路英雄纪念碑和标志碑。为藏区著名神山。

七律 可可西里

浩瀚荒原接汉苍，
冰川雪岭挽斜阳。
明湖镶翠云霞醉，
旷野飞虹雨草芳。
一片羚羊奔霁色，
几声汽笛透秋光。
路桥高架迁流畅，
守护天然著炜章。

说明：2017年5月31日，自驾游览青海省可可西里国家级自然保护区写此诗。

注释：该保护区位于青海省玉树藏族自治州西部，横跨青海、新疆、西藏三省区之间的高山台地，海拔5000米以上，总面积4.5万平方公里。主要保护藏羚羊、野牦牛、藏野驴、藏原羚等珍稀野生动物、植物及其栖息环境。是中国建成的保护面积最大、海拔最高、野生动植物资源最丰富的保护区之一。

念奴娇 昆仑山

雪峰千里，望横空屹立，碧霄雄峙。山岭蜿蜒如海浪，搅动昊天云气。旷野无垠，冰川绿草，晓牧奔群骥。败鳞飘舞，玉峦苍莽迤逦。

仿若日月摇光，道宫金阙，三界呈祥瑞。人道神州源祖脉，玉虺腾飞祥地。绝巘昆仑，倚天出剑，斩尽诸魑魅。寰球同乐，五洲风猎旌旆。

说明：2017年5月31日，自驾游览青海省昆仑山口写此词以纪之。

注释：昆仑山又称昆仑虚，为中国西部山系主干，西起帕米尔高原东部，横贯新疆、西藏、青海省至四川西北部，全长约2500公里，平均海拔5500米至6000米，宽130公里至200公里，总面积达50多万平方公里。古称昆仑山是玉龙腾飞之地，中华“龙脉之祖”，又是天道圣人元始天尊的道场“玉京金阙”所在地，古神话中的“西王母”所居地，中国第一神山。

七律 玉珠峰

雪脊刀峰峙九天，
冰川飞泻荡云烟。
翠湖一鉴山光醉，
玉塔千寻夕照悬。
宛转溪流浮鹤影，
悠扬牧曲动茵川。
山鹰登顶留神话，
天路迢迢望巇巅。

说明：2017 年 5 月 31 日，自驾远眺玉珠峰写此诗。

注释：玉珠峰又称可可赛极门峰，位于青海省格尔木境内昆仑山口东 10 公里，海拔 6178 米，昆仑山东段最高峰，山顶终年被冰雪覆盖，南缓北陡，南坡冰川末端海拔约 5100 米，北坡冰川延至 4400 米。青藏公路从玉珠峰下的西大滩经过。北京大学山鹰社于 2009 年成功登顶玉珠峰，创造了大学生登山的神话。

七律 重游茶卡盐湖

雪山对峙隐长空，
万顷银湖绕牧篷。
数片盐雕神女醉，
千年堤路客流朦。
紫霞漫卷镶天镜，
丽影翩跹舞落虹。
碧水莹光星汉坠，
扁舟一叶渡云丛。

说明：2017年6月1日，自驾重游（第五次）青海省海西蒙古族藏族自治州乌兰县茶卡盐湖写此诗。

七律 二郎剑

一色湖天万里吞，
芸薹花重蔽孤屯。
经幡舞动云霞渡，
牧曲悠扬骏马奔。
踏浪乘槎登试岛，
抚雷睹舰觅忠魂。
二郎神剑何方是？
碧海长鲸卫国门。

说明：2017 年 6 月 1 日，自驾重游青海湖二郎剑景区写此诗。

注释：青海湖面积 4456 平方公里，海拔 3200 米，是我国最大的咸水湖。这里地域辽阔，草原广袤，民俗浓厚，景色壮丽，被誉为“中国最美湖泊”。二郎剑位于青海湖东南部海南藏族自治州刚察县境内，曾以似剑的狭长地带没入湖中而得名，是以草原、沙滩、牧群和 151 基地（中国最早的鱼雷实验基地）为主构成的青海湖旅游区一颗璀璨明珠。

醉蓬莱 日月山怀古

望亭依碧汉，岭沐斜阳，鹤云横渡。伫立中天，眺峰峦烟树。玉像披霞，法轮轻转，又彩幡飞舞。石路盘桓，唐蕃故道，月华微布。

想当年，太宗和藏，远嫁文成，越兹西去。仪仗逶迤，独不时东顾。宝镜抛岩，泪眼相别，饮雪山风露。为国安宁，情凝青史，炜煌千古。

说明：2017年6月1日，自驾重游日月山写此词。

注释：日月山位于青海省湟源县青海湖东侧，为祁连山支脉，长90公里，宽10—15公里，海拔最高点4877米，历史上是内地通往西藏的咽喉。唐蕃和亲，据说文成公主为断绝思乡之情，担起唐蕃联姻大任，在经过日月山时抛却了父皇所赐宝镜，决然西行至拉萨与松赞干部成婚，完成使命。日山和月山上分别建有日亭和月亭，亭里用碑文和壁画记录了文成公主入藏和亲的历史情景。山下有文成公主庙和巍峨的文成公主汉白玉雕像。

瑞鹤仙 塔尔寺

揽凌云殿宇，金顶灿、夕照飞檐鸟舞。经堂响银鼓，看酥油花艳，菩提雕塑。长廊典库，壁画墙、堆绣绕柱。更如来八塔，巍入碧霄，梵教东渡。

昔日罗桑诞地，万叶旃檀，塔藏胎树。莲花圣土，毗连寺，满山布。走千峰雪域，云头潮立，倡行黄教革故。觅宗师胜迹，犹令世人仰慕。

说明：2017 年 6 月 2 日，重游（第四次）青海省西宁市湟中县鲁沙尔镇塔尔寺写此词。

注释：该寺原为藏传佛教格鲁派（黄教）创始人宗喀巴大师罗桑扎巴诞生地。传说在他诞生时剪脐带滴血处长出一棵白旃檀树（即菩提树），树上有十万片显有佛像的叶子，母亲按宗喀巴要求，以菩提树和佛像为胎藏，建了一座佛塔。尔后在佛塔周围陆续建寺，形成现在的宏大规模。

七律 九曲黄河第一湾

雨霁攀云上北峰，
草原苍莽走蛟鸿。
昆仑直下千山度，
岛屿徘徊两水融。
几顶帐篷萦牧曲，
一群丹鹤舞霞虹。
濒临古寺流禅韵，
涤尽红尘视野空。

说明：2017 年 6 月 3 日，自驾游览九曲黄河第一湾写此诗。

注释：黄河发源于昆仑山脉南支的巴颜喀拉山。该湾位于四川省阿坝州毛尔盖县唐克镇，地处四川、甘肃、青海交界处的川西北草原腹地，白河在此汇入黄河，河面宽阔，蜿蜒曲折的河水分割出无数小岛、河洲，被誉为“宇宙庄严幻影”“塞外西湖”。这是黄河流经四川境内唯一的一段。红军长征经过此地。

念奴娇 草地抒怀

草原寥廓，碧天尽、千里苍茫云迹。九曲黄龙，飘翠带、镶嵌松潘雪域。骏马飞驰，牦牛戏水，白鹤衔横笛。峰峦凝黛，落霞微醉沼泽。

遥想雄伟长征，大军经草地，饥寒交迫。意志如钢，旌旆奋、连破重围追击。仰望丰碑，承英雄浩气，荡胸舒魄。冯唐休怨，剑鸣空谷忧国！

说明：2017 年 6 月 3 日，自驾游览四川西北若尔盖大草原写此词。

注释：此亦称松潘草地，其行政区划跨四川、甘肃和青海，总面积约 5.3 万平方公里，总人口 26.15 万人，海拔 3300 米至 3600 米，其东为岷山，南为邛崃山，西为果洛山，北为西秦岭等，是高山环抱之中的一个高原盆地，我国三大湿地之一。松潘草地是红军长征经过的地方，有一万多名红军将士长眠于此。

七律 西部牧场

烟雨兼程牧野苍，
清风一扫沐斜阳。
石墙木屋花街醉，
方塔红楼藏酒香。
九曲溪流传鸟语，
一帘唐卡话沧桑。
几杯残月天涯路，
草地牵魂似故乡。

说明：2017 年 6 月 3 日，自驾游四川若尔盖西部牧场写此诗。

注释：该景区由牧场花海与云上花街两大板块组成，具有浓郁嘉绒与安多藏族文化元素，以石、木为主的纯藏式民居，藏、川风格的美食、茶坊、工艺品，及藏式婚庆表演等独具特色。

七律 松州古城

城垣高矗箭楼空，
千载烽烟故垒雄。
碧水穿街摇柳影，
浮云绕阁映花丛。
南瞻巴蜀崇山翠，
北眺河湟大漠虹。
茶马锅庄凝藏韵，
和亲古道透唐风。

说明：2017年6月4日，自驾游览四川省阿坝松州古城写此诗。

注释：松州为唐时所置，现名松潘。海拔2849.5米。汉唐以来为“扼岷岭、控江源、屏蔽天府、琐钥边陲”之军事要地，也是唐蕃之战的战场与文成公主入藏和亲所经之地。分为内外两城，内城跨崇山，依山顺势略呈三角形，东部崇山之下河谷部分为长方形；外城毗邻内城南面河后下坝，呈长方形。始建于明朝的古城墙长6.2公里，高12.5米，厚12米，设七道城门，宏伟而坚固。为中国历史名城。

七律 白石羌寨

临岩垒室建碉楼，
错落柴门小院幽。
墙壁图腾凝远古。
屋台白石护金瓯。
飞针刺绣民风朴，
耀眼银花服饰悠。
地震重生羌寨笑，
岷山处处隐风流。

说明： 2017 年 6 月 4 日，自驾游览四川茂县甘清村白石羌寨写此诗。

注释： 该寨是羌族集居区。2008 年 5 · 12 汶川特大地震后重建，现为一旅游景区。其建筑依山居之，垒石为室，寨中羌民崇尚白石而故名。走入白石羌寨，神秘的白石崇拜，远古的图腾符号，质朴的民风民俗，都在述说着一个古老民族的沧桑历史。

望远行 重上蒙顶山

云梯古道，凌巉顶、脚下高天流碧。五峰环列，状若莲花，似在雾中浮立。梵宇名联，峦嶂翠林幽径，银瀑九霄惊壁。望群山、云海苍茫秀色。

难觅，千载贡茶圣地，出绝品、帝宫留迹。万顷茗畦，漫山遍野，一派肆芳围袭。更有沙壶堪巨，横空飞练，槚液随风飘逸。品半轮明月，魂迷骚客。

说明：2017 年 6 月 5 日，自驾游第二次登上蒙顶山写此词以纪之。

注释：此山位于四川省雅安市名山县境内，最高峰上清峰海拔 1456 米，总面积约 40 平方公里，为千年贡茶产地，世界茶文化发源地。位于蒙山寺门的“扬子江中水，蒙山顶上茶”的茶联著称于世。白居易、刘禹锡、孟郊、苏轼、陆游等唐宋著名文人都有吟咏蒙顶茶的佳作。

七律 邛海晨韵

苍山环峙碧湖空，
云水泱泱旭日东。
游艇静依烟雨岛，
海鸥舞动柳旌风。
一湾湿地连彝寨，
数里廊桥伴绿棕。
梵宇禅钟千古韵，
红尘遗梦逐飞鸿。

说明：2017 年 6 月 6 日，自驾游第二次到四川省西昌市邛海写此诗。

注释：邛海属更新世早期断陷湖，形成于距今约 180 万年前。因“邛都夷”在沿岸繁衍生息而得名。《汉书》《后汉书》分别以邛池泽、邛河之名载入史册。唐以后称邛海、邛池。

七律 米易

攀莲古镇卧江流，
两岸椰风荡玉楼。
秀水绕街斜照落，
诗碑倚树碧云游。
一声横笛鸣幽境，
万点沙鸥入醉眸。
棹梦烟波愁客愿，
轻车已过帝王洲。

说明：2017 年 6 月 6 日，自驾游览四川省米易县城（位于攀莲镇）写此诗。

注释：该县位于四川西南部雅砻江与安宁河交汇处，海拔 980 米至 3447 米，面积 2153 平方公里，22 万人，为汉、彝、回等 26 个民族集居地。属南亚热带干热河谷气候，有“内地三亚”之称。据考证，“三皇五帝”之一的颛顼大帝诞生于此地。

七律 武定

狮峰峭巇望青霄，
古刹崔巍仰帝寮。
宛转金沙云岭暖，
逶迤故道蜀山遥。
壮鸡香味传千里，
罗婺文宗耀历朝。
夕照牌坊翔鹤影，
霓裳火把舞妖娆。

说明：2017年6月6日，自驾游览云南省楚雄彝族自治州武定县写此诗。

注释：武定有独具特色的明清贡品武定鸡和底蕴深厚的罗婺文化、佛教文化。北与四川会理县隔金沙江相望，乌蒙山自东向西贯穿全境，最高峰狮子山海拔2452米，为西南第一山。

七律 荷香别院

翘角飞檐古榭峨，
雕梁木构伴庭柯。
清溪穿巷流云影，
石板沿街绕碧萝。
啼鸟临窗春梦浅，
蜻蜓戏水小荷多。
斜阳徐落青山外，
独钓烟霞岸柳娑。

说明：2017 年 6 月 6 日至 10 日，西藏自驾游返回昆明，戴云兄弟盛情安排住滇池度假区荷香别院写此诗。

七律 云南民族村

牌坊白塔沐晨晖，
村寨毗连入翠微。
吊脚竹楼茅屋异，
雕梁黛瓦角檐飞。
一湖潋滟摇桥影，
几笛悠扬醉客扉。
历柱刀梯豪气壮，
桶锅煮酒古风归。

说明： 2017年6月7日，游览云南民族村写此诗。

注释： 此位于昆明市西南郊滇池北岸的海埂，一条由东向西伸入滇池的狭长半岛沙滩，占地面积89公顷，以复原陈列的手法建起民族村寨，展示云南彝、白、傣、苗、景颇、佤、纳西、傈僳、独龙等26个民族的社会文化风情。

七律 滇池

水天万顷海鸥飞，
峰抱村环叠翠微。
轻棹风帆衔碧浪，
长堤沙岸绕芳菲。
九河入泽炊烟袅，
一网渔歌暮色归。
远眺西山斜照醉，
南疆明月叩心扉。

说明：2017 年 6 月 8 日，游览昆明滇池写此诗。

注释：滇池古名滇南泽，亦称昆明湖，位于昆明市西南，为地震断层陷落型湖泊，其外形似一弯新月，海拔 1886 米，南北长 39 公里，东西最宽 13 公里，湖岸线长约 150 公里，面积 330 平方公里，平均水深 5 米，容水量 15.7 亿立方米，有盘龙江等九河注入，螳螂江为湖水泄出口，云南省最大的淡水湖，被誉为高原明珠。其东有金马山，西有碧鸡山，北有蛇山，南有鹤山，素称五百里滇池。

七律 滇海古渡

古渡牌坊巨柱峨，
鹿雕置顶对天歌。
披红驰道连秋水，
凝黛青峦伴玉螺。
云绕长廊澄海阔，
鸥鸣画舫棹声和。
千年滇国何方觅，
几网斜阳逐逝波。

说明：2017年6月8日，游览昆明市晋宁区滇海古渡写此诗。

注释：此位于滇池南岸，三面被生态湿地环绕，为古滇王国文化旅游名城。现建有规模宏大的码头。由候船大厅主体建筑、三条弧形竹制码头环廊及浮动式栈桥构成。北面环廊连接码头主体和登船浮桥，数条浮桥两侧停靠着整齐的游船、画舫。码头为中国最大的单体原竹景观建筑。

七律 九乡仙境

船游荫翠峡河沧，
谷峭惊魂地洞藏。
乳柱成林擎石宇，
神田叠嶂泛波光。
双龙入壑沉雷吼，
一洞飞虹白雾扬。
彝寨风情凝穴壁，
九渊奇绝破洪荒。

说明：2017年6月9日，游览昆明九乡风景区写此诗。

注释：此位于昆明市东宜良县九乡彝族回族自治乡境内，是以溶洞景观、自然风光和民族风情为一体的综合性风景名胜区。海拔1750米至1900米。其溶洞群是一个非稳定断裂的、溶蚀与侵蚀迭加的百座岩溶洞穴系统，有“洞穴博物馆”之称。张口洞古人类居住遗址，为九乡一绝。

七律 马蹄湾

古寨巍巍凌九壑，
翠峰遥对马蹄峦。
修篁蔽岸摇江底，
碧水经桥绕岛盘。
数叶欢歌轻棹浪，
一翁垂钓紫云坛。
青霄飞鹤随霞舞，
把酒临风夕照残。

说明：2017 年 6 月 9 日，游览昆明市宜良县耿家营乡马蹄湾写此诗。

注释：马蹄湾因河流环绕马蹄形的山而得名。马蹄湾东岸为稻田，西岸为峡谷峭壁，怪石林立，河水清澈，修竹萦岸，以山峦、河流、古村、田园、峡谷为主体，构成了独具特色的田园风光与山水林园景观为一体的风景旅游区。

七律 紫云山

突兀青峰四野空，
海云缥缈晓晖红。
幽深翠谷腾仙气，
宛转溪流荡宝枫。
垂钓夕阳山色静，
舟划湖浪柳风融。
几杯明月寻唐韵，
舞动青春火焰雄。

说明：2017年6月8日至9日，应许飞兄弟之邀，游览并夜宿他创办的紫云山基地写此诗。

七律 塞北雪乡夏韵

雨霁鹰飞伴夕阳，
草原千里绿茵芳。
山峦苍莽镶林海，
盆地空寥现玉羊。
几缕晚霞归马跃，
一弯新月牧歌扬。
帐篷把酒游人醉，
篝火翩跹舞紫光。

说明：2017年6月20日至27日，在内蒙古赤峰市克什克腾旗红山子乡白家窝铺塞北雪乡考察写此诗。

注释：塞北雪乡草原海拔1658米，面积约20平方公里。春天百花漫山，夏天绿茵万顷，秋天层林尽染，冬天银装素裹，景色十分迷人。冬季雪最厚可达一米，为著名的滑雪旅游基地。

七律 晓牧

旭光初放草原苏，
云树孤村入画图。
风荡绿茵牛马壮，
花开翠岭蝶蜂濡。
一声鞭哨惊山野，
几缕炊烟映碧湖。
窝铺突然朝雨骤，
长空如洗彩虹姝。

说明：2017 年 6 月 20 日至 27 日，在内蒙古赤峰市克什克腾旗红山子乡白家窝铺塞北雪乡考察写此诗。

七律 华山掠影

列车驰骋沐朝晖，
千里平川尽翠微。
渭水蜿蜒春意醉，
华山突兀巘峰巍。
婆娑云树鸣晨鸟，
宛转炊烟绕寨闱。
最是潼关征战地，
啸声一笛卷芳菲。

说明：2018年4月9日晨，余从四川成都乘K818次列车，经陕西华山返京作此诗。

刘登荣诗词集

江南山水篇

七律 金湖

一湖秋水半湖烟，
浩渺金波映岛天。
洞瀑飞峰悬百丈，
禅钟荡谷越三川。
流丹崖嶂浮云渡，
滴翠沙洲戏鹭翩。
夜发扁舟樽对月，
桃源世外做神仙。

说明：1998 年 8 月 13 日，游览福建省三明市泰宁县金湖风景区作此诗。

注释：金湖因源于金溪而得名。湖长 62 公里，水域面积 38.3 平方公里，水面辽阔，百岛千峰，湖光丹霞，景色壮观。景区主要有赤壁丹岩、水上一线天、猫儿山、白水紫瀑布、醴泉岩、虎头岩、甘露岩、合掌峰、情侣峰、公子峰、峨嵋峰、双乳峰、甘露寺、尚书墓等名胜古迹180多处。以烟波浩瀚的碧水为主体，以气势磅礴的丹霞地貌为特征，湖中有山，山中有湖，山环水绕，交相辉映，素有“天下第一湖山”之美誉，为世界地质公园，国家重点风景名胜区。

七律 登庐山

壁立南天浩宇孤，
九屏雄峙傲三吴。
长江万里流匡影，
云海千峰入画图。
飞瀑横空幽壑动，
含鄱观日碧湖苏。
诗仙绝唱镌今古，
国运铭山举世无。

说明：1999 年 8 月 2 日至 6 日，游览江西庐山写此诗。

注释：庐山亦称匡山或匡庐。因殷周时期匡氏兄弟结庐隐于此而得名。位于江西省九江市，长约 25 公里，宽约 10 公里，主峰汉阳峰海拔 1474 米，北枕长江，东依鄱阳湖，以雄奇险秀闻名于世。庐山形如九叠屏风，绵延 90 座山峰，26 座冈岭，20 条壑谷，16 个岩洞，22 处怪石，18 条溪涧，14 处湖潭，22 处瀑布，奇峰逶迤，峡谷幽深，怪石嶙峋，泉瀑飞泻，古木参天，云海茫茫，雄伟壮观，气象万千。主要景点有锦绣谷、五老峰、秀峰、三叠泉、含鄱口、美庐、东林寺、白鹿洞书院等。最著名的三叠泉瀑布，落差达 155 米，如银河倒泻，气势恢宏。自古以来，素有“匡庐奇秀甲天下”之美誉。庐山文化内涵厚重，宗教历史悠久，政治影响深远。从司马迁到陶渊明、李白、白居易、苏轼、王安石、黄庭坚、陆游、朱熹、毛泽东等历代名人，在庐山留下无数诗词文赋名篇。国家最高层在庐山产生了不少重大国策。20 世纪中叶，庐山成了国民政府的“夏都”。1937 年夏，国共庐山谈判促成合作抗日。从 1959 年至 1970 年间，中共中央在庐山举行了对国家发展有重大影响的三次会议。为中华十大名山，国家级风景名胜区，国家 5A 级旅游景区，世界文化遗产。

七律 庐山

一山雄踞镇江天，
峰嶂逶迤入九玄。
日照鄱湖翻碧浪，
风吹云海起岚烟。
五龙瀑布横空泻，
十里桃源任梦牵。
欲识匡庐真面目，
飞身伫立汉阳巅。

说明：1999年8月2日至6日，游览江西庐山而作。

注释：汉阳即汉阳峰。位于庐山东南部，海拔1474米，为庐山最高峰，峰顶呈馒头状，其上有石砌的汉阳台。据说在月明风清之夜，可观汉阳灯火，故名。

七律 九曲泛舟

清溪九曲翠峦幽，
两岸丹岩百瀑流。
碧水绕山寻去路，
竹排临壁欲回头。
大王梯陡浮云重，
玉女峰娇倒影悠。
巨石摩崖堪绝品，
武夷锦绣著千秋。

说明：1999 年 8 月 9 日，游览福建省武夷山风景区，泛舟九曲溪写此诗。

注释：九曲溪是武夷山脉主峰黄岗山西南麓的溪流，发源于桐木关西北角，全长 62. 8 公里，自西向东流经武夷山的峰岩幽谷之中达 7.5 公里，至武夷宫汇入崇阳溪，因有九曲之胜而故名。盈盈一水，清澈见底，山挟水转，水绕山行，蜿蜒曲折，美不胜收，是武夷山的重要景点。武夷山属丹霞地貌，山崖呈红褐色，九曲溪两岸多为丹岩绝壁，每曲均有摩崖石刻，十分壮观。玉女峰因其在九曲溪边亭亭玉立，似刚在溪中洗浴上岸面带羞色的美女而得名。玉女峰斜对岸为大王峰。

七律 天游峰

万仞天游揽凤栖，
丹峰翠壑映摩题。
一河碧水山光动，
两岸幽篁日影低。
瀑布高台悬素练，
峭岩绝顶挂云梯。
晴空霹雳飙风起，
雨霁霞飞秀色迷。

说明：1999年8月10日，游览福建省武夷山天游峰写此诗。

注释：天游峰位于武夷山风景区九曲溪的六曲北面，海拔408.8米，地处景区中心位置。东接仙游岩，西连仙掌峰，分为上天游和下天游。因有云海时伫立天游峰顶，仿佛置身天宫仙境而得名。临溪有壁立万仞的晒布岩。从云洞沿陡峭的石梯而上，可到峰顶天游观。站在峰顶极目远眺，九曲溪最大的六曲、七曲尽收眼底。为武夷山第一险峰，武夷山的重点游览景点之一。

七律 虎啸岩

集云关外壑生烟，
定命桥横一线天。
灵洞穿风如虎啸，
幽篁蔽谷隐禽眠。
岩藏古寺钟声脆，
夜静禅泉法雨绵。
不浪飞舟连野渡，
微霞几缕染峰巅。

说明：1999年8月11日，游览武夷山虎啸岩，于游览中成诗。

注释：虎啸岩位于武夷山风景区九曲溪的二曲溪南，面积17平方公里，怪石崔嵬，流水迂回，是一个独具泉石天趣的佳境。因风吹宾羲洞而发出似虎啸声而得名。其四壁陡峭，屹然独耸。集云关、定命桥、宾羲洞、天成寺、语儿泉、不浪飞舟，均为虎啸岩景点。

七律 一线天

灵岩拔地翠峰孤，
斧剁山开地气姝。
一线天光凝碧汉，
万年洞府似凉都。
蜜符展翅崖风动，
泉雨飞珠壁草苏。
丹罅题镌迷远客，
武夷犹若醉仙图。

说明：1999 年 8 月 11 日，游览武夷山一线天，是夜作此诗。

注释：一线天又名灵岩，位于武夷群峰的西南端，在九曲溪二曲南面的一个幽邃的峡谷中。里面一座巍然挺立的巨石，长数百丈，高千仞，岩端倾斜而出，覆盖着三个毗邻的岩洞：左为灵岩洞，中为风洞，右为伏羲洞。从伏羲洞而入岩内，到了深处，抬头仰望，但见岩顶裂开一罅，如利斧劈开，相去不满一尺，长一百多米，从中漏进天光一线，宛如跨空碧虹，具有鬼斧神工之奇。蜜符即蝙蝠。

七绝 大王峰

天柱云巅一望空，
武夷碧水荡霞虹。
居高纵揽千峰秀，
绝地腾飞万国雄。

说明：1999年8月11日，登武夷山大王峰即兴作此诗。

注释：大王峰又称纱帽岩、天柱峰，因山形如宦者纱帽，独具王者威仪而得名。位万年宫西侧，雄跨九曲溪口，是进入武夷山的第一峰。海拔530米，上丰下敛，气势磅礴，远远望去，宛如擎天巨柱，在武夷三十六峰中，素有“仙壑王”之称。明代徐霞客称其为武夷三大险径之一。

七律 闽北行

路转峰回入莽丘，
翠峦迤逦隐碉楼。
仰观银瀑横空坠，
俯瞰溪桥碧水流。
竹壑浮云翔白鹭，
田畴泛浪织金秋。
问君能有心期梦？
愿付平生逐远游！

说明：1999年8月14日下午，从福建将乐县至邵武市途中感怀，行车中写此诗。

注释：闽北也称北闽，位于福建省北部，广义的闽北即今南平市全境；狭义的闽北不包括南平市的延平区、顺昌县，此两地古为延平府管辖，属闽中地区。现闽北总面积2.63万平方公里，人口300万。东北与浙江省相邻，西北与江西省接壤，东南与宁德地区交界，西南与三明市毗连，为福建通往全国的主要门户之一。

七律 龙虎山

千里泸溪映玉幢，
青衣罗带似漓江。
数排竹筏扬飞雪，
两岸丹峰入画窗。
仙女灵岩天下绝，
金枪拔地世无双。
道庭府第声名著，
虎踞龙盘镇远邦。

说明：1999年8月15日，游览江西鹰潭龙虎山作此诗。

注释：龙虎山位于鹰潭市西南20公里处贵溪县境内。因正一道（亦称天师道）创始人张道陵曾在此炼丹，传说丹成而龙虎现得名。为国家级风景名胜区、国家5A级旅游区、国家森林公园。山川奇丽，犹龙腾虎跃，素有“神仙都会”、“洞天福地”之誉。泸溪河古称沂溪，发源于福建光泽县，进信江河，入鄱阳湖，流经数百公里。从上清至仙水岩，全程十余公里。它把龙虎山的99峰、24岩、108景点像用银链串了起来。漓江亦称漓水，桂江上游。在广西壮族自治区东北部，上源大溶江出兴安县境猫儿山，西南流到阳朔称桂江，江水清澈，两岸奇峰重叠，风景秀丽。龙虎山属丹霞地貌，泸溪两岸为连绵的丹崖山峰。仙女即仙女岩，犹如一位裸体仙女从泸溪河出浴归来一丝不挂，下身裸露，外形和肤色逼真，被外国游客称为“天下第一绝景”。金枪即金枪峰，在离仙女岩不远处有一似男性阳具的丹峰拔地而起，惟妙惟肖。道庭是指天师道祖庭，东汉顺帝年间（126—144年），沛国丰（今江苏丰县）人张道陵在江西贵溪县龙虎山修炼得道，创立道教，并由其子孙世袭相传的宗教组织，张道陵在龙虎山修道讲学30余载，现存天师府等遗址。

七律 龟峰

苍穹石坠屹群峰，
峭壁丹崖入九重。
天柱巅巍朝日近，
神龟岭秀暮云浓。
一声呐喊惊幽谷，
百涧奔流映碧松。
佛祖涅槃山体绝，
东方仙境旆旗形。

说明：1999年8月16日，上午游览鹰潭弋阳龟峰作此诗。

注释：龟峰亦称圭峰。位于江西省上饶市弋阳县境内，因其整个景区就像一只硕大无比的昂首巨龟而得名。景区面积136平方公里，国家森林公园，被联合国列为世界地质公园。龟峰自然景观以“三十六峰、八大景”著称，其峰峦之奇、景观之绝、佛窟之雄、人文之杰享誉中外，堪称“中华丹霞精品、东方神龟乐园”。龟峰属典型丹霞地貌。在距今约1.35亿年的白垩纪晚期，龟峰一带红色沙砾长期沉积，因中生代燕山运动，在地球内部巨大力量冲击下，地壳上升，地层发生断裂，加上大自然风霜雨雪的侵蚀，逐渐形成现今的丹霞地貌。佛祖涅槃即龟峰天然卧佛，身长416米，肩宽68米，一个足趾高1.58米，是迄今为止所发现的世界最大的天然山体卧佛。旆旗即展旗峰。

七律 登骆驼峰

拔地凌霄碧宇低，
峰峦雄险夕阳迷。
昂头腾跃离沧海，
疾步飞奔脱俗泥。
脚踏悬梯云雾绕，
身临峭壁鹤猿啼。
登高一啸惊星汉，
秋水连天起彩霓。

说明：1999 年 8 月 16 日，攀登龟峰的最高峰骆驼峰作此诗。

注释：骆驼峰海拔 486.3 米，以险峻、雄伟、象形称雄龟峰。当我经鲫鱼背、登云梯、一线天、飓风峡、壁虎崖、断魂沟和绝胜坡七道天险登上顶峰后，放声长啸，喊声在危岩中久久回荡。

七律 张家界

武陵秀色盖昆仑，
迷幻深闺欲断魂。
奇巘三千依碧汉，
清溪八百绕烟村。
日生云海峰林露，
雨霁晴岚涧壑吞。
山水画廊留远客，
桃源春晓醉乾坤。

说明：1999 年 10 月 2 日至 6 日，游览湖南张家界风景区写此诗。

注释：张家界位于湖南省西北部，澧水中上游，属武陵山脉腹地，西接云贵高原，东临洞庭湖，北与鄂西山区接壤，南与雪峰山毗连。面积 9653 平方公里，国家森林公园，国家重点风景名胜区，武陵源自然风景区被联合国列入世界自然遗产名录。地质以石英砂岩为主，在水流强烈侵蚀作用下，岩层不断解体、崩塌，由流水搬运走，残留在原地的便形成千姿百态的峰林，或玲珑秀丽，或峥嵘可怖，或平层如台，或劲瘦似削。张家界既有多姿多彩的岩溶地下奇观，又有举世罕见的砂岩峰林异景，其绝妙风景被称为三千奇峰、八百秀水。

七律 宝峰湖

岸柳婆娑碧水幽，
峰峦环峙瀑泉流。
独摇扁棹云天渡，
联唱浣歌丽影柔。
绿岛蝉吟秋色赋，
丹岩鹤舞暮空悠。
炊烟起处斜阳尽，
缕缕金风醉客楼。

说明：1999年10月3日，游览张家界索溪峪风景区宝峰湖写此诗。

注释：宝峰湖位于武陵源区城南1.5公里处，是一罕见的高峡平湖，水面30公顷，深72米，湖长2.5公里，湖中有绿岛，四面奇峰环绕，湖光山色秀美异常。被誉为“人间瑶池”。

七律 黄龙洞

武陵幽境冠西东，
宛转长廊入地宫。
玉幔屏风仙女寨，
神针砥柱海山穹。
千姿鸟兽生灵气，
多彩银河荡洞虹。
洞府深藏多少事，
伏兵十万震长空。

说明：1999 年 10 月 3 日，游览张家界索溪峪黄龙洞写此诗。

注释：黄龙洞位于索溪峪东面，称为“地下魔宫”，洞口雾霭弥漫；洞内长廊蜿蜒，有许多石笋、石柱、石帘、石幔、石花、石钟乳等。有一石柱笋高近 20 米，似长柱擎天，似定海神针。洞内分 4 层，垂直高度约 160 米，有水库、阴河、瀑布、水潭、厅宫、游廊，长度约 15 公里，最大厅堂 12000 平方米，可容万人，堪称中国一绝。

七排律 天子山

轻车策杖上山巅，云海苍茫隐壑川。
日影迷离晨雾绕，峰林缥缈梦魂牵。
向王聚义燎烽火，贺帅鏖兵举斧旃。
犹见篮花天女献，遥观御笔昊空连。
天池白鹭鸣斜照，丹峡黄龙吐怪泉。
少妇望夫心水断，将军飞马剑锋悬。
笼纱幽谷栖金凤，独伞危巉坠夕烟。
十里画廊秋色赋，千寻银瀑紫霞翩。
莫道桃源无觅处，武陵奇秀醉神仙。

说明：1999年10月4日，游览张家界的天子山自然保护区作此诗。

注释：天子山因古代土家族领袖向大坤率领当地农民起义自称“向王天子”而得名。最高处海拔1262.5米，绵延盘绕近40公里，总面积67平方公里。属砂岩峰林地貌，形成于三亿八千万年以前。是武陵源风景名胜区之一，为峰林之王。主要景点有贺龙公园、仙女献花、御笔峰、天池、黄龙泉、望夫石、将军岩、凤栖山、孤峰独伞、十里画廊、九天银河等。贺龙公园内有贺龙元帅雕像及墓地，以纪念贺龙曾率部转战于天子山。天池坐落在天子山海拔1200米山峰上，长约1公里，宽约40米，面积200余亩。黄龙泉坐落在4000余亩的石林之中，日夜喷水，色呈金黄，形似巨龙。因凤栖山山石形状如凤头而得名。天子山下有如山水画一般的十里长廊。九天银河为瀑溪主流，从背篓檐一涌而出，然后飞流直下500余米，水流宽5米多，恰似银河落九天。武陵源地处湖南省西部，东与慈利县交界，南与张家界市永定区接壤，西北与桑植县毗连，包括原张家界、天子山、索溪峪三个风景区，共369平方公里。

七律 江垭湖

云绕峰峦翠色裁，
碧波浩渺紫霞开。
阳山雾柱伸仙窟，
阴洞枪声引迅雷。
两岸峭崖凌汉尽，
一湖秋水伴歌徊。
暮烟袅袅孤帆渡，
皓月幽幽映泊台。

说明：1999年10月5日，游览张家界市慈利县境内的江垭湖写此诗。

注释：江垭湖即江垭水库，总库容17.41亿立方米，是溇江中游以防洪为主，兼顾发电、航运、灌溉、旅游等综合功能的水利枢纽工程，国家4A级风景区。江垭湖的一侧有一山外形似女人外阴，称阴山，另一侧有一山外形似男人阳具，称阳山。每天早晨，有一道大约一米直径的白雾从阳山伸到阴山，太阳出来即退去。据船工介绍，湖中山里有一个巨大的山洞，游船可通过，只要在洞内放出枪炮声，外面就会打雷下雨。这两种现象至今难以作出科学解释。

七律 金鞭溪

晨霞万缕射金鞭，
绝巘丹岩插碧天。
罗汉挥戈潭瀑脆，
修篁蔽日鸟声绵。
两边峰岭凝秋色，
十里溪声抚古弦。
疏影林花牵夕照，
情人漫步醉如仙。

说明：1999年10月6日，游览张家界森林公园金鞭溪写此诗。

注释：金鞭溪从金鞭岩至水绕四门，长达5公里，穿行于峰峦幽谷，溪水清澈见底，因金鞭岩而得名。金鞭岩，因山形似鞭，岩石又带金黄色而得名，坐落在金鞭溪上游，拔地高300多米，四四方方，陡峭巍峨，如一鞭插地，太阳一照，熠熠生辉。相传是秦始皇挥鞭填海遗留的金鞭变成的。罗汉挥戈即罗汉峰和斜剑峰。前者似罗汉，后者似斜剑，拔地而起，直指蓝天。

七排律 登六奇阁

伫立黄狮伴玉京，凌霄高阁暮云平。
凭窗远眺迎斜照，鸣鹤翩跹舞晚晴。
土著山歌游子醉，天然壁画鬼神惊。
金龟雾海迷深壑，书匣峰巅隐宝宬。
拔地危巉松柏翠，飞虹碧峡峭崖橙。
全球名动无双景，雄险奇幽五岳倾。

说明：1999年10月6日，登张家界国家森林公园黄狮寨六奇阁写此诗。

注释：六奇阁坐落在张家界国家森林公园黄狮寨的最高处，它是原始自然景观中唯一一处人文景观。因张家界山奇、水奇、石奇、云奇、植物奇和动物奇而得名。湘潭大学教授羊春秋登上六奇阁赋词曰："名动全球，到此直堪三击节；势拔五岳，归来不看天下山。"黄狮寨亦称黄石寨。土家族有对唱山歌的传统。伫立黄狮寨，鸟瞰腰子寨石壁，可依稀辨出一土家吊脚楼，房前还有山道，一条路上有农民荷犁耕作，恰似壁画一般，故名天然壁画。书匣即天书宝匣。有一酷似书匣的石盒子，成长方形，上面有一个盖子，半开半闭，在几百米高的孤峰绝顶。

七绝 白云山

峰峦凝黛白云飞，
林谷涛声动翠微。
南国杜鹃啼锦绣，
海天诗浪涌朝晖。

说明：2000年4月24日，游览广州白云山漫步成诗。

注释：白云山位于广州市白云区，山体宽阔，由30多座山峰组成，面积28平方公里，主峰摩星岭海拔382米，为广东最高峰九连山支脉，南粤名山之一，自古就有羊城第一秀之美誉。主要有麓湖、三台岭、鸣春谷、摩星岭、明珠楼、飞鹅岭、荷依岭7大景区。为国家5A级旅游景区。

七律 滕王阁

飞檐凌汉碧空幽，
瑰伟重光赣水流。
西岭烟霞萦峭壁，
长天落日映琼楼。
帘掀四海银涛醉，
窗隐三吴紫气悠。
一序奇文堪绝后，
江南独冠愈千秋。

说明：2000 年 10 月 6 日，游览江西南昌滕王阁作此诗。

注释：滕王阁雄踞于南昌市西北部沿江路赣江东岸的冈峦上，背靠古南昌城，面临滔滔赣江，隔江与苍翠绵延的西山遥相对应。它层峦耸翠，上出重霄，飞阁流丹，下临无地，其独特的人文景观和自然风光可与岳阳楼、黄鹤楼相媲美，为江南三大名楼之一。始建于唐永徽四年（公元 653 年），为唐高祖李渊之子李元婴任洪州都督时建。滕王阁历经 1300 余年，几经兴废。现阁为 1989 年 10 月 8 日重阳节胜利落成。滕王阁主体建筑净高 57.5 米，建筑面积 13000 平方米。台座以上的主阁取“明三暗七”格局，设四重檐，歇山式头层顶，充分体现了中国古代建筑的美学风格。一序即王勃《滕王阁序》。王勃（公元 649 或 650—676 或 675 年），唐代诗人，字子安。祖籍太原祁县，后迁居绛州龙门(今山西河津)。自幼聪明过人，6 岁能诵，10 岁精通六经，14 岁应举及第，授朝散郎，为沛王府修撰，后因写《檄英王斗鸡文》被赶出沛王府，流落四川，24 岁任虢州参军，因犯藏匿罪被判死刑，巧遇大赦，释放出狱，却又不幸在南下探亲时，渡海溺水，惊悸而死。他诗风质朴清新，神俊宏放，与杨炯、卢照邻、骆宾王并称“初唐四杰”。他的《滕王阁序》大气磅礴，雷霆万钧，堪称其一生代表作，为滕王阁增添了无尽的风采。

七律 石钟山

峭岩屹立揽南天，
高阁凌空俯碧渊。
玉壁鼓风沧岫脆，
石钟动地彩霞燃。
江湖两色呈泾渭，
帆舫千艘荡紫烟。
妙记声名传百世，
文山辉映共婵娟。

说明：2000年10月7日，游览江西省九江市石钟山作此诗。

注释：石钟山位于湖口县长江与鄱阳湖交汇处的东南岸，海拔61.8米，相对高度40米左右，面积仅0.2平方公里。因山石多隙，水石相搏，击出如钟鸣之声而得名。石钟山临湖瞰江，素称“江湖锁钥”。山前危岩高耸，奇石突兀。山上佳木葱茏，楼阁参差，小桥流水，曲径通幽。江湖交汇，清浊两色，泾渭分明。1996年底，石钟山、鞋山和庐山一道被联合国教科文组织列为世界文化景观。玉壁指石钟山绝壁之下，临水的石罅，遇风浪响若洪钟。苏轼在元丰七年（公元1084年）六月游石钟山，夜泊山下，寻声探源，写下千古名篇《石钟山记》。

七律 鞋山

仙女遗鞋坠碧渊，
松峦滴翠屹湖天。
孤峰捧日生彭泽，
双塔横霄踞嶂巅。
秋水万重鸥鹭舞，
晚霞千里水空连。
渔舟荡曲游人醉，
把酒临窗对月眠。

说明： 2000年10月7日，游览鄱阳湖鞋山作此诗。

注释： 鞋山位于江西湖口、石钟山南侧九公里的鄱阳湖中，其形似鞋而得名。鞋山前低后高，长约500米，宽约200米，海拔90余米，三面绝壁，仅西北一角可以泊船。鞋山矗立于鄱阳湖万顷碧波之中，孤峰独峙，雄踞中流，威镇彭蠡。彭泽为鄱阳湖古称。鄱阳湖古代有过彭蠡湖、彭蠡泽、彭泽、彭湖、扬澜、宫亭湖等多种称谓。建于鞋山的宝塔，高踞山巅，气势磅礴。

七律 鄱阳湖

秋水无涯生皓月，
繁星渔火隐长天。
孤帆漫渡烟波里，
群鹭惊飞岛屿巅。
彭泽鏖兵铭国史，
钟山鼓浪有名篇。
朦胧夜色连湖汉，
试问兰舟驶哪边？

说明：2000年10月7日，游览鄱阳湖写此诗。

注释：鄱阳湖在江西省北部，是中国第一大淡水湖，也是中国仅次于青海湖的第二大湖。南北长173公里，东西最宽处达74公里，平均宽16.9公里，湖岸线长1200公里，湖体面积4125平方公里，平均水深8.4米，最深处25.1米左右，容积约276亿立方米。它承纳江西境内的赣江、抚河、信江、饶河、修河五大河流之水，北经石钟山注入长江。明太祖朱元璋，曾率20万大军，在鄱阳湖大败陈友谅50万大军，创造了中国战史上以弱胜强，以少胜多的光辉战例。苏轼《石钟山记》影响深远。

七绝 秀峰

金风拭剑晓云开，
浩宇流霞碧岭裁。
遥望晴空飞瀑降，
诗潮滚滚涌心来。

说明：2000 年 10 月 9 日，游览庐山秀峰作此诗。

注释：秀峰位于庐山南麓，鄱阳湖之滨江西星子县境内，由香炉、鹤鸣、双剑、姐妹、文殊、龟背峰等组成。香炉峰如紫烟缭绕，鹤鸣峰似鸣鹤飞翔，双剑峰如芙蓉插天，姐妹峰同娟娟秀女，文殊峰似尖锥屹立，龟背峰如行龟遇云。秀峰千姿百态，玲珑秀丽，层峦流翠，风光旖旎。金风拭剑是指秋风吹开笼罩在双剑峰的云雾。李白当年所指“飞流直下三千尺”的瀑布即为秀峰瀑布。

七绝 云瀑

日照庐峰万壑娇，
瀑云漫岭似狂潮。
凭栏遥望银河泻，
不尽诗情荡碧寥。

说明：2000 年 10 月 9 日，游览庐山日照峰观云瀑写此诗。

注释：在碧蓝的天空下，雪一样洁白耀眼的瀑布云，从日照峰平缓处翻越过来，波涛汹涌，漫无边际，滚滚而下，慢慢淹没了峰峦、亭台、峡谷，景色十分壮观。

七律 西湖

烟波十里柳光粼，
雪霁晴空焰火缤。
岸树蜿蜒摇浪影，
堤廊迤逦伴桥津。
三潭印月湖天阔，
双塔连峰夕照新。
西子堪称倾国色，
岳飞岂唱玉楼春？

说明：2008年2月上旬，在杭州过春节作此诗。

注释：西湖亦称武林水、金牛湖、明圣湖、钱塘湖、石函湖、美人湖和西子湖。苏东坡有“欲把西湖比西子，淡妆浓抹总相宜”的诗句。西子即西施，本名施夷光，越国美女。春秋末期出生于浙江诸暨苎萝村。天生丽质，被一心复国的越王勾践选送给吴王夫差为妾，她忍辱负重，以身报国，吴王贪恋美色，废弛朝政，吴国终被勾践所灭。岳飞（1103—1142）字鹏举，宋相州汤阴县永和乡孝悌里（今河南省安阳市汤阴县菜园镇程岗村）人。南宋著名战略家、军事家、民族英雄、抗金名将。他力主抗金，十余年率军同金军进行上百次战斗，所向披靡。1140年，他挥师北伐，先后于郾城、颍昌大败金军，进军朱仙镇。宋高宗、秦桧却一意求和，以十二道金牌下令退兵，岳飞在孤立无援之下被迫班师。在宋金议和过程中，岳飞遭受秦桧、张俊等人的诬陷，被捕入狱。1142年1月，岳飞以“莫须有”的“谋反”罪名被杀害。葬于西湖畔栖霞岭。曾写下报国明志的千古绝唱《满江红》。

七律 西湖元夜

缤纷焰火入穹玄，
鹭掠湖光荡暮烟。
万里江南凝雪重，
数声杜宇报春妍。
岛风柳月通幽径，
塔影霓虹映碧川。
花港唤鱼情意醉，
苏堤一吻等千年。

说明：2008年初，南方发生冰雪灾害后在杭州过元宵节游西湖而作。

注释：西湖位于杭州市西部，景区总面积49平方公里，湖面面积6.39平方公里。西湖南、西、北三面环山，湖中白堤、苏堤、杨公堤、赵公堤将湖面分割成若干水面。西湖有苏堤春晓、花港观鱼、柳浪闻莺、雷峰夕照、三潭印月、平湖秋月、双峰插云、南屏晚钟、曲院风荷、断桥残雪等一百多个景点。塔影是指傍晚霓虹闪烁的雷峰塔倒映湖中形成美景。雷峰塔位于西湖湖南、净慈寺前的夕照山上，列西湖第七景。花港是以花、港、鱼为特色的风景点，与雷峰塔、净慈寺隔苏堤相望，名列西湖第六景。苏堤俗称苏公堤，是一条贯穿西湖南北风景区的林荫大堤，全长近三公里。宋朝苏轼任杭州知府时疏浚西湖，取湖泥葑草堆筑而成，故得名。为西湖十景之首。

七律 元宝寨

小楼吊脚凌崖起，
帘卷西窗皓月融。
头枕芦笙惊壑谷，
梦随爆竹越星空。
鸡鸣五道人声沸，
日上三杆翠巘红。
俯瞰梯田云缝出，
群山逐浪海天东。

说明：2009年2月6日，游览广西柳州市融水县元宝寨，时值苗族农历正月十三安太芦笙节、正月十六香粉古龙坡会期间，节日气氛十分浓烈。次日晨作此诗。

注释：元宝寨位于广西融水县元宝山的山腰，是一个苗族聚居的山寨。寨子周围古木参天，翠竹掩映，木结构干栏式的吊脚小楼，别具民族特色。山寨民风淳朴，宛若世外桃源。元宝山有白虎顶、蓝坪峰、元宝峰和无名峰四大主峰，最高峰海拔2086米，为广西第三高峰。因山体陡峭，南北隆起，中部稍凹，形似元宝而得名。元宝山群峰峻秀，四季常青，气势宏伟，谷深洞幽，流溪遍布，野生动植物资源丰富。

七律 漓江

千峰对列翠岚悠，
玉带飘香万古流。
两岸修篁依倒影，
一江碧水荡飞舟。
浅滩逐浪涛声醉，
细柳栖霞彩凤留。
百里画廊天下绝，
诗锋剑胆伴长游！

说明：2009年2月13日，游览桂林漓江而作。

注释：漓江位于广西壮族自治区东部，属珠江水系。发源于“华南第一峰”桂北越城岭猫儿山。漓江上游主流称六峒河，南流至兴安县司门前附近，东纳黄柏江，西受川江，合流称溶江；由溶江镇汇灵渠水，流经灵川、桂林、阳朔，至平乐，汇入西江，全长437公里。从桂林到阳朔约83公里的水程，称漓江。国家级风景名胜区，国家5A级旅游风景区。漓江像蜿蜒的玉带，缠绕在苍翠的奇峰中。乘舟泛游漓江，可观奇峰倒影、碧水青山、牧童悠歌、渔翁闲钓、田园人家。桂林的桂花香随江水流淌不息。从桂林市至阳朔百里漓江称为百里画廊。江水依山而转，景致美不胜收：黄牛峡、望夫仙石、冠岩、半边奇渡、水帘洞府、鲤鱼挂壁、九马画山、螺蛳山、黄布倒影、童子拜观音等，每一处景致，都构成一幅清丽幽远的水墨画。

七律 三娘湾

烟波浴日紫霞温，
万顷惊涛荡古村。
几对白豚金浪舞，
数行雪鹭碧穹吞。
扁舟挥棹穿峰谷，
蓬岛浮空动客魂。
欲问三娘何处去，
遗留仙境壮乾坤！

说明：2009 年 2 月 14 日，游览广西钦州三娘湾而作。

注释：三娘湾位于广西壮族自治区钦州市犀牛脚镇南面，背倚北部湾第一峰乌雷山。沙滩和海中奇石林立，千姿百态，惟妙惟肖。三娘湾是中华白海豚的故乡。三娘湾海域栖息着上千头七彩野生海豚，有黑色、灰色、白色、粉红色、墨绿色、海蓝色等，乐于与人嬉戏的海豚跃出碧蓝的海面，绽放出绚丽多彩的海上芭蕾，场面壮观，热情奔放，令人叹为观止，实为难得一见的世界奇观 。

七律 天师府

八卦仙都道府风，
星坛殿宇势称雄。
阴阳演绎涵天地，
钟鼓悠扬荡谷崧。
远眺衡山飞嶂翠，
近观泸水落霞红。
大师法界降魑魅，
可保乾坤万物葱？

说明： 2009年12月4日，游览江西省鹰潭市天师府作此诗。

注释： 天师府全称“嗣汉天师府”，亦称“大真人府”，是历代天师的起居之所。府第坐落在江西贵溪上清古镇，北靠西华山，门临泸溪河，面对琵琶山，依山带水，气势雄伟。占地30000多平方米，尚存古建筑6000余平方米。整个府第由府门、大堂、后堂、私第、殿宇、书屋、花园等部分构成，规模宏大，建筑华丽，是中国现存封建社会“大府第”之一。天师府的建筑布局呈“八卦”形，是道教的独有建筑风格。昔有“仙都”之称。府内有观星台和万法宗坛，观星台是张天师观察南星北斗，测定天机之所。万法宗坛为“万神集聚”之所。

七律 重游龙虎山

虎踞龙盘峭巇峨，
天师仙境客游多。
丹峰壁立镶银带，
秀水蜿蜒绕绿螺。
一片波光云影动，
数排竹筏岸滩梭。
斜阳几缕箫声醉，
道法乾坤起浩歌。

说明：2009 年 12 月 4 日，第三次游览江西省鹰潭市龙虎山作此诗。

七律 三清山

巨蟒腾空浩宇孤，
东方神女翠峦扶。
几多峰剑依霄汉，
九曲崖桥入雾都。
嶂壑千重斜日醉，
云涛万里楚天苏。
道宫宏大声名远，
绝塞尘嚣举世殊。

说明：2009年12月5日，第二次游览江西省上饶市三清山作此诗。

注释：三清山位于江西省上饶市境内，总面积229平方公里，为怀玉山脉主峰。因玉京、玉虚、玉华三峰峻拔、如三清列坐其巅而得名，以玉京峰为最高，海拔1819.9米。花岗岩峰林地貌，奇峰怪石、古树名花、流泉飞瀑、云海雾涛并称自然四绝。兼具泰山之雄伟、黄山之奇秀、华山之险峻、衡山之烟云、青城之清幽，为世界自然遗产、国家自然遗产、国家地质公园、国家重点风景名胜区、国家5A级风景旅游区。巨蟒峰在海拔1200米处，与女神峰相峙而立，垂直高度128米，顶部扁平，颈部稍细，最细处直径约7米，状极突兀，扶摇直上，耸入云端，形似一条巨大蟒蛇破山而出，欲腾空而去。为三清山标志性景观和三大绝景之一。神女峰整座山体造型就像一位秀发披肩的少女。似女神端坐山峰，神态祥和。世人认为她是春天的化身，称之为司春女神。三清山是道教名山，自东晋葛洪结庐炼丹于三清山，尤其是明以来三清宫等道教建筑依山水走向，顺八卦方位，将自然景观与道家理念合一，方圆数十里，道风浓郁，道境昭然，有天下第一露天道教博物馆之称。

七律 李坑村

古巷文光萦黛瓦，
青砖石径入柴门。
两溪碧水云峰抱，
数叶兰舟野渡存。
柳碣飞琼临道院，
焦泉浸月醉山村。
鹅池映雪春犹在，
归隐相思欲断魂。

说明：2009 年 12 月 6 日，游览江西婺源县秋口镇李坑村作此诗。

注释：李坑村始建于北宋祥符年间庚戌年（1010 年），至今已有一千多年的历史，是一个以李姓聚居为主的古村落。自古文风鼎盛、人才辈出。自宋至清，仕官富贾达百人，村里的文人留下传世著作达 29 部。村落群山环抱，山清水秀，风光旖旎。徽派古建，粉墙黛瓦，参差错落；溪水通街，九曲十弯；石径纵横，溪桥相通；更有两涧清流、柳碣飞琼、双桥叠锁、焦泉浸月、道院钟鸣、仙桥毓秀等美景，构成了一幅小桥流水人家的美丽画卷，是婺源一颗灿烂的明珠。

七律 景德镇

昌江迤逦入鄱阳，
高岭云横望汉苍。
夕照龙亭寒雪重，
复燃绝艺紫烟长。
陶都万里连欧陆，
瓷器千秋涉大洋。
古镇深藏文化史，
火中奇术释沧桑。

说明：2009年12月7日，游览江西省景德镇作此诗。

注释：景德镇位于江西省东北部，世界著名瓷都。为民国时期全国四大名镇之一。景德镇生产陶瓷已有1800多年的历史，是中国历代宫廷陶瓷的主要产地，并经海上丝绸之路，远销欧亚各国。昌江河流经景德镇市区。景德镇最好的陶瓷矿产于高岭山。龙亭即龙珠阁，为景德镇的市徽图案。

七律 登五老峰

壁立奇峰入九天，
虬松临壑傲穹巅。
日喷云海红涛涌，
雾锁林峦白浪连。
淼淼鄱阳浮月影，
滔滔江水动寒川。
凌风把酒三千盏，
敢邀谪仙续绝篇！

说明：2009 年 12 月 8 日，第四次游览庐山五老峰作此诗。

注释：五老峰位于庐山东南，因五座山峰形若五个老翁并列而坐得名。海拔 1436 米，为庐山最为雄伟奇险之胜景。谪仙即李白，史称其为诗仙，因遭朝廷贬谪，又称谪仙。他曾有《登庐山五老峰》诗：“庐山东南五老峰，青天削出金芙蓉。九江秀色可揽结，吾将此地巢云松。”据推测，李白曾在此山筑舍读书。

七律 重游石钟山

钟山突兀锁江天，
高塔崔嵬映碧渊。
几缕霓霞千舸竞，
一湾云树万鸥翩。
澄潭骇浪敲晨洞，
皓月融湖动暮烟。
古往英雄多少事，
逐流东去逝晴川。

说明：2009年12月9日，第二次游览江西省湖口县鄱阳湖石钟山作此诗。

七律 上海世博会夜韵

华冠冲汉起红云，
飞碟凌江五彩纷。
光谷霓虹驱暮色，
蓝桥焰火动氤氲。
创新科技乾坤阔，
汇聚文明世纪欣。
我辈何时游广宇，
太空立足可耕耘？

说明：2010年5月1日至4日，参加上海世博会。主要参观了中、美、英、法、俄、意、日、澳、巴西、加拿大、罗马尼亚、巴基斯坦、土耳其、阿根廷、拉美联合馆、非洲联合馆等十几个国家和地区的展馆，各国以较高科技含量的多样化展馆、实物、图电和多媒体，展示本国建设现代美好城市生活的实践案例和未来构想，让人足不出国即周游世界，启迪了思维，开阔了眼界，并拍摄了大量照片。中国实现举办世博会的百年梦想，可喜可贺，故写此诗。

注释：上海世博会是由中国政府支持，上海市主办的由全球240个国家和地区参加的第41届世界博览会，会址由浦东的A、B、C三区和浦西的D区组成，会期为2010年5月1日至10月31日。华冠是指状若官帽的红色中国馆。飞碟是指世博园状若飞碟的艺术中心建筑。光谷是指世博轴上状若夜光杯的高科技建筑群，白天吸收太阳能，晚上发出不停闪烁的彩色光。

七律 琅琊山

会巘峰高隐碧天，
九龙捧日荡云烟。
绿风拱秀冈峦翠，
幽壑流香鸟语绵。
林掩寺钟鸣佛韵，
山藏亭记续名篇。
英雄多少空悲切，
精典雄文铸国旃。

说明：2010 年 5 月 8 日，游览安徽滁州琅琊山而作。

注释：琅琊山位于今滁州市西南，山岭连绵，最高峰小丰山海拔 321 米，山谷深约百米，林木茂密，景色秀丽。此山因东晋之帝司马睿任琅琊王时曾寓居于此而得名。为皖东胜景。在山的最高峰建有会峰阁，登阁远眺，群峰及滁州市区一览无余。琅琊山由九个山峰组成，似九龙捧日状。滁州刺史李幼卿与山僧法琛，于唐代大历六年（771 年）在琅琊山主峰修建宝应寺，由唐代宗李豫赐名，距今已有 1200 多年。该寺尔后又易名开代禅寺、开化律寺，1984 年起为琅琊寺。琅琊山麓建有醉翁亭。因宋仁宗听信谗言，将欧阳修贬谪滁州（1045 年）后，琅琊寺主持成为其知音，并建亭供其进山游乐，欧阳修亲作《醉翁亭记》。

七律 天柱山

朝天一柱擎霄汉，
万仞悬梯入广寒。
绝壁虬龙云雾绕，
凌空飞石鬼神瞒。
洞依穹顶探明月，
壑涌岚烟锁碧澜。
险秀雄奇皆不让，
堪为南岳美名冠。

说明：2010年5月10日，在安徽省安庆市潜山县登天柱山第二高峰天池峰（海拔1425米），拍摄天柱峰主峰（海拔1488.4米）后，于次日下山写此诗。

注释：天柱山，又名皖山、皖公山，有江淮第一山、古南岳之称，自古为中华历史文化名山。位于大别山南麓与长江中下游平原交汇处，主要山体距潜山县城西北9公里。风景区总面积333平方公里，是首批国家级重点风景名胜区、国家森林公园。其雄险奇秀，早令古人叹服。公元前106年，汉武帝刘彻登临天柱山封为南岳。后隋文帝志在南疆，遂改封湖南衡山为南岳。全山有45峰，因主峰如柱倚天而得名。

七律 登司空山

身凌绝顶暮云燃，
北岭松涛震谷弦。
近揽青峦成巨佛，
远观夕照坠峰巅。
断崖灵瀑禅光动，
曲径蜿梯赤壁悬。
莫畏修行崎路险，
足移跬步可登天。

说明：2010年5月12日，登安徽省安庆市岳西县店前镇司空山而作。

注释：司空山，古称司空原，位于岳西县城西。世传周朝“淳于氏司空居此”，山因之得名。面积35平方公里，主峰海拔1227米，远看横立云天。有一尊高达千米、长达12公里、坐东南朝西北、身披袈裟、面向西天佛祖参禅打坐的世界天然第一断臂坐佛。公元535年，慧可禅师在少林寺得受印度来华达摩祖师衣钵后，在司空山弘扬禅法数十年，被尊为佛教禅宗二祖，后唐玄宗敕建无相寺，司空山成为中华佛教禅宗第一山，享誉中外。

七律 九华山

莲花九巘透禅根，
云海波涛掩寺门。
数塔凌霄尘世远，
一峰睡佛昊天尊。
肉身大德存千载，
地藏晨钟绕几村。
楚水吴山奇幻秀，
斜阳缕缕寄诗魂。

说明：2010年5月16日和17日，两度上九华山后作此诗。

注释：九华山，位于安徽省池州市青阳县境内，西北隔长江与天柱山相望，东南越太平湖与黄山同辉，总面积334平方公里，最高峰海拔1342米，为首批国家重点风景名胜区，与山西五台山、浙江普陀山、四川峨眉山并称为中国佛教四大名山，是“地狱未空誓不成佛，众生度尽方证菩提”的大愿地藏王菩萨道场。九华山古称陵阳山、九子山，因有九峰形似莲花，唐天宝年间改名九华山。九华山主体由燕山期花岗岩构成，以峰为主，盆地峡谷、溪涧流泉交织其中。山势嶙峋嵯峨，共有99峰，其中以天台、天柱、十王、莲花、罗汉、独秀、芙蓉等九峰最为雄伟。为世人公认的灵山，是历代达官贵人拜谒和骚人墨客吟咏之地。

七律 池州

云影湖光融古镇，
枕边犹有大江奔。
谪仙秋浦留诗韵，
地藏道场铸佛魂。
百世传承黄氏酒，
千年流醉杏花村。
万重烟雨凝春色，
毓秀钟灵冠宇坤。

说明：2010年5月15日至18日，游览安徽省池州市而作。

注释：池州亦称秋浦、贵池。位于安徽省西南部，东接黄山，南邻江西，西沿长江，北连铜陵，面积8272平方公里，是人杰地灵、景色秀美的千古名城，也是长江南岸重要的滨江港口城市、省级历史文化名城和中国第一个国家生态经济示范区。池州古城位于长江边。谪仙即李白，他在池州写下秋浦歌十七首诗，称秋浦十七首。九华山为真人金地藏的道场。其“众生度尽，方证菩提；地狱不空，誓不成佛”，为佛教之魂。黄氏酒即黄公垆在池州杏花村酿造的酒。杜牧任池州刺史时写下著名的《清明》诗：“清明时节雨纷纷，路上行人欲断魂。借问酒家何处有？牧童遥指杏花村。”诗中所指的杏花村即在池州古镇附近。

七律 题秀山门博物馆

古城徽韵皖江秀，
贵口溪峦一眼收。
胜迹石门名越楚，
昭明文化冠神州。
数楼藏品观天下，
三绝雕功识稷瓯。
最喜池阳才俊继，
奇葩怒放写春秋。

说明：2010 年 5 月 18 日，参观安徽池州秀山门博物馆而作。

注释：池州是一座千年历史文化古城，秀山门是古代池州城西门，宋端平二年（1235 年），池州知州王伯大为了纪念梁昭明太子，将当时的秋浦门改为秀山门，自此沿用至今。秀山门博物馆是一个以陈列木雕、石雕、砖雕为主题的古建筑构件雕刻艺术，同时以展示昭明文化为特征的地域历史文化博物馆。展品精美绝伦，技艺精湛，堪称一绝，具有极高的艺术含量和历史价值，是反映我国灿烂文化不可多得的难以复制的瑰宝。皖江是指流经安徽境内的八百里长江。贵口为鱼贵口的简称，代指贵池。昭明即南朝梁武帝的长子萧统。由他主编的《昭明文选》，是中国现存的最早一部诗文总集，萧统死后谥昭明。

七律 黄山

千寻怪石峰林秀，
松柏凌霄万壑幽。
银瀑穿崖飞玉液，
云涛荡谷锁清秋。
日浮峭巇禅钟远，
月照温泉雾气稠。
胜绝妙殊惊世界，
他山从此不须游。

说明：2010年5月20日至22日，游览安徽黄山作此诗。

注释：黄山位于安徽省南部黄山市境内，有“天下第一奇山”之美称。山脉南北长40公里，东西宽约30公里，面积1200平方公里，核心景区面积约160.6平方公里。黄山经历漫长造山运动和地壳抬升，群峰林立，有72峰，主峰莲花峰海拔1864米，为道教圣地。黄山的景观以“奇松、奇石、云海、温泉、冬雪”的五绝和“人字瀑、百丈泉、九龙瀑”的三瀑为代表。传轩辕黄帝曾在此炼丹，徐霞客曾两次游黄山，李白等大诗人在此留下壮美诗篇。为中国最美的、令人震撼的十大名山之一。黄山是世界地质公园，国家级风景名胜区，国家5A级旅游风景区，联合国世界文化与自然遗产。

七律 龙川

苍翠龙须入九崇，
登源水碧荡霞虹。
读耕立世传家旺，
陶铸英才为国雄。
千载宗祠铭史册，
三雕艺术盖寰中。
沧溟且看扬帆竞，
独站潮头唱大风。

说明：2010 年 5 月 22 日，游览安徽省宣城市绩溪县瀛洲镇龙川村作此诗。

注释：龙川又称坑口，是一个古老徽州村落，安徽绩溪胡姓家族发源地。龙川村地形如靠岸之船，东耸龙须山，紧依登源河，南有龙川汇集，西偎凤冠秀峰，北峙崇山峻岭，山环水绕，景色秀丽。该村已有 1600 多年历史，村内弄堂交错，古巷幽深，徽派建筑鳞次栉比。龙川人才辈出，代有高官，仅明代进士就有 24 人，为胡富、胡宗宪、胡开文、胡雪岩、胡适、胡锦涛的故里。为全国重点文物保护单位胡氏宗祠所在地。三雕即徽派木雕、砖雕和石雕。

七律 齐云山

白岳巉高蔽日踪，
塔廊凌壑晓岚重。
横江疏影千秋月，
丹壁浮云万古峰。
远眺斜阳翔颢鹤，
近闻灵府响禅钟。
紫霞掩映登仙路，
道法天然不老松。

说明： 2010 年 5 月 24 日，登安徽齐云山。该山以其历史悠久的道教文化、钟灵毓秀的自然风光而闻名于世。登山时穿越茫茫云海，达顶处晴日蓝天，洞府依山而建，雕刻精美动人，好一处道教圣山，故写此诗。

注释： 齐云山古称白岳，位于徽州休宁县城西，北望黄山，西临新安江发源地六股尖、牯牛降自然保护区，率水、横江从南北两侧流过。齐云山海拔 585 米，东西长 16 公里，南北宽 6.9 公里，面积 110 平方公里。全山地质构成为层积砂岩，赤如朱砂，灿若红霞，为典型的丹霞地貌。境内峰峦四起，峭壁耸立，有 36 奇峰，72 怪崖，以山奇、水秀、石怪、洞幽著称。因其“一石插天，与天并齐”，明嘉靖年间改名为齐云山。齐云山与江西龙虎山、湖北武当山、四川鹤鸣山并称中国四大道教圣地. 历史上有“黄山白岳甲江南”之称，为国家重点风景名胜区。

七律 太姥山

极目东瀛万里关，
金莲浮动水天间。
险峰百嶂凌溟浪，
奇石千寻倚港湾。
九鲤同奔银汉去，
十川汇聚碧云闲。
禅钟婉转唐时韵，
海上仙都第一山。

说明：2010 年 5 月 25 日，登福建宁德太姥山而作。

注释：太姥山位于福建省东北部，在福鼎市正南，挺立于东海之滨，北望雁荡山，西眺武夷山，有 45 峰，主峰海拔 917.3 米，三面临海，一面背山，巍峨秀拔，气势雄伟，奇岩怪石，千姿百态，群山若金莲浮海，奇石像九鲤跃天，古寺林立，钟声悠远，被称为海上仙都。它相传尧时老母种兰于山中，逢道士而羽化仙去，故名“太母”，后又改称“太姥”。整个风景区面积 92 平方公里，分为太姥山岳、九鲤溪瀑、晴川海滨、桑园翠湖、福瑶列岛五大景区，拥有山峻、石奇、洞异、溪秀、瀑急等众多自然景观，以及古刹、碑刻等丰富人文景观，是国家级风景名胜区。

七律 三都澳岛

乾开绝画坠三都，
峰壑相连日月凫。
外岛常掀惊岸浪，
内湾缀接聚平湖。
凭栏远眺归舟晚，
俯首凝观石镇孤。
独揽海天成一色，
长风如趁展宏图。

说明：2010年5月28日，游览福建省宁德市三都澳岛而作。

注释：三都澳岛位于宁德市东南面，为闽东沿海的“出入门户，五邑咽喉”。由三都、青山、斗帽、白匏、鸡公山5个单岛和一个城澳半岛，14个屿，17座礁，5处滩涂以及官井洋、复鼎洋组成。岛屿连缀，水深波平，腹大口小，能停泊数十万吨巨轮，是世界少有的天然良港。该港唐朝以前就已开发，清朝对外开放，孙中山先生在《建国方略》中将三都澳列为开发的良港之一。三都澳方圆数百平方公里，澳内有许多形态各异的礁石岸坞，峰奇石怪，主要自然景观有金龟伏珠、鲲鹏展翅、烈马回首、非洲大象、官井洋、仙人画、鸡笼屿、笔架山、螺壳岩等。该岛海域水平如镜，有海上天湖之美誉。

七律 天下第一庙

西沙鏖战遭空袭，
少女生还若线丝。
勇士舍身山岳颂，
壮歌激浪海天悲。
庙堂高矗怀英烈，
香火悠燃照佛姿。
遥望神州风范在，
金汤铁壁铸新词。

说明：2010年5月27日，参观福建泉州市惠安县崇武镇五峰村解放军庙而作。

注释：解放军烈士庙，坐落于福建省惠安县崇武镇的西沙湾东头，占地6000多平方米，里面供奉着27位解放军烈士塑像，是一座专门为救民而牺牲的军人建造的庙宇，被誉为天下第一奇庙。1949年9月的一天，中国人民解放军第27军所部在崇武一带集结准备解放厦门时，遭国民党军飞机轰炸，为掩护年仅13岁的小女孩曾恨，有5名战士英勇牺牲，加上对空作战共27名战士献身，当地群众遂建庙永久祭祀英烈。该庙始建于1949年秋，1996年秋落成。庙宇独特，气势恢宏，地处滨海，香火旺盛。是一座采用崇武石雕工艺、具有闽南风格的、由解放军烈士庙、烈士纪念碑和烈士纪念馆构成的仿古建筑群。

七律 湄洲岛

东溟浩阔鹭鸥啼，
祖庙恢宏日月低。
四海威名多祷愿，
五洲法力广施黎。
灵随风定掀舟浪，
民笃神昭现彩霓。
湄岛圣光今可在？
台澎金马复归西！

说明：2010年5月29日，游览福建湄洲岛而作。

注释：湄洲岛位于福建“黄金海岸”中部、莆田市东南海面上，陆域面积14.35平方公里，是国家5A级旅游景区。全岛林木蓊郁，港湾众多，岸线曲折，沙滩连绵，风景秀丽。湄洲湾东南临台湾海峡，与台湾遥遥相望。因地处海陆之际，形如眉宇，故称湄洲。祖庙即马祖娘娘庙。马祖娘娘原为宋时一个名为林默的年轻女子，公元960年3月23日，出海捕鱼遭遇台风，为救渔民英勇献身。渔民修庙祭祀，并祈求保佑出海平安，且十分灵验，被海峡两岸及海外同胞尊为女神，一千多年来庙宇遍及华人海域，香火十分旺盛，为华夏文化重要一脉。湄洲岛马祖庙闻名中外，游人如织，香火缭绕，鞭炮齐鸣，祈福者众，是华人特别是海峡两岸同胞传承马祖精神的圣地。

七律 鼓浪屿

危巘高标砥海天，
惊涛拍壁动云巅。
顶峰纵揽千帆色，
濒水飘扬万国旂。
驱虏元勋昭日月，
雄师故垒梦烽烟。
遥观金厦连襟浪，
两岸何时一统圆？

说明：2010年5月29日，游览厦门鼓浪屿写此诗。

注释：鼓浪屿位于厦门岛西南隅，面积1.91平方公里。最高峰日光岩海拔92.7米。因潮水撞击岸边一石发出隆隆鼓声而得名。鼓浪屿向西隔鹭江与厦门市区相对，向东与台澎金马隔海相望。山上有古炮台和郑成功巨型雕像。山下有西方列强强行与中国通商所建的领事馆，风格各异，称万国城。遥望金厦分隔，期望两岸统一。

七律 福建土楼

土坯筑垒起高楼，
飞碟凌空屹广丘。
鳞次倚山峦嶂逦，
聚居临水竹溪稠。
农耕劝读传千古，
防卫安生共一畴。
独特风情堪国宝，
客家文化写春秋。

说明：2010年6月1日，在福建省永安县参观客家人聚族而居的圆形土楼——承启楼和振成楼而作。承启楼规模大，高四层，号称神州第一楼。振成楼形制比承启楼略小，风格基本相同。是年春节期间，胡锦涛主席参观了这两座土楼。

注释：福建土楼，通常是指闽西南独有的利用生土，夯筑承重墙壁所构建的群居和防卫合一的大型楼房，楼顶以青瓦覆盖，形如天外飞碟。土楼可达五六层，供三代或四代人同楼聚居。因其大多数为福建客家人所建，故又称客家土楼。主要分布在中国福建西南山区，客家人和闽南人聚居的福建、江西、广东三省交界地带，包括闽西的永定、武平、上杭及闽西南的南靖、平和、华安、漳浦等地。建筑风格通常为圆形土楼，也有方形和交椅形土楼。福建土楼产生于宋元，成熟于明末、清代和民国时期。世遗土楼中最古老的集庆楼已有600年历史。它以历史悠久、种类繁多、规模宏大、结构奇巧、功能齐全、内涵丰富著称于世，具有极高的历史、艺术和科学价值，被誉为东方古城堡、世界建筑奇葩、中国传统民居瑰宝。福建土楼被列入联合国文化遗产名录。

七律 冠豸山

叠嶂巉崖瀑布声，
王冠飞峙豸峰迎。
天光云影凝岚色，
湖水红霞映翠城。
江左风流追溯远，
山巅血战记犹萦。
为官两袖清风爽，
留取乾坤满目明。

说明：2010年6月2日，游览福建龙岩市连城县冠豸山而作。

注释：冠豸山旧称东田山、莲峰山。位于福建连城县城东郊。以其主峰形似古代獬豸冠而得名，寓含刚正廉明之意。山体平地兀立，不连岗自高，不托势自远。景区123平方公里，为丹霞地貌，异峰突起，层峦叠嶂，由冠豸山、石门湖、竹安寨、旗石寨、九龙湖五个游览区组成，集山、水、岩、洞、泉、寺、园诸神秀于一体，雄奇、清丽、幽深，是国家重点风景名胜区。江左风流是林则徐为冠豸山“东山草堂”书院所题。古人以左为东，右为西，江左即江东。太平军与清兵曾在冠豸山激战，有古寨遗址。

七律 桃源洞

栟幮凌空翠岭深，
峭岩赤壁曲江琴。
桃花溪逦穿幽壑，
古寺钟宏伴梵音。
一线天光云汉醉，
十湾碧水画廊吟。
悬亭把酒邀明月，
夕照归舟暮色沉。

说明：2010年6月3日，游览福建永安市桃源洞。此处洞壑幽深，溪水碧蓝，丹崖千寻，曲径蜿蜒，身临涧边，移步换景，虽无洞天，实有洞中世外桃源之感，故名桃源洞。徐霞客曾考察并在游记中，记述了此处地理特点和美丽风景。余登山远眺，思绪万千，遂写此诗。

注释：栟幮即桃源洞景区栟榈山。景区有蜿蜒的桃花涧。一线天光是指一线天，高90米，全长120米，共206个台阶。最窄处仅容1人侧身而过，为中国最长的一线天。桃花涧注入仅一百里的沙溪河，河岸丹崖迭起，青峰拔地，河流弯曲，船帆点点，犹如画廊一般。悬亭为面向沙溪河的悬崖峭壁上的一处观景亭，向下看万丈深渊，宛若悬空。

七律 罗汉山

丹崖临水隐长天，
曲径通幽上巘巅。
登顶仰观穹宇阔，
凌云俯视碧湖连。
万斑细浪萦溪壑，
千丈青峰荡紫烟。
头枕蛙声惊晓梦，
依稀挥剑又扬鞭。

说明：2010年6月5日，在福建泰宁乘船游览金湖后，又攀登罗汉山。登临绝顶可纵览金湖全景，但见碧波万顷，青峰千重，湖光山色，烟霞腾飞，令人心旷神怡，是夜作此诗。

注释：罗汉山，又名猫儿山、三剑峰。位于金湖中心，为金湖第一峰，高达150余米，巍峨壮观，气势磅礴，令人叹为观止，是大金湖的标志。境内峰岩竞秀，是国家级森林公园。

七律 上清溪

碧水丹崖千古恋，
波光云影几回旋。
迤逶竹筏扬飞雪，
婉转歌喉荡晓烟。
幽涧迷津巡岸渡，
落霞画壁倚天悬。
上清九曲如明镜，
洗尽红尘敢作仙。

说明：2010年6月6日，在福建泰宁上清溪漂流写此诗。

注释：上清溪在泰宁东北部，金湖上游。全长50多公里，其中崇际至长兴15公里为深山峡谷地带，特殊地形把溪流挤逼为“九十九曲、八十八滩”。水面最宽处不过20米，最窄处只容双排竹筏通过，丹岩矗立，峡谷蜿蜒，水清见底，流急滩险。两岸人迹罕至，生态独特原始，景色秀丽新奇，天为山欺，水求石放，山重水复，别有天地，乘筏而下，无不美哉！

七律 九曲溪

拔地青峰入汉穹，
蜿蜒碧水忽西东。
两边丹壁凌幽谷，
数对游船荡夕空。
九曲摩崖留胜迹，
一溪修竹醉仙翁。
大王玉女遥相望，
沐浴情丝万古风。

说明：2010年6月7日，在福建武夷山九曲溪漂流。两岸丹崖列阵出，一溪碧水蜿蜒流，翠竹森森迎远客，竹排叶叶画中游。至末段，第一曲的大王峰与第二曲的玉女峰遥遥相对，十分美丽壮观，此乃武夷山标志性景点。是夜写此诗。

注释：九曲溪位于福建省武夷山峰岩幽谷之中。因武夷山有三十六峰，九十九岩，峰岩交错，溪流纵横，九曲溪贯穿其中，全长约9.5公里。因有三弯九曲之胜，故名为九曲溪。山挟水转，水绕山行，每一曲都有不同景致的山水画意。“溪流九曲泻云液，山光倒浸清涟漪”，形象地勾画出了九曲溪的秀丽轮廓。在各曲均有朱熹九曲棹歌的摩崖石刻。玉女即玉女峰，大王即大王峰。

七律 重登天游峰

孤峰矗立伴穹端，
极目云梯入广寒。
银瀑横空千仞壁，
碧溪流影九重峦。
岚遮宝殿留仙迹，
雾隐禅门露紫坛。
望断夕阳滨水路，
竹排浩荡过霞滩。

说明：2010年6月8日，游天游峰，该峰为武夷山胜景，峰高峻险，壁立万仞，极目环眺，溪山尽收，群峰苍翠披霞，九曲蜿蜒流淌，临风揽胜，思绪万千，故写此诗。

注释：天游峰为福建省武夷山第一胜地，位于武夷山景区中部的五曲隐屏峰后，六曲溪北，东接仙游岩，西连仙掌峰，海拔408.8米，独出群峰，山势巍峨，云雾弥漫，四周有诸名峰拱卫，三面有九曲溪环绕，武夷全景尽收眼底，为武夷第一险山。

七律 车过张家界

远山雨霁峰林醉，
近树风清翠巘巍。
霞彩重重萦碧宇，
斜阳缕缕撒金辉。
一江竹影炊烟起，
数道山梁野牧归。
把酒临窗邀月饮，
跨鹏展翅任高飞。

说明：2011年6月18日，在从贵阳返京的列车上，观赏张家界一带风光而作。

七绝 列车

烟雨苍茫暮色微，
斜阳横布嶂峦菲。
遥瞻明月幽帘梦，
辗转相思万里飞。

说明：2011 年 6 月 18 日，在列车观景有感而作。

七律 重登鼓浪屿

乘桴越鹭登峰顶，
日月俱悬碧宇空。
曾有坚城除贼寇，
犹闻战舰展雄风。
琴台鼓浪千秋韵，
闽海驱魑万世功。
两岸归心天下固，
乾坤何处不披虹！

说明：2013 年 3 月 30 日，第三次乘船越过鹭江，登上厦门鼓浪屿日光岩最高峰，但见海天苍茫，千船竞渡，古垒森严，雄风犹在，心系两岸统一，遂写此诗以纪之。

七律 鼓浪屿感怀

横江踏浪海天苍，
砥柱东南战史煌。
朝上晃岩观丽日，
暮随白鹭舞斜阳。
枕闻潮汐涛声醉，
梦逛椰林野果香。
漫步沧桑寻古迹，
英雄故垒永流芳。

说明：2013 年 3 月 20 日，入南京军区鼓浪屿疗养院疗养。该院地处民族英雄郑成功屯兵御寇的古垒龙头寨下，绿树掩映，鸟语花香，海天一色，风光旖旎，观景寻古，感慨万千，遂写此诗。

七律 八卦楼琴韵

遥看红云落巘前，
四周巨柱托蓝天。
登楼远眺江帆竞，
入室欣观鹭鸟翩。
珍馆数层藏宝物，
管琴绝代展容嫣。
惊涛鼓浪和弦韵，
万里长风奏凯旋。

说明：2013年4月3日，游览厦门鼓浪屿八卦楼风琴博物馆写此诗。

注释：风琴博物馆位于鼓浪屿八卦楼，馆内收藏来自英国、德国、美国、澳大利亚、意大利、法国等国上百年的各类风琴60多架（台）。圆形大厅中央立着出厂于1909年的5米高、3米多宽、有1350根音管的英国“诺曼·比尔德”管风琴。来自美国波士顿的“凯思文特”巨型管风琴，高13米，宽12.5米，重35吨，共有7451个风管和133个音栓，是国内最大管风琴，也是馆内最重要、最庞大的藏品。

七律 晃岩观日出

巨石凌空倚汉巅，
岩成洞壑淌幽泉。
无边骇浪涛声脆，
遍野繁花晓露妍。
雾去踏阶攀晃顶，
日喷带水耀云天。
龙头山寨凝英气，
两岸潮平舞月圆。

说明：2013年3月30日，登厦门鼓浪屿晃岩观日出写此诗。

注释：晃岩即鼓浪屿日光岩的古称。晃岩耸峙于鼓浪屿中部偏南，由一竖一横两块巨石相依而立，海拔92.7米，为龙头山的顶峰，也是鼓浪屿最高峰。晃岩下有日光岩寺。龙头山寨即郑成功屯兵御敌的营寨，在鼓浪屿日光岩半山处。

七律 祭郑成功

雕像巍峨屹岛湾，
长风皓月慰灵还。
千船竞发掀鲸浪，
万刃齐挥斩虏顽。
收复台澎归大统，
威加外域卫边关。
金戈铁马今何在？
利剑重磨固海山。

说明：2013 年 4 月 5 日清明节，到厦门鼓浪屿皓月园瞻仰郑成功雕像，在祭奠伟大民族英雄的同时，怀着对建设强大军队、早日统一两岸、保卫祖国领土完整的期许写此诗。

注释：郑成功（1624—1662）本名森，又名福松，字明俨、大木。福建泉州南安人，祖籍河南固始。汉族，明末清初军事家，抗清名将，民族英雄。1861 年率数万雄师横渡台湾海峡、击败荷虏、收复台湾，为中华民族建立伟大功勋。郑成功雕像屹立于鼓浪屿东南端覆鼎岩，高 15.7 米，宽 9.2 米，重 1400 多吨，由 625 块花岗岩石雕凿嵌接而成。雕像分 25 层，地基深入岩层 3 米，可抗 12 级强台风和 8 级以上地震。郑成功雕像面朝大海，身披盔甲，手按宝剑，挺拔刚劲，气势雄伟，为我国最大的历史人物雕像。

七律 鼓疗感怀

我驾长风入岛皋，
花园漂海似仙豪。
北观峦嶂千层石，
南眺舟帆万里涛。
别墅依山环绿带，
鹭鸥追舫戏霓旄。
夜闻鼓浪琴声醉，
梦跨征鞍再仗刀。

说明：2013 年 3 月 20 日，入南京军区鼓浪屿疗养院疗养，但见环境优美，管理正规；官兵敬业，服务上乘；活动丰富，健体养心；堪称一流，彰显军魂；感怀万千，遂写此诗。

七律 重游客家土楼

白云缭绕醉青嵩，
茶嫩明前采女红。
苍翠溪篁摇碧水，
巍峨堡垒屹晴空。
敌人挡在坚墙外，
暗道勾连野地中。
耕读御侵皆不误，
客家文脉古今通。

说明：2013年3月29日，游览福建省漳州市华安县仙都镇大地二宜楼、东阳楼、南阳楼等土楼作此诗。

注释：客家土楼亦称福建土楼，多分布于福建和广东两省。福建主要有龙岩市境内的永定土楼，漳州市境内的南靖土楼、华安土楼、平和土楼、诏安土楼、云霄土楼、漳浦土楼以及泉州土楼等。福建土楼产生于宋元，成熟于明末、清代和民国时期。土楼以石为基，以生土为主要原料，分层交错夯筑，配上竹木作墙骨牵拉，丁字交叉处则用木定型锚固。土楼或方或圆，以圆为主。历史最悠久的直径66米的集庆楼已有600年。位于永定县的振成楼按八卦图形设计，其神奇构造倾倒世人。位于华安县的二宜楼占地9300平方米，高4层，内外双环结构，是综合价值最高的单体建筑，为福建土楼之王。南靖的田坑土楼群由5座土楼组成，如飞碟从天而降，极具视觉冲击力。河坑土楼群13座土楼错落有致地分布在山谷河道间，构成人与自然和谐共存的绝景。福建土楼堪称客家文化与建筑艺术的奇葩，为世界文化遗产。

七律 琴岛小巷

榕树浓荫遮小巷，
角梅临道溢芬芳。
木棉竞放红云落，
庭院幽深绿桂香。
雕刻墅砖存古韵，
绘粘骨画铸华章。
情人最爱桃源岛，
海浪天风醉远方。

说明：2013 年 3 月 20 日至 4 月 7 日，在南京军区鼓浪屿疗养院疗养。闲时漫步琴岛海滨与小巷，为其迷人风情和艺术氛围所感染，遂写此诗。

注释：琴岛为鼓浪屿的别称。因其有全世界最大的集中各时代钢琴的博物馆而得名。角梅即八角梅，厦门市市花。鼓浪屿有鱼骨艺术馆，展出以鱼骨制作的兼具中国工笔绘画与西方抽象写意特点的鱼骨画作，堪称中国绘画艺术的奇葩。

七律 刻字博物馆

晃顶乘风下海西，
蓝桥碧水映云霓。
字文雕刻千秋韵，
艺术传承百代迷。
拆借象形多异彩，
化裁会意出新题。
涛声不断邀明月，
把酒临窗听鹭啼。

说明：2013 年 4 月 6 日，参观厦门鼓浪屿国际刻字博物馆写此诗。

注释：该馆位于晃岩下菽庄花园对面一幢面积 500 多平方米的观海小楼内。一层为国际展厅，二层为中国展厅。馆内珍藏有中国、日本、韩国、新加坡、马来西亚五个国家的数百件作品，集书法、镌刻、绘画、色彩、雕塑、装潢于一馆，是传统刻字艺术与现代刻字艺术的完美展示，代表了国内外最高的刻字艺术水平，是目前世界上唯一一家大规模、高档次的国际刻字艺术博物馆。

七律 观上古文化艺术馆

五缘湾处起红楼，
碧海云霞放眼收。
漫步藏厅思远史，
静观玉器话春秋。
尤瞻上古铭文展，
或释殷商断代愁。
开继乾坤成大统，
丹心一掬铸风流！

说明：2013年4月9日，参观厦门上古文化艺术馆而作。

七律 五缘湾

横桥蹈海望星空，
皓月浮天夜色朦。
大浪扬帆追鹭鸟，
长龙卧水落霞虹。
椰林漫步情人醉，
港汊依稀岸钓雄。
上古高标霓影闪，
时光穿越创奇功。

说明：2013 年 4 月 20 日，夜游厦门湖里区五缘湾作此诗。

注释：五缘湾位于厦门岛北部，在高崎国际机场和翔安海底隧道之间，占地面积约 500 公顷，是厦门岛上唯一一块集水景、温泉、植被、湿地、海湾等多种自然资源于一身的风水宝地，区内有上古文化艺术馆、远古博物馆、生态酒店、湿地公园、帆船俱乐部、音乐岛等。横卧碧波上的 5 座圆拱大桥是五缘湾的地标性建筑。

七律 天鹅湖

五缘湿地碧空苍，
滨海桥横绿野茫。
芦荡角梅萦栈道，
云霞红袖映湖光。
黑鹅交颈情人醉，
白鹭叼鱼倩影长。
鸿雁低飞鸣晚照，
天涯孤旅断诗肠。

说明：2013 年 4 月 13 日，游览厦门市湖里区五缘湾湿地天鹅湖作此诗。

七律 星海湾印象

楼宇扶摇入碧霄，
凭栏观鹭梦闻潮。
北依美女山峦翠，
南眺长桥彩练娇。
地近金滩添秀色，
家藏泳馆度春宵。
敢追迪拜何方是？
星海豪居一世骄！

说明：2013年4月15日，参观厦门星海湾别墅区，但见琼楼玉宇，山海一色，金滩临苑，长桥飞虹，迪拜品位，帝王豪居，风水福地，宛若瑶池，故写此诗。

七律 南普陀寺

五峰壁立海天空，
殿宇依山气势雄。
峨塔映池凌晓月，
重檐画栋绕飞虹。
经年古刹威名远，
历代高僧大道通。
站在云头观世界，
佛亲净土护清风。

说明：2013年4月17日，游览厦门南普陀寺写此诗。

注释：南普陀寺位于福建省厦门市东南五老峰下，面临碧澄海港，占地面积25.8万平方米，建筑面积2.127万平方米。始建于唐代，称为泗洲寺，元代时被废寺，于明代重建，改称普照寺，并迁建于现址。因其供奉观世音菩萨，与浙江普陀山观音道场类似，又在普陀山以南而得名，为闽南佛教圣地之一。

七律 万石植物园

狮峰极目鹭城幽，
水阔天空碧海流。
古寺依山临涧壑，
蓝湖倒影荡椰舟。
三湾沙漠仙人立，
五岭花团嫩蝶悠。
翠柳横桥连石浪，
斜阳舞鹤坠西楼。

说明：2013 年 4 月 19 日，游览厦门市万石植物园作此诗。

注释：万石植物园即厦门园林植物园，位于厦门市区东南狮山北面。园内萃集了厦门八景的“天界晓钟”“高读琴洞”“万石锁云”“中岩玉笏”“太平石笑”诸景点和百十余处摩崖石刻。有松杉园、玫瑰园、棕榈园、药用植物园、大型仙人掌园等 20 多个园区，栽培了 3000 多种热带、亚热带植物，是一座秀丽多姿、四季飘香的游览园林。

七律 富屯溪

溪水蜿蜒入海苍，
峰峦倒影伴朝阳。
修篁叠翠天穹碧，
禾稻连畦绿野香。
高铁飞驰惊大地，
渔舟漫渡捕春光。
刚闻鹭岛涛声醉，
又梦闽西绝境芳。

说明：2013年4月22日，乘列车沿闽西富屯溪前行，晨曦初露，峰峦叠翠，碧水蜿流，溪竹连禾，野渡横舟，列车奔驰，仙境漫游，遂写此诗。

注释：富屯溪又名邵武溪。源出武夷山脉，在南平市和建溪汇合后入闽江，全长285公里，落差1061米，由金溪、杭溪、杉岭溪、樵溪等50多条溪流汇集而成。西接江西经济腹地，东连闽江入东海，自古以来就是一条黄金水道。是闽江上游的三大河系之一。

七律 东湖

磨山耸翠汉坛幽，
头枕长江万古流。
水榭云天连碧海，
湖光岛影映荷舟。
蜿蜒堤岸林花醉，
迤逦烽楼铁血休。
最是毛公梅岭地，
雄风浩气荡神州！

说明：2015年6月6日，游览武汉东湖并参观梅岭一号毛泽东故居作此诗。

注释：东湖位于武汉市城区二环线与三环线之间，景区面积73平方公里，其中湖区面积33平方公里，是中国最大的城中湖。东湖湖山秀美，岸线曲折，有12个大小湖泊，120多个岛渚，112公里湖岸，34座山峰环绕。拥有梅园、荷园、樱花园等13个植物专类园。东湖为历史名湖，屈原在东湖“泽畔行吟”，楚庄王在东湖击鼓督战；刘备在东湖磨山设坛祭天；李白在东湖放鹰题诗；中华人民共和国成立后毛泽东先后44次视察东湖，并在此接待64个国家的94批外国政要。近现代有九女墩、陶铸楼、屈原纪念馆、朱碑亭等历史文化遗址。

七律 深圳

高楼鳞次蔽长空，
车水椰云荡九穹。
昔日渔村茅屋破，
今朝世界丽都雄。
打开门户铭青史，
站在潮头唱大风。
正举旌旗何处去，
征帆万里铸恢鸿！

说明：2015年6月6日至9日，在深圳出差作此诗。

注释：深圳又称鹏城，位于珠江三角洲东岸，中国四大一线城市之一，国际空海枢纽和外贸口岸，中国第一个经济特区，改革开放的窗口，已发展为有一定影响力的国际化城市。享有“设计之都”“钢琴之城”“科技之城”的美誉。是中国经济最发达的城市之一。

七律 深圳晨韵

椰风拂面晓岚清，
夜幕徐开翠岭横。
楼宇披霞连碧海，
浮云伴鹤掠长鲸。
凭栏望断天涯路，
俯首萦怀赤子情。
创客之都重抖擞，
跻身世界一流城！

说明：2015 年 6 月 9 日，在深圳作此诗。

望海潮 乌镇

江南烟雨，朦胧古镇，桥横柳翠风柔。千里运河，乌篷鹤影，临街碧水穿流。巍塔蔽门楼。白墙覆青瓦，庭院通幽。远贯如云，一方名噪动金瓯。

谭湾遗址悠悠。有南朝学苑，织锦凝眸。蓝印染花，高台社戏，标竿倒立飞舟。深巷隐文侯。巨作存浩气，芳袭千秋。网约全球聚首，诗酒醉吴钩。

说明：2017年9月20日，北大中文系同学游览浙江桐乡市乌镇写此词。

注释：乌镇古称乌墩、青墩和乌青镇，江南六大古镇之一。为鱼米之乡，丝绸之府。镇东有新石器时代的谭家湾古文化遗址。保存有晚清与民国时期水乡古镇的风貌与格局，以河成街，街桥相连，依河建屋，水镇一体，是浙江历史文化名城。从2014年起，为世界互联网大会永久会址。

七律 茅盾故居

青砖黛瓦木梁横，
小院清幽隐蜚声。
私塾童言惊四座，
书堂笔墨润三更。
修篁掩映名人匾，
京运平添古镇情。
著述等身鸣号角，
文坛巨匠举旃旌。

说明：2017年9月20日，北大中文系同学参观浙江乌镇现代文学巨匠茅盾（原名沈雁冰，1896.7—1981.3）故居写此诗。

注释：茅盾故居位于乌镇观前街17号，有两层楼房一幢，平屋三盈，占地面积644.64平方米，木架结构，青砖小瓦，房面临街，为典型的清代江南普通民居。

七律 徐肖冰侯波纪念馆

馆巍雨霁碧云空，
伴侣双双摄影雄。
饮马延河留绝品，
随军战火建奇功。
更瞻开国城楼韵，
又录和平领袖风。
定格瞬间书炜历，
永恒经典仰师崇。

说明：2017年9月21日，北大中文系同学参观浙江桐乡徐肖冰侯波纪念馆写此诗。

注释：纪念馆建筑面积2391平方米，主要展出徐肖冰与侯波这对革命摄影家伉俪，从延安时期到20世纪五六十年代，拍摄的大量有重要文献和史料价值的纪录片与摄影作品。其中不乏《论持久战》《解放全中国》《开国大典》《畅游长江》等不朽名作。是瞻仰老一辈无产阶级革命家风范 、感受烽火岁月、重温革命精神的爱国主义教育基地。

七律 互联网国际会展中心

古镇新楼屹碧穹，
白墙黛瓦拂云风。
绕池巨柱长廊阔，
聚首华堂视野穷。
网络精英谈网道，
融和时代话融通。
智能经济千帆竞，
引领潮流任我雄。

说明： 2017 年 9 月 20 日，北大中文系同学参观浙江乌镇互联网国际会展中心写此诗。

注释： 互联网国际会展中心位于乌镇西栅景区环河路，建筑面积 8.1 万平方米，由会议中心、服务中心和展览中心三个功能区组成，外立面覆盖 260 万片小青瓦，与 5.1 万根钢索构成网状结构，寓意江南古建与现代网络的融合，具有现代化国际会议中心功能与中国江南水乡建筑风格。是 2016 年第三届世界互联网大会召开地，也是世界互联网大会的永久会址。

七律 登白莲塔

雨霁斜阳缀远空，
飞身塔顶拂云丛。
凭栏鸥舞京杭淼，
放眼舟连古镇朦。
战火毁夷终傲立，
禅机度化任从风。
苍茫秀色霓虹闪，
醒世钟声遁碧穹。

说明：2017 年 9 月 20 日，北大中文系同学游览浙江乌镇登白莲塔写此诗。

注释：白莲塔原名金莲塔院，位于乌镇西栅京杭大运河畔环河岛。始建于北宋崇宁年间（1102—1106），几经战火毁坏重修并移现址，为砖木结构七级阁式塔，高 51.75 米，是乌镇最高建筑，登高远眺，运河与乌镇风光尽收眼底。

七律 宏源泰染坊

雕窗木屋匾书高，
自古江南出染豪。
蓝印布花秦汉韵，
清雕图案宋唐刀。
漂湔活水流云影，
晾晒柔风拂柳绦。
乌镇千秋存一绝，
镌铭青史九州敖。

说明： 2017年9月20日，北大中文系同学参观浙江乌镇宏源泰染坊写此诗。

注释： 乌镇蓝印花布源于秦汉，兴于唐宋，繁荣于近、现代，具有悠久的历史，是中国优秀传统文化元素中的一朵奇葩。

七律 江南百床博物馆

石街青瓦院厅鸿，
南国霞床鲁圣功。
镂刻春花尤现蕊，
精雕雏凤若知雄。
门楣镶嵌吉祥物，
前柱镌描古韵风。
一榻百年终是梦，
奢华犹在转头空。

说明： 2017年9月20日，北大中文系同学参观浙江乌镇江南百床博物馆写此诗。

注释： 此为中国第一家收藏和展出江南古床的博物馆，位于乌镇东大街210号，面积1200多平方米，内有几十张明、清的江南古床精品，其雕工精湛，风格独特，为中国床文化的集大成者。

七律 丰子恺纪念馆

桥横碧水小楼松，
庭竹堂联伴古钟。
焦迹依稀烽火泪，
青灯犹照大师容。
留空漫画涵禅韵，
邈世佳篇隐艺踪。
赤子耕耘终不悔，
红尘遗爱耸高峰。

说明： 2017 年 9 月 21 日，北大中文系同学参观浙江桐乡市石门镇丰子恺纪念馆写此诗。

注释： 丰子恺（1898—1975），原名丰润，是我国新文化运动的启蒙者之一，现代著名漫画家、文学家、翻译家和教育家，是绘画、文学、音乐等方面的艺术大师。一生出版著作达 180 余部。其独特的漫画风格影响深远。纪念馆由丰子恺故居和丰子恺漫画馆组成。故居缘缘堂始建于1933年春，由丰子恺亲自设计，为粉墙黑瓦的江南民居风格，由二层楼房及楼前楼后小院构成，面积510平方米。1938 年毁于日军炮火，1985 年恢复原貌。缘缘堂东侧为 1998 年建的丰子恺漫画馆，总面积 820 平方米，院中有丰子恺坐姿铜像，内设丰子恺艺术生涯陈列室，丰子恺书画精品陈列室，中国漫画名家陈列室，中国当代漫画家作品陈列室等四个展厅。丰子恺信佛，一生以善为本。

七律 安吉竹博园

玉带桥横入竹乡，
翠湖篁影揽苍茫。
枝柔节劲青云恋，
叶盛根深瘦土藏。
栈道穿林喧鸟语，
熊猫扶竹戏游郎。
传承筱艺千秋韵，
骚客吟�透古芳。

说明：2017 年 9 月 22 日，北大中文系同学游览浙江安吉竹博园写此诗。

注释：安吉竹博园位于安吉县递铺镇，全园占地面积 1200 亩，汇聚有大江南北和海外的 396 个品种的竹子，如高大的歪脚龙竹，奇特的攀缘援类爬竹、无耳镰序竹，来自台湾的花秆大佛肚竹和南美的瓜多竹等，建有规模巨大的竹博物馆，为全国首个大熊猫落户的县级基地，是集竹海观光、科研生产、竹文化体验及科普教育为一体的竹类大观园。歌咏竹子精神的诗词广场，汇集了杜甫、王安石、苏东坡、郑板桥、吴昌硕等人的作品。

七绝 咏竹

扶摇拔节傲冰霜，
坚韧盘根地缝藏。
纵使凌云思故土，
粉身济世付衷肠。

说明：2017 年 9 月 22 日，北大中文系同学游览浙江安吉竹博园写此诗。

七律 江南天池

天路盘旋入昊苍，
云飞雨霁露斜阳。
青峰环抱平湖阔，
竹海穿游玉瀑长。
潜地蛟龙喷电火，
临池爱石聚鸳鸯。
经年犹记同窗梦，
更著山河一袭芳。

说明：2017年9月22日，北大中文系同学游览浙江安吉县江南天池写此诗。

注释：江南天池位于天目山北麓海拔近千米的天荒坪，在翠竹簇拥、群山环抱之中，是亚洲第一、世界第二抽水蓄能电站建筑与自然风光的完美融合。天池边有分别刻着“天荒”“地老”的两尊巨石，情侣争相与石合影留念，以示爱情恒久的象征。

七律 瑶琳仙境

武陵仙洞倚孤村，
地府深幽揽客魂。
玉柱擎天穹宇阔，
银河飞瀑谷风温。
亭亭神女舒云袖，
凛凛雄狮卫峡门。
钟乳千姿雷斧凿，
时空隧道辨乾坤。

说明： 2017 年 9 月 24 日，北大中文系同学游览浙江桐庐县瑶琳仙境写此诗。

注释： 瑶琳仙境位于瑶琳镇武陵村，又名瑶琳洞，纵深 1 公里，总面积达 28000 平方米。其洞势地貌曲折有致，钟乳石景瑰丽多姿，为华东沿海中部亚热带湿润区喀斯特洞穴的典型代表，被誉为全国诸洞之冠。

七律 红灯笼外婆家

象峰拥翠竹溪流，
黛瓦黄花小寨秋。
木屋红灯摇酒肆，
拱桥绿水戏沙鸥。
宗祠突显家风烈，
族舞犹存古韵悠。
一串辣椒乡土味，
桃源耕读胜封侯。

说明： 2017年9月24日，北大中文系同学游览桐庐县红灯笼外婆家风景区写此诗。

注释： 红灯笼外婆家亦称红灯笼乡村家园，位于天目溪畔，占地面积11万平方米，依托山势地貌，构建了乡村景观、乡村风情与度假休闲相结合的特色旅游景区。

七律 登严子陵钓台

翠峦坊阁映江明，
停棹扶摇入玉京。
伫立高台春水邈，
相寻僻岭草庐宁。
刘郎三顾赢天下，
隐客孤耕钓颢清。
剑室空鸣山海阔，
一竿风月醉平生。

说明：2017 年 9 月 25 日，北大中文系同学游览浙江严子陵钓台写此诗。

注释：严子陵钓台位于桐庐县城南富春山麓，是富春江主要风景点。严子陵，名光，会稽余姚人，东汉初隐士，少有高名，与刘秀同游学。刘即帝位，派人三次征召为“谏议大夫”，严拒之，归隐富春江畔耕钓以终。

贺新郎 重游千岛湖

重踏淳安路。伫梅峰、烟波万里，白云横渡。春绕金腰铺流半，恰似青霄星布。极目眺、船飞鹤舞。幽径亭楼连游港，更溪山环列藏芳渚。迷旧客，冠吴楚。

新安汇聚深难度。忆峥嵘、九州筑坝，炳彪今古。仙镇沉湖知何处？留得千秋水府。望夕照、微霞染浦。海瑞祠前尤忧国，揽清风追梦凭心语。举玉斝，听征鼓。

说明：2017年9月23日，北大中文系同学游览浙江千岛湖写此词。

注释：千岛湖位于杭州市淳安县境内，是建新安江水电站拦蓄而成的人工湖。1960年建成，坝高105米，长462米。湖长150公里，最宽处10公里，最深处100余米，面积580平方公里，湖岸线长1406公里，蓄水量达178亿立方米。湖水淹没了淳安和遂安两座千年古城。为国家一级水体，天下第一秀水。有1078个岛屿，为世界上岛屿最多的湖泊。

七律 西溪湿地公园

翠峰香霭映晨波，
河汉湖塘荡绿荷。
仙镇溢芳桥影动，
玉堤拂柳客舟梭，
几多渚院凝乡韵，
十里芦花隐钓蓑。
由是渔村秋捕曲，
引来鸥鹭对天歌。

说明：2017年9月26日，北大中文系同学游览杭州西溪国家湿地公园写此诗。

注释：该园位于杭州市区西部，西积11.5平方公里，其间河汉似网，水道如巷，池塘栉比，诸岛棋布，是集城市湿地、农耕湿地和文化湿地于一体的湿地公园。

七律 杭州G20峰会

巍峨大厦卧钱塘，
旌旆高扬聚八方。
宇阔精描穹顶丽，
桌圆对话世经昌。
多边之作赢天下，
孤掌焉鸣赏自芳。
引领潮流风棹劲，
西湖歌舞醉西洋。

说明：2017年9月26日，北大中文系同学游览杭州G20峰会会址写此诗。

注释：2016年9月4日至5日，以构建创新、活力、联动、包容的世界经济为主题的二十国集团领导人第十一次峰会在杭州奥体博览城成功举行，并举办了以城市高楼和球体大厦为背景，以西湖水面为舞台的盛大文艺演出。

七律 重游西湖

烟波潋滟吻荷风，
万缕斜阳舞断鸿。
两塔镶浮霓水外，
孤山飞落碧湖中。
长堤唐榭凝诗韵，
曲岸明桥映画篷。
霞岭千秋忠骨在，
何时故国佞臣空？

说明：2017 年 9 月 27 日，北大中文系同学游览杭州西湖写此诗。

注释：西湖旧称武林水，三面环山，湖水面积 6.39 平方公里，南北长约 3.2 公里，东西宽约 2.8 公里，绕湖一周近 15 公里。西湖被孤山、白堤、苏堤、杨公堤分隔，按面积大小分别为外西湖、西里湖、北里湖、小南湖及岳湖等五片水面。孤山是西湖中最大的天然岛屿，小瀛洲、湖心亭、阮公墩三个人工小岛鼎立于外西湖湖心，夕照山的雷峰塔与宝石山的保俶塔隔湖相映。平湖秋月、苏堤春晓、断桥残雪、雷峰夕照、南屏晚钟、曲苑风荷、花港观鱼、柳浪闻莺、三潭印月、两峰插云，为南宋西湖十景。湖边栖霞岭有岳飞墓。为国家 5A 级风景名胜区，世界文化景观遗产。

望海潮 西湖抒怀

东南殊境，千秋故郡，钱塘伍子横流。三面巘峦，长堤塔影，湖光万顷波柔。浮岛舞沙鸥。柳风荡荷翠，馨袭扁舟。远客如云，断桥斜照品吴钩。

芳华尽去同游。望云山碧水，徐杖湖周。灵隐悟禅，溪村觅桂，烟霞镜摄清幽。廊榭话时愁。最是瞻岳墓，危国何休？重拾青春一片，提剑护金瓯！

说明：2017年9月26日至27日，北大中文系同学游览杭州西湖作此词以纪之。

注释：伍子即伍子胥，春秋时楚国人。其父兄皆被楚平王所杀，他逃到吴国，佐吴王阖闾打败楚国，又佐吴王夫差打败越国。后因受谗毁，为夫差所杀。民间传说伍子胥死后封为涛神，钱塘江潮为其怨怒所兴，而称“伍子涛”。

刘登荣诗词集

感怀言志篇

七绝 星空

风高月隐小楼东，
翠柳萦窗晓色朦。
布谷声声啼血夜，
情丝缕缕寄星空。

说明：1991年6月18日作此诗。

七绝 春梦

筑梦燕园几度秋，
天涯难诉别离愁。
相逢一日韶光短，
情满名湖伴水流。

说明：1992 年 9 月，与分别多年的北京大学中文系同学见面作此诗。

七绝 望雪

遥望高原千里雪，
寒凝大地朔风哀。
天涯孤旅愁肠路，
缕缕春思入梦来。

说明：1993年2月作于山西旅途。

七律 送别

新月如钩嵌碧天，
寒梅傲雪伴无眠。
西窗帘卷相思泪，
东塔琴弹灞柳弦。
化雨柔情凝玉露，
断肠孤旅共婵娟。
晓风送别横塘路，
几缕晨曦照梦圆。

说明：1993 年 2 月 17 日作此诗。

七绝 北国春寒

傲雪寒梅一树红，
冰凝边塞抖春风。
长空万里浮云渡，
似有飞鸿入梦中。

说明：1993 年 2 月 23 日游览太原而作。

七律 边塞中秋

边地吴钩照壑川，
戍楼猿啸夜无眠。
独觞浓酒乡愁醉，
望断飞鸿皓月悬。
欲托长风传蜜意，
化成幽梦抚情弦。
寒凝剑气狂飙落，
鼓角连营动晓烟。

说明：1993年10月1日作此诗。

七绝 夜读

燕山残月似银钩，
热浪滔滔百鸟愁。
秉烛悬梁拼夜读，
微霞几缕照西楼。

说明： 1998 年 7 月 25 日，刘玺废寝忘食备战高考时写此诗。

五排 忆金华山

烟墩千载秀，涪水傍崖流。
巨柏遮江月，奇峰锁岛丘。
一河残照动，数叶竹排游。
伯玉留诗迹，书台伴鹤楼。
晨吟纱雾罩，夜学鸟声幽。
把酒忧天下，何时壮志酬？

说明：1999年8月24日晚，与分别三十二年的同学在北京相聚写此诗。

注释：金华山，汉代称“烟墩岭”，位于四川省射洪县城北20公里金华镇涪江之滨，因其“山贵重而华美”得名，被誉为川中名山。古木参天、风景秀丽，是著名的风景名胜。涪水，即涪江，流经绵阳、三台、射洪、遂宁入嘉陵江，金华山位于涪江边。陈子昂（661—702），唐代政论家、文学家，初唐诗文革新人物之一。字伯玉，梓州射洪人。因曾任右拾遗，后世称为陈拾遗。光宅进士，历仕武则天朝麟台正字、右拾遗。受武三思所害，冤死狱中。其存诗共100多首，其中最有代表性的是《感遇》诗38首，《蓟丘览古赠卢居士藏用》7首和《登幽州台歌》，堪称千古绝唱。陈子昂曾在金华山读书，留有读书台。

七律 神舟飞船

燕山桂魄一轮秋，
千里清辉照戍楼。
亘古嫦娥驰碧汉，
今朝火箭发神舟。
一声呼啸长空动，
四海高歌爆竹稠。
尼尔先飞乘玉兔，
月球何日任君游？

说明：1999年11月20日6时30分，中国第一艘航天载人试验飞船“神舟”号，在酒泉卫星发射中心发射成功，21日凌晨3时41分成功返回地面有感写此诗。

注释：尼尔，即尼尔·阿姆斯特朗，美国宇航员，为美国阿波罗11号飞船指令长，于1969年7月19日登上月球。他是人类踏足月球的第一人。

念奴娇 生日感怀

浩然穹宇，看星移光逝，回首时惊。世事荣衰千万载，唯有文化长生。古代经书，当今珍典，承继酿芳馨。浪淘沙杳，史留多少英名？

追溯慷慨青春，西风催战马，闻角披荆。鬓发凝霜仍戍国，热血浇铸安宁。剑胆诗风，激文敲韵，豪气猎旃旌。毕生追梦，任凭风雨兼程！

说明：1999年11月底，在踏入21世纪的门槛之时，迎来自己戎马生涯中的一个重要生日。回溯过去，已为军队和国防建设留下了深深的足印。展望未来，愿仗剑吟诗，为后世留下几首可读的诗词，我心足矣。生日是夜写此词以纪之。

水调歌头 井冈山

千里井冈梦，攀顶近穹巅。北襟吴楚娆野，南峙半疆天。更有毛朱割据，点起罗霄星火，九域始燎原。伟绩炳青史，旌旆猎名山。

硝烟尽，弹痕在，鸟声喧。银河倒泻，重巘喷雪彩虹悬。五指擎天捧日，黄界凌云观海，挹翠荡群峦。险峻雄奇秀，华岳已无颜。

说明：2000年10月3日，游览江西井冈山写此词。

注释：井冈山位于江西省西南部，地处湘赣两省交界的罗霄山脉中段，是江西省西南的门户。井冈山地势雄伟，山高壑深，古木参天，地形复杂，最高峰江西坳海拔1841米。它是革命人文景观与秀丽自然景观融为一体的国家级风景名胜区。1927年10月，毛泽东、朱德等老一辈无产阶级革命家，率领中国工农红军来到井冈山，创建了中国第一个农村革命根据地，被誉为“中国革命的摇篮”。井冈山的瀑布众多，如五龙瀑、长虹瀑、彩虹瀑、飞龙瀑等，最高的达100多米，水势洪大，如银河倒挂，喷雪吐玉，气势磅礴，蔚为壮观。五指，即五指山。黄界，即黄洋界。挹翠，即挹翠湖，位于茨坪中心。

念奴娇 访井冈山

罗霄奇岳，更高擎云汉，江山雄峭。隘口峭岩皆堡垒，看旆旌扬秋色。桐木关前，黄洋界下，烽火燃南北。神州红遍，望东方诞丽日。

梦绕五井风烟，寻踪问路，五指依天立。浩气化丰碑屹顶，胜迹铭峦嵌壁。瀑布横空，苍穹泻玉，犹壑雷潭碧。万山游罢，绝无佳景重觅。

说明：2000 年 10 月 5 日，寻访江西井冈山作此词。

注释：罗霄奇岳指罗霄山脉中段的井冈山。桐木关即桐木岭哨口，是井冈山五大哨口之一。黄洋界是井冈山最险要的哨口，黄洋界保卫战曾发生于此处。毛泽东《西江月·井冈山》词中的“黄洋界上炮声隆，报道敌军宵遁”，描写的就是这次战斗的情景。井冈山有大井、小井、中井、上井和下井，统称五井，这里代指井冈山。

七律 金华山

青峰屹立川中秀，
九曲涪江日月流。
翠壁浮霞连玉带，
惊涛涌雪荡飞舟。
子昂绝唱山魂雅，
烟岭书声旷世悠。
且看滔滔东逝水，
萧萧后浪赶潮头。

说明：2002年7月7日，喜得分别39年的谢芸洪等同学音讯写此诗。

玉楼春 春节

霓虹焰火歌声彻，几树红梅摇暮色。春潮千里涌巴山，天府万家迎瑞雪。

忽如一夜仙风烈，掀起惊涛飞岸绝。晓钟萦耳日升窗，醉卧花丛仍梦月。

说明：2003年2月，在成都过春节作此词。

注释：玉楼春，词牌名。词名来自五代顾复词“月照玉楼春漏促”“柳映玉楼春日晚”句。北宋以后又名《木兰花》。双调56字。

贺新郎 登西岭雪山

西岭登高处。屹苍穹、群峦裹玉，夕阳横布。云海重重波峰涌，碧宇流霞漫渡。遍嶂巘、凇花竞怒。滑雪赛场千仞地，更健儿飞降旌旗舞。忽仰首，入天路。

小楼把酒星辰顾。丽人扶、松涛阵阵，梦香云露。红日喷晖千山暖，翠壑升腾晓雾。望雪域、春光影著。情注九州留胜景，展靓姿举世芳心慕。攀五岳，迈征步。

说明：2003年2月4日至5日，登西岭雪山作此词。

注释：西岭雪山位于四川省成都市大邑县境内，总面积375平方公里，属世界自然遗产、大熊猫栖息地、国家重点风景名胜区，因唐代大诗人杜甫的千古绝句“窗含西岭千秋雪，门泊东吴万里船”而得名。有终年积雪、千年不化的大雪山，最高峰庙基岭海拔5364米，为成都第一高峰。

七律 元宵节

皓月临空碧宇阑，
红梅映市酒旗欢。
绵连爆竹惊原野，
迤逦龙灯动玉銮。
满屋烛光孤影醉，
一帘幽梦半身寒。
阳关不唱肠犹断，
留取春心话寸丹。

说明：2003 年 2 月 15 日，时值元宵节写此诗。

注释：元宵节，即农历正月十五，又称上元节、春灯节，是中国汉族民俗传统节日。

古风 端午节感怀

粽子香，
龙舟忙。
悼屈原，
祭国殇。
楚辞传万代，
浪漫诗魂永流芳。
雄才大略青云志，
美政改革铸辉煌。
报国无门忧愤死，
汨罗江水永悲伤。
千古端午，
镌铭史彰！

说明：2003年农历五月初五端午节写此诗。

注释：端午也称端阳节，是中国纪念2300多年前的伟大政治家、思想家和伟大诗人屈原的传统节日。屈原，约公元前340—公元前278年，战国楚人。初辅楚怀王，做过左徒、三闾大夫。学识渊博，雄才大略，是我国伟大的爱国主义诗人和政治家。后遭保守贵族子兰、靳尚等人的谗言而去职。顷襄王时被放逐，长期流浪沅湘流域。后因楚国政治更加腐败，首都郢亦为秦兵所破，他无力挽救楚国的危亡，又深感政治理想无法实现，遂投汨罗江而死。后人为悼念他，逐步演绎出划龙舟、吃粽子的习俗。楚辞是屈原创立的一种诗歌文体，也称骚体。屈原的《离骚》《九歌》《天问》《九章》《远游》《卜居》《渔父》等名篇，为楚辞的代表作，对中国诗歌具有重大影响。美政即屈原的政治理想，主张章明法度，举贤授能，革除弊政，复兴楚国，联合抗秦，一统中华。为此，他虽九死而犹未悔。

七律 香山秋色

翠峦迤逦昊穹苍，
路转峰回涧壑茫。
尽染层林添秀色，
婆娑红叶荡秋光。
金风拂柳浮云渡，
白雉鸣崖野鹤翔。
最是长天经雁阵，
诗心一片吻斜阳。

说明：2004年10月29日，登北京香山观红叶作此诗。

注释：香山位于北京市西北郊，占地188公顷，主峰香炉峰海拔575米，是一座具有山林特色的皇家园林。早在元、明、清时，皇家就在香山营造离宫别院，每逢夏秋时节，皇帝都要到此狩猎纳凉。咸丰十年（1860年）和光绪二十六年（1900年），先后两次被英法联军和八国联军焚毁。1956年开辟为人民公园，主要有香山寺、洪光寺、双清别墅等著名旅游景点。香山古树参天，尤其枫树和黄栌居多，秋天层林尽染，红叶漫山遍野。香山每年举办红叶节。

七律 鸿书

胡天雪霁夜风寒，
孤枕冷衾对月眠。
窗外鸦声惊晓梦，
楼前车水卷岚烟。
飞鸿千里关山越，
网络多维世界连。
屏幕频频传耳语，
情思缕缕醉心田。

说明：2004 年 12 月 4 日晨，收到朋友短信即席写此诗。

七绝 梦故乡

京都夕照伴流霞，
穹宇徐徐笼夜纱。
我欲乘风归故里，
相思一梦醉蒙茶！

说明：2004年12月6日晚，在高楼凭栏远望，凝思如梦，有感而作。

注释：蒙茶即蒙顶茶，产于四川省雅安市名山区蒙顶山。其汤色碧清微黄、清澈明亮，滋味鲜爽，浓郁回甜。为中国传统绿茶。久饮蒙茶，可健脾益胃、延年益寿，故有仙茶之美誉。自西汉吴理真栽植繁育扩展至蒙顶山全境至今，已有2000多年历史。从唐代起，即为皇室贡品。

五律 香山抒怀

香山枫叶旺，
霜重色趋红。
赏景千峰动，
观霞万树隆。
处高凌碧汉，
屹顶醉秋风。
驰骋乾坤阔，
男儿浩气雄。

说明：2005 年 10 月 22 日，与朋友游香山观红叶有感即席而作。

注释：香山，又叫静宜园，位于北京市海淀区西部，距市区 25 公里，最高峰海拔 575 米，是北京著名的森林公园。1186 年，金代皇帝在这里修建了大永安寺，又称甘露寺。寺旁建行宫，经历代扩建，到乾隆十年（1745 年）定名为静宜园。1860 年和 1900 年惨遭抢劫和焚毁，1949 年后陆续修复了大部分名胜。

七律 除夕

浪漫之都不夜城，
缤纷爆竹紫云轻。
龙腾古巷如潮水，
歌荡银滩醉海鲸。
万里涛声春梦动，
九天星汉碧空横。
几杯风雅唐时韵，
一片相思对月明。

说明：2005年除夕夜，在浪漫之都大连作此诗。

五律 迎春

临窗观大海，
红日隐星辰。
碧浪金光晃，
渔村紫气氤。
舞狮驱魍魉，
爆竹醉天神。
壮志开新路，
歌迎第二春。

说明：2006年春节（1月29日），于大连作此诗。

七律 烟花节

渤海惊涛动翠微，
烟花蔽岛映柴扉。
笙歌箫鼓从天落，
狮舞霓虹伴雪飞。
白鹭凌空鸣夕照，
寒梅吐蕊暖朝晖。
但怀年少青云志，
仗剑边关护国威。

说明：2006年1月30日，观赏大连烟花节作此诗。

注释：大连市政府规定，每年正月初二至初六为烟花节。在这期间，市政府在星海广场和劳动公园施放焰火，市民在家门口施放爆竹烟花。该市位于渤海之滨，有浪漫之都的美誉。

五律 庆元宵

福雷穹宇烈，
焰火碧霄浓。
狮舞连千巷，
笙歌入九重。
丹心明月鉴，
富国壮军锋。
一扫阴霾绝，
寰球尽乐容。

说明：2006年元宵节（2月12日）作于北京。

七律 中秋之夜

盘古开天置玉轮，
月圆格外惹愁萦。
嫦娥勾起相思苦，
桂酒常关聚散情。
独上高楼哼小曲，
面朝边塞赏孤筝。
秋风瑟瑟横塘路，
梦醉军营鼓角声。

说明：2006年10月6日，适逢农历八月十五中秋节，是夜作此诗。

七律 除夕抒怀

瑞雪飞窗暮色盈，
围炉守岁待春声。
喜雷撼地惊山鸟，
焰火弥天蔽玉京。
古巷霓虹星汉落，
银屏歌舞鼓笙鸣。
何时两岸重归统，
美酒千杯醉国旌！

说明：2007 年 2 月 17 日（农历 2006 年除夕），辞旧迎新之际写此诗。

注释：除夕，一年的最后一天叫岁除，那天晚上叫除夕，人们往往通宵不眠，叫守岁。是中国传统节日中最重大的节日之一。

七绝 远望

凭栏极目昊天苍，
雁阵鸣空舞夕阳。
撕片流云捎耳语，
何时把酒诉衷肠？

说明：2007 年 4 月 17 日夜写此诗。

七绝 七夕

皓月凌窗玉宇低，
天河飞架鹊桥霓。
晨曦几缕愁肠断，
帘卷相思碧海西。

说明：2007年8月作此诗。

注释：七夕节又称七巧节、七姐节、女儿节、乞巧节、七娘会、七夕祭、牛公牛婆日、巧夕等，是中国民间的传统节日。七夕节由星宿崇拜衍化而来，为传统意义上的七姐诞，因祭拜七姐的活动在七月七日晚上举行，故名七夕。主要习俗有拜七姐、祈福许愿、乞求巧艺、祈祷姻缘、坐看牛郎织女星等。后来，七夕被赋予牛郎织女的美丽爱情传说，使其成为象征爱情的节日。相传，每年农历七月初七，牛郎织女在天上的鹊桥相会。七夕节始于上古，普及于西汉，鼎盛于宋代。在部分受中华文化影响的亚洲国家，如日本、朝鲜、韩国和越南等，也有庆祝七夕的传统。

七律 中秋望月

秋风边塞抚寒琴，
明月清辉沐古今。
枭骑犹知巡国路，
孤鸿易识断肠心。
凭栏望尽巴山水，
邀酒萦回故土音。
赤子相思成醉梦，
关河飞度化诗吟。

说明：2008 年 9 月 14 日（农历八月十五）中秋节作此诗。

七律 铭记二〇〇八

南国冰封大爱彰，
汶川抗震铸辉煌。
纷呈奥运惊天梦，
行走深空伴月航。
两岸三通彪史册，
九州一统抚魂殇。
睡狮觉醒东方屹，
指点乾坤浩气扬。

说明：2008年中国经历了一系列重大事件，在2009年元旦来临的前日，回顾太多的感动，展望新的历程，遂写此诗。

注释：2008年1—2月，我国南方（包括贵州、广东、广西、湖南、湖北、江西、浙江、江苏、安徽等省）遭受特大雨雪冰冻灾害，造成电力、交通中断，几百万人无法回家过春节，居民生活受到严重影响。于是，南方军民齐心抗灾，全国举力支援，破冰保路，修复电线，给受阻于风雪中的群众送衣送食，取得了抗冰雪灾害的重大胜利。2008年5月12日14时28分，在四川汶川发生的8.0级特大地震，造成69227人死亡，374643人受伤，17923人失踪。无数房屋倒塌，无数人无家可归。灾区人民坚强不屈、抗震自救，全国人民奋力支援，在废墟上重建家园。充分显示出中国人大爱无疆，不屈不挠的精神，树立了人类脊梁的光辉形象。2008 年 8 月 18 日，在北京举行第 29 届奥林匹克运动会。这是中国人的百年梦想，国际奥委会主席罗格评价说，北京奥运会是一次无与伦比的成功奥运会。2008 年 9 月 25 日 21 点 10 分 04 秒 988 毫秒，神舟七号载人航天飞船从中国酒泉卫星发射中心发射升空。翟志刚（指令长）、刘伯明和景海鹏通力协作，成功实现了翟志刚太空行走的伟大壮举。两岸三通，指中国国民党主席马英九胜选在台湾执政后，大陆海协会会长陈云林与台湾海基会董事长江丙坤在台签署四项协议，全面实现空中直航、海上直航、通邮三通壮举，结束了两岸六十年不能三通的历史。

七律 迎新春

都巷缤纷焰火新，
古钟子夜醉星辰。
长城万里飞龙舞，
沃野无垠紫气氤。
诗韵交觥三斗酒，
红梅傲雪一枝春。
鬓霜不改青云志，
再跨征鞍为国巡。

说明：农历2008年除夕（公历2009年1月25日），凭楼远望，一片焰火海洋，喜庆祥和的气氛弥漫在北京、弥漫在中国，遂写此诗以纪之。

七绝 凝望

伫立关楼北望哀，
无垠国土被人裁。
金戈自有争锋日，
铁马雄风卷地来！

说明：2009年6月4日，登上黑龙江伊春嘉荫边防哨所，俯视中俄边界有感而作。

七律 归心

朝辞瀛海伴霞飞，
银燕腾空一日归。
犬吠鸡鸣惊晓梦，
烟升鹤舞沐晨晖。
乡音萦耳茶汤热，
家训遗风祖屋巍。
不慕王侯思故土，
东篱采菊筑诗帏！

说明：2010年2月9日，从北京回到故乡——四川省射洪县金家镇。这是我在离别四十二年后第二次回乡过春节，强烈的故乡情，赤诚的游子心，与生我养我的这片热土融合在一起，不禁感慨万千，欣喜无比。夜宿山乡，三更鸡叫，引发狗吠，惊醒睡梦，霞光初现，炊烟四起，遂作此诗。

古风 清明节

人已去，花再妍，
又到清明泪雨涟。
缅英烈，祭先贤，
更有哀思漫山川。
忆儿时，叹命悬，
涌泉难书感恩篇。
谋国盛，铸强边，
但使神州尽凯旋。
蓦回首，惊流年，
沧海一笑震长天！

说明：2010年4月5日清明节作此诗。

注释：清明节是中华民族祭奠亡灵、踏青赏春的传统节日。我身处千里之外，虽时时感念祖上对我成长付出的艰辛，但不能回乡扫墓，仅以此诗表达我的哀思与感恩之情。

七绝 思君

北归鸿雁舞流云，
牵动情思暮雪纷。
安得春风临大漠，
巴山夜雨可逢君？

说明：2010年4月16日，收到多年不见的朋友一则问候信息，故写此诗。

七律 朱元璋

鄱阳鏖战定元新，
和尚登基绝后尘。
纳谏举贤营盛世，
轻徭薄赋养黎民。
严惩腐败苛刑重，
彰显清廉率力亲。
开启明朝三百载，
炳彪中外有何人？

说明：2010年5月9日，在安徽凤阳参观明皇陵和朱元璋纪念馆，近观朱元璋政绩感慨颇多，撷要为诗。

注释：朱元璋，明朝开国皇帝。原名重八，后取名兴宗。汉族，濠州（今安徽凤阳县东）钟离太平乡人，25岁时参加郭子兴领导的红巾军反抗元朝暴政，龙凤七年（1361年）受封吴国公，十年自称吴王。元至正二十八年（1368年），在基本击破各路农民起义军和扫平元的残余势力后，于南京称帝，国号大明，年号洪武，建立了全国统一的封建政权。朱元璋统治时期被称为洪武之治。死后葬于明孝陵。

七律 南非世界杯

南非决赛战云稠，
祖笛狂潮动五洲。
强旅纷呈龙虎斗，
看台呐喊暮空悠。
家家彻夜观高足，
阵阵飞觞汇巨流。
但使刀光寰宇灭，
春风送暖永无忧。

说明：2010年6月25日，观足球南非世界杯小组赛最后一轮比赛作此诗。

注释：第十九次足球世界杯，于2010年6月11日—7月12日在南非举行。2010年6月25日小组赛结束。全球32个国家的球队参加，小组赛后有16支球队晋级为16强。球迷几乎人手一把呜呜祖拉，球场几万人同时吹奏，声震九天，动若海潮。

七律 望春

身处峰巅碧宇开，
春风千里荡情徊。
远山芳馥临空醉，
近嶂流霞任我裁。
残月横塘追晓梦，
苏堤柳岸步瑶台。
安能万水从飞渡，
相伴桃源自往来。

说明：2010年6月23日，接朋友短信，浮想联翩，和韵而作。

七律 北大中文系百年庆典

暮雪青丝聚一堂，
百年回首铸华章。
大师著述开新宇，
国粹弘扬震远方。
宝塔千秋凝秀色，
未湖世代话沧桑。
兼容承继宗风劲，
独领潮流续盛昌。

说明：2010年10月23日，回母校参加北京大学中文系建系百年庆典（应在当年三月举行，因故推迟至十月）。随着时光流逝，前辈渐行渐远，来者意气风发，长久凝视系友前行的足迹，心中有一种挥之不去的感动，故写此诗。

注释：北大中文系始建于1910年3月31日，先后培养的中外毕业生、访问学者、进修教师、研究学者等共26417人。在该系任职任教和毕业的人中，出现了一大批在国内外有重大影响的政界领袖、学界泰斗、文坛巨匠、商界精英，如林方予、章太炎、刘师培、陈独秀、胡适、鲁迅、钱玄同、刘半农、沈从文、范文澜、冯友兰、许德珩、傅斯年、陈希同、王力、吴祖缃、王瑶等，宛如瑰丽夜空，群星璀璨。以他们为代表的数代北大中文系师生，为思想启蒙、国学承传、文化进步乃至中国共产党成立、国家政治建设做出了卓越贡献。宝塔，即博雅塔，位于北大校园内东部，未名湖东南侧。为校园著名景观之一。建于1924年，高37米，共有13级，钢筋混凝土结构，内部有螺旋形梯子通塔顶。外形为辽金风格，仿照通州燃灯塔，下部为须弥座。未湖，即未名湖。北大校园内最大的人工湖，位于中北部，呈U字形，中央有湖心岛，由桥与北岸相通，湖心岛的南端有一个石舫。原为清朝时圆明园附属的和珅花园淑春园中的人工湖。宗风，即“思想自由、兼容并包”“铁肩担道义，妙手著文章”的北大传统学风。

七律 回燕园

红楼飞燕续前缘，
塔影湖山伴紫烟。
曲径穿林迷旧客，
碧园绕厦写新篇。
黛丝弹指寒霜重，
教授经年济世先。
陶铸英才匡社稷，
去留肝胆照青天。

说明：2010年10月23日，回母校北京大学参加中文系百年庆典而作。

注释：燕园，即北京大学校园，位于北京市西郊海淀镇东北部，与圆明园、颐和园毗邻。这里早在金代就是著名风景区，明清两代帝王的“赐园”。北京大学1952年迁此园后，在古典园林基础上适当改造，使校园既有北方园林的宏伟气度，又有江南山水园林的秀丽特色。

沁园春 长城

万里长城，跨越神州，嶂壑九重。望巨龙蜿曲，漫游云海；奇峰迤逦，腾跃苍穹。东倚鹏溟，西连大漠，关隘碉楼扼要冲。冰封日，任银龙起舞，惊现寰中。

千年铁血称雄，看飞弹经天胜弩弓。握远程核武，威惊列霸；神舟火箭，竞探深空。航母巡逻，誓平浊浪，经略汪洋展国风。江山固，扫全球魑魅，谁与争锋？

说明：2012年1月22日（农历2011年除夕夜），作于北京寓所。前不久游览河北金山岭长城，登顶揽胜，但见巍峨壮观、气势磅礴的长城，如巨龙腾飞于群山之巅，联想当今国际战略格局及我国周边复杂的战略形势，对被喻为钢铁长城的我军建设发展和未来充满期许，感慨万千，遂作此词。

七绝 闹元宵

满城焰火花灯醉，
小院红梅映雪松。
北国春潮关不住，
冰封千里舞银龙。

说明：农历2012年正月十五元宵节（阳历2月6日）作此诗。

七绝 赠艳梅

文化空间插旆旄，
试游商海搏惊涛。
扶摇大展凌云志，
伟业经天属尔曹。

说明：2011年2月18日，接戴云弟为女儿戴艳梅36岁生日题词，并附艳梅筹划开发“文化空间”地产项目获政府审查批准的喜讯，甚为欣喜，赋诗一首赠艳梅。

七律 牌坊村

碧水环流松柏翠，
牌坊屹立紫霞温。
力推开放铭青史，
大改腾飞壮庶根？
奋斗终生勤国势，
沉浮几度见雄魂。
垂帘听政朝纲乱，
争议千秋第一村。

说明：2011年6月8日，参观四川省广安市牌坊村有感，为庆祝中国共产党建党九十周年作此诗。

七律 故乡

青峰黛影罗湖秀，
九曲溪声枕外流。
高拱临云浮白鹭，
金波荡柳戏沙鸥。
花香田野晨烟袅，
竹泛林涛夕照柔。
极目山峦微浪涌，
蓑衣独钓胜王侯。

说明：2012年5月28日至6月1日，回四川省射洪县金家镇磨眼桥探亲而作。

七律 神九飞天

航塔巍峨镶大漠，
箭船昂首对星歌。
扶摇直上苍穹动，
奋进遨游日月挪。
舟站相连惊碧汉，
地空竞发镇妖魔。
嫦娥亘古飞天梦，
巾帼如今舞宇梭。

说明：2012年6月16日，我国在酒泉卫星发射中心，成功发射神舟九号载人飞船，18日14时20分神九与天宫一号自动对接成功。神九飞行组由指令长景海鹏，航天员刘旺、刘洋组成。18日写此诗。

注释：航塔，即航天发射塔。箭船即运载火箭与飞船。舟站相连，即神舟九号飞船与在轨的天宫一号飞行器，以自动和手控交会对接成功。巾帼，即神九航天飞行组三人中有中国首位女航天员——刘洋。

七律 蛟龙探海

沧溟万里峰涛滚，
一片朝霞碧宇穷。
西域龙宫迎远客，
巨沟马纳走蛟虫。
地球水下空间阔，
海底塬中战旆红。
亚太任凭风浪起，
五洋踏遍敢为雄！

说明：2012年6月24日9时07分，我国蛟龙号载人深潜器，在西太平洋马里亚纳海沟深潜至7020米，创造了我国载人深潜的最新纪录，标志着我国可以征服世界99.8%的海底。特别是潜航员叶聪、刘开周、杨波在深潜至7020米时，与神舟九号和天宫一号手控对接成功的航天员互致问候与祝贺，这展示了我国经略大洋与竞逐太空的意志和实力。是夜写此诗。

注释：蛟龙，即蛟龙号载人深潜器。西域龙宫即西太平洋。马纳即马里亚纳海沟，位于菲律宾东北、马里亚纳群岛附近的太平洋底，全长2550公里，为弧形，平均宽70公里，大部分水深在8000米以上。亚太，即亚洲和太平洋地区。五洋，泛指所有海洋，源于毛泽东词“敢下五洋捉鳖”。

七律 故乡抒怀

紫霞万道绕山川，
翠柏森森荡晓烟。
隔院俯观溪水碧，
出门犹见野花鲜。
竹林数鸟鸣幽径，
松涧群蜂舞玉泉。
把酒临风三百碗，
敢吟词赋笑诗仙！

说明：2012年10月31日，拜读王文玉《新居》诗引发思念故乡的情愫，遂写此诗。

注释：故乡指作者家乡四川射洪蔡河边。李白史称诗仙，因得罪权贵遭贬谪，又称谪仙。

七律 抗日保钓

冲绳海域掀狂浪，
东亚阴霾掠碧空。
抗议怒潮全国起，
齐心保钓战云隆。
扬眉亮剑驱倭寇，
守土维权震列戎。
华夏醒狮重抖擞，
经天略地万年雄！

说明：2012 年 9 月 18 日，即日本侵略中国的“九一八事变”81 周年纪念日作此诗。

注释：钓鱼岛，属中国的领土。2012 年 9 月 10 日，日本政府不顾中国的严正警告，将中国的钓鱼岛“国有化”，掀起“购岛”风波，妄图否定第二次世界大战反法西斯的胜利成果，改变第二次世界大战后的国际政治秩序，长期侵占中国的钓鱼岛。日本还在东亚地区挑起与俄罗斯争夺南千岛群岛、与韩国争夺独岛的军国主义活动。全中国人民掀起的反对日本侵占我钓鱼岛的游行示威，遍布各大中城市。中国政府的海监船、渔政船和海军舰艇及民间保钓船，在钓鱼岛海域巡航和保钓，与日本保安厅舰船、飞机形成对抗局面。

念奴娇 观上古玉藏感怀

决决华夏，看遥长历史，耀芒天地。鹭岛海滨文物馆，宏大玉藏殊丽。良渚牙璋，红山龙璧，又仰韶陶器。展厅宛曲，宝光瑰炜观止！

更有诡异三星，巨人纵目，英武尤豪气。神树扶桑高数米，强震岿然仍峙。无数铭文，几千雕绘，隐太多深智。时空穿越，畅游先古如咫！

说明：2013年4月7日，参观厦门上古文化艺术馆而作。

注释：上古玉藏，即距今6000年至3000年的中华新石器时代，涵盖夏、商、周时代的古玉收藏。鹭岛，即福建厦门岛，因常年有白鹭栖息繁衍，故有此称。良渚，即良渚文化，遗址位于浙江省余杭区良渚、瓶窑、安溪地区，距今5300年至4000年。红山，即红山文化，遗址主要分布在今河北北部、辽宁西部、内蒙古东南部大凌河与西辽河上游，面积达20万平方公里，距今约6000年至5000年，延续时间达两千年之久，是中国已知出现最早的农业文明。仰韶，即仰韶文化，是距今约7000年至5000年的中国新石器时代的一种彩陶文化。因于1921年首次在河南省三门峡市渑池县仰韶村发现而得名。主要分布于黄河中下游一带、以秦晋豫三省为核心的中原地区，以陕西大部、河南西部和山西西南的狭长地带为中心，东至河北中部，南达汉水中上游，西及甘肃洮河流域，北抵内蒙古河套地区。三星，即四川广汉三星堆文化，遗址位于四川广汉市三星堆，面积达12平方公里，距今已有5000年至3000年历史，是迄今在西南地区发现的范围最大、延续时间最长、文化内涵最丰富的古城、古国、古蜀文化遗存，昭示长江流域与黄河流域一样，同为中华文明的母体，被誉为长江文明之源。

沁园春 上古玉藏

闽越钟灵，海岳天风，亘古势雄。湖昙山陶玉，不输良渚，海之丝路，欧亚早通。朱子弘文，郑公驱虏，多少英豪镌史中。观今厦，上古藏玉展，名冠西东！

精雕绝塑堪崇，远祖智强神斧鬼工。数铭文无计，或修国史；耳长纵目，可考来踪？神树惊天，地摇不倒，技艺高超转世空。期开掘，九域添异彩，千载奇功！

说明：2013年4月8日，余应邀参观厦门市湖里区五缘湾上古文化艺术馆。该馆收藏近4000件以距今6000年至3000年的三星堆文化、红山文化、良渚文化、齐家文化玉石器为主的藏品，是亚洲乃至世界最大的古玉专题艺术博物馆，其藏品形制之高大，绝器之繁多，内涵之深广，技艺之精湛，年代之久远，文化积淀之厚重，历史价值之巨大，是史无前例的，堪称历史宝库、华夏明珠、世界瑰宝。对其进行深入系统的开掘与研究，或将对中华上古文明史的补充完善乃至填补空白及改写起到不可估量的作用。震撼之余，写此词以纪之。

注释：昙山，即福建省侯县甘蔗镇昙石山文化遗址，距今5500年至4000年，是中国东南地区最典型的新石器文化遗存之一，福建古文化的摇篮。良渚，即良渚文化。海之丝路，即海上丝绸之路，起点为泉州。朱子，即朱熹。郑公，即郑成功。神树，即四川广汉三星堆文化遗址出土文物。地摇，即2008年5月12日发生的四川汶川8.0级特大地震。

贺新郎 芦山祭

地震惊天处。又龙门、山摇谷裂，惨惶横布。墙倒房倾飞石坠，桥断河深沟阻。纵目望、呻吟恐怖。数万雄师齐调动，更陆空突进从飞渡。抢昼夜，大援助。

瓦堆残壁搜寻苦。冒余威、细探埋者，救伤医护。开路架桥通孤岛，为困民输甘露。一地难、多方同赴。岷水含悲祈英烈，看成城众志开生路。国脉在，共春舞！

说明：2013 年 4 月 20 日，四川省雅安市芦山等县发生 7 级强烈地震，军民联手实施大救援，在大灾大难面前，表现出中国人民不屈的精神、坚强的意志、无疆的大爱、顶天立地的英雄气概，书写出了抗震救灾的光辉史篇。余为之动容，遂作此词以纪之。

念奴娇 芦山地震

山崩地裂，看房塌路断，残垣斜壁。又是龙门支脉震，惨烈状惊神泣。救死扶伤，陆空并进，施展回天力。赈灾速度，敢称寰宇第一！

军队遇水修桥，逢山开路，让救援添翼。余震频频飞石滚，劲旅傲然云立。昼夜兼程，打通孤岛，挨户多寻觅。军民雄举，凯歌声荡华域！

说明：2013年4月20日，四川省雅安市芦山县发生7级强烈地震，房倒路断桥塌，人员伤亡惨重，财产损毁巨大。军队和武警部队迅速出动，不畏艰险，不怕牺牲，与民众一起实施大救援，对抢救人民生命、援助灾民生活、展开灾区重建，做出了重大贡献，谱写出了抗震救灾的壮丽凯歌，遂写词以纪之。

七律 芦山抗震

地裂山崩广厦倾，
桥斜路断痛吟横。
脱危解困施援助，
救死扶伤快出征。
大爱无疆豪气壮，
英雄舍己浩歌荣。
齐心重建开新宇，
克难兴邦世界惊！

说明：2013年4月20日8时02分，四川省雅安市芦山县发生7级强烈地震，人员伤亡和财产损毁严重，解放军、武警部队和地方人员，在第一时间赶赴芦山及周围地区抗震救灾，在道路阻塞、余震不断的情况下救死扶伤，表现出了大无畏的英雄主义气概，感动之极，遂写此诗。

七律 冯玉祥

岱岳巍峨屹朔方，
布衣戎马史留芳。
讨袁反蒋威名远，
抗日驱皇意志刚。
叱咤风云曾倒海，
追求民主敢趋光。
英雄浩气今犹在？
华夏腾飞续炜煌！

说明：2013年9月1日，是著名爱国将领冯玉祥，为参加中国人民政治协商会议筹备会，由美国取道苏联在里海因轮船失火遇难65周年祭日。余应邀为书法家庄书培先生写此诗。

注释：岱岳，即泰山。冯玉祥墓由毛泽东亲自选定建于山脚下。讨袁，即第二次护法运动，冯率部讨伐袁世凯。反蒋，即反对蒋介石攘外必先安内的不抵抗日本侵略的卖国政策。驱皇，即冯发动北京政变，软禁贿选总统曹锟，将溥仪等皇权遗贵赶出故宫。

疏帘淡月 芦芽山

雄峰岌岌，似利剑倚天，万里秋碧。巉崱千重簇拥，嶂崖悬石。壑岚漫渡青松岭，沐朝阳、霞飞横笛。佛光萦顶，凌霄揽秀，海涛云色。

忆当年、英豪气魄。踏雪原林海，杳无人迹。斜照穿藤指路，绕崖攀壁。朔风凛冽猿声尽，更岿然危巇凝立。管涔苍莽，群峦披玉，九州姝极。

说明：2013 年 9 月，攀登山西省宁武县芦芽山。这是继 2003 年 3 月在雪季攀登之后的第二次攀登此山。芦芽山主峰海拔 2739 米，奇冠华北，秀甲三晋，风光旖旎，四时迥异，故写此词。

七绝 中秋

巴山蜀府一轮秋，
织女随风伴梦游。
一别鹊桥期不绝，
相思如水向东流！

说明：2013 年 9 月 19 日，余在四川省凉山州宁南县过中秋节，夜不成寐，遂作此诗。

多丽 中秋抒怀

望云天，九州万里金秋。太阴升、峰波似海，银辉尽泻金瓯。盼团圆、离伤别恨，难倾诉、满眼情愁。宁远深山，金沙水畔，为磨长剑壮心酬。发射地、临风邀酒，歌舞笛声悠。英豪寂、寄情明月，永照江流！

溯中华、嫦娥奔月，亘古清梦幽幽。至今朝、宇航突进，竖火箭、择日飞舟。遥想蟾宫，桂花溢馥，人仙携手醉神州。访星际、跨逾银汉，凭宇宙翱游。思台岛、国家一统，傲视寰球！

说明：2013年9月19日，在四川省西昌市渡过中秋之夜，并感怀西昌卫星发射中心官兵备战探月工程发射嫦娥三号落月车，以及对祖国统一和强盛的期许，遂作此词。

注释：多丽，词牌名，又名绿头鸭。139字，前片六平韵，后片五平韵。亦有首句起平者。变格改用入声韵。太阴、蟾宫，均为月亮的别称。宁远，辖大凉山的凉山彝族自治州史属宁远府，现在四川省境内。金沙，即金沙江。飞舟，指西昌卫星发射中心实施探月工程发射的神舟飞船。一统，即中国海峡两岸统一。

五律 九天云

神马随风逝，
唯缘刻骨殷。
愁思萦醉梦，
相守可耕耘。
诗溅千秋泪，
情留百世文。
若飞知己鸟，
甘作九天云。

说明：2013年9月17日，由四川西昌至会东途中而作。

五绝 旅途

天涯孤旅苦，
壮志寄昆仑。
日出苍山远，
相思慰剑魂。

说明：2013 年 9 月 20 日，在四川省凉山州宁南县作此诗。

念奴娇 嫦娥登月

凉山腹地，看呼啸火箭，腾飞穹域。登月嫦娥轻着陆，俯视蟾宫朝日。雨海虹湾，漫巡勘测，玉兔留仙迹。神奇桂魄，首飘华夏赤色！

黄帝儿女狂欢，金樽对月，幽梦千年释。更有载人游玉镜，期与吴刚横笛。再探深空，飞经银汉，宇宙皆遨历。国兴之路，我当挥剑开辟！

说明：2013 年 12 月 2 日，中国探月工程嫦娥三号，从西昌卫星发射中心发射成功，尔后的 13 天，相继完成了环月近圆轨道飞行、近圆椭圆轨道飞行和月面软着陆，玉兔月球车开始进行为期三个月的巡视勘察，五星红旗第一次在月球展示，中国成为继美苏之后第三个登上地外天体的国家，华夏民族终于实现了登月的千年梦想。目睹盛况，心潮起伏，感慨良多，故写此词。

注释：凉山，即四川境内的大凉山，西昌卫星发射中心位于大凉山腹地。蟾宫、桂魄、玉镜，均为月球的别称。雨海虹湾，雨海是月球第二大类似海形的陆地平原，虹湾位于雨海西北角，有月岭、月溪（形状象溪而无水），是嫦娥三号着陆地。

江城子 长白山感怀

雄天雪岳峙边疆。碧霄苍，海云茫。银峰峭列，玉湖影斜阳。清祖封禅承帝运，轻百姓，可兴邦？

千车越野逐峦冈。朔风狂，雪尘扬。腾空跳跃，勇士任飞翔。数路英雄皆血战，祈福地，铸辉煌！

说明：2014年3月21日至24日，国家体育总局汽车摩托车运动中心等单位，在长白山联合主办首届全国雪地摩托越野挑战赛，并取得圆满成功，故写此词。

注释：玉湖，即冰冻的长白山天池。清祖封禅，满族以长白山为发祥地，清朝几代皇帝多次以诗文祭祀长白山。清末还批准重修神庙，供奉长白山之神，以保佑国运昌隆，帝祚永延。

满江红 长白山

雪岭云横，银峦矗、高天寒冽。临峭顶、玉峰环峙，壁如刀切。万顷冰湖藏巨浪，千秋瀑布悬凝澈。朔风劲、碧汉渡斜阳，苍山血。

霓虹动，西寨月。思寇患，仇何灭？日军吞国土，杀烧悲烈。黑水白山齐抗战，百年屈辱皆方雪。待亮剑、斩四海魑妖，东方屹！

说明：2014年1月13日至16日，应好友高晓飞之邀，游览了吉林省长白山。余从西坡乘雪地摩托，经陡峭崎岖的雪路登上海拔2691米的顶峰，在零下45摄氏度采风摄影达一个半小时。正是：雪峰拥列，冰封天池；朔风凛冽，蓝天虹霓；斜阳漫渡，群山旖旎；神州绝景，天下难觅；是夜无眠，追今抚昔；冀强国防，震慑外敌；固我江山，永保崛起！登山感怀，遂作此词。

七律 济南感怀

泉城别后又凭栏，
四月明湖柳絮欢。
头枕黄河寻旧梦，
心随旭日辅新銮。
鲲鹏不失千重志，
枥骥常思万里鞍。
但使雄风今抖擞，
醒狮一吼五洲安。

说明：2015年4月7日至9日，率总后工作组到济南战区调研有感写此诗。

七律 回成都

红墙绿柳少城烟，
花重春深浣水弦。
锦里浮雕寻汉韵，
金沙古址识商川。
千秋诗圣祠堂秀，
三国遗风蜀府绵。
铸造雄师今又是，
枕戈待旦逐流年。

说明：2015 年 4 月 9 日至 20 日，率总后工作组在成都战区调研作此诗。

注释：少城，又称满城。位于成都城区西部，是清政府平定三藩之乱后，为八旗兵及其家属专门修建的城中城。由于处在战国秦张仪修建的少城遗址上，故人称少城。这里代指成都。锦里，是四川省成都市的一条古商业街，位于成都武侯祠大街中段。相传曾是西蜀最古老、最具商业气息的街道之一，早在秦汉、三国时期便闻名全国。是体验三国文化与成都民俗的魅力街区。金沙古址，即位于成都市城西苏坡乡金沙村的一处商周时代遗址，是公元前 12 世纪至公元前 7 世纪长江上游古代文明中心——古蜀王国的都邑，展示了神秘的古蜀文化和独特的青铜文明。祠堂，即成都杜工部祠，通称杜甫草堂。三国遗迹遍布四川，成都武侯祠与汉昭烈庙及惠陵，是中国唯一的一座纪念诸葛亮、刘备及蜀汉英雄的君臣合祀祠庙，也是在全国影响最大的三国遗迹博物馆。

贺新郎 西藏抒怀

重上高原路。驾银鹰、扶摇正举，碧天飞渡。青藏千峰从头越，云海茫茫漫步。眺玉宇、朝霞初露。雅鲁蜿蜒穿深峡，更珠峰万丈临天府。望雪域，触星布！

雄师进藏春风驻。看农奴、砸开枷锁，与兵同舞。脚踏边关褒将士，奉献牺牲无数。哨所里、相思难付。卧雪爬冰催战马，敢擎旗亮剑驱狼虎。铸铁壁，固疆土！

说明：2015年4月11日至13日，率总后工作组在西藏军区（第4次进藏）调研，并到中印边界海拔4545米的乃堆拉哨所和海拔4900米的塔克逊哨所视察，被边防官兵艰苦奋斗、为国奉献的精神深深感动，故写此词以纪之。

七律 屈原

汨罗江水日萧萧，
正则三闾自古骄。
治国雄才空抱负，
满腔热血叹飘摇。
一生求索中兴路，
九死甘呈醒悟飙。
浪漫楚辞歌不绝，
镌铭青史领风骚。

说明：2015年6月20日，为农历五月初五端午节，为纪念伟大的政治家、爱国主义诗人屈原，在去成都的列车上作此诗。

注释：屈原，公元前340年诞生于秭归三闾乡乐平里（今湖北宜昌市秭归县）。原姓芈，名平，字原，通常称为屈原，又自云名正则，号灵均，楚武王熊通之子屈瑕的后代。早年受楚怀王信任，任左徒、三闾大夫，常与怀王商议国事，参与法律的制定，主张章明法度，举贤任能，改革政治，联齐抗秦，提倡美政。后遭楚怀王排挤，怀王死后又因顷襄王听信谗言而被流放。公元前278年，秦将白起一举攻破楚国首都郢都，屈原政治理想破灭，只得以死明志，于同年五月怀恨投汨罗江而死。屈原是中国最早的伟大浪漫主义诗人，楚辞文体的创立者，世界文化名人。五月五日端午节又名诗人节。

七律 蒋湾夜色

荷塘夕照荡霞光，
花影徐摇透暗香。
漫步栈桥湖水碧，
遥观霓幻楚天苍。
金樽美女邀明月，
赤子丹心话国殇。
老骥仍怀千里志，
奋蹄新路续诗章！

说明：2015年6月27日，东风扬子江(湖北)客车公司在武汉市蒋湾夜宴国泰蓝天朋友有感作此诗。

七律 习马握手

台海风云数十秋，
狮城握手泯恩仇。
一中聚力江山固，
两岸齐心福祉遒。
穿越时空开广宇，
传承文化壮金瓯。
但期大统潮平阔，
华夏腾飞梦可酬！

说明：2015 年 11 月 7 日，习近平与马英九分别以海峡两岸领导人身份、并互称先生，在新加坡香格里拉饭店，举行自 1949 年来的首次历史性会面，就巩固两岸共同政治基础，坚决反对“台独”，加强各领域交流与合作，推进两岸关系和平发展交换意见。这是两岸政治交往的一个新高度，是两岸关系发展的又一个重要里程碑。余对这一“世纪之握”感慨良多，遂写此诗以纪之。

水龙吟 胜利日阅兵

首都千里金秋，旌旗猎猎浮云碧。铁流闪耀，三军劲旅，雄风撼敌。北斗经天，战机遨啸，神舟添翼。更远程核武，国威突显，睡狮醒，东方立！

遥想当年倭贼，寇蹄残、血淹瓯壁。全民奋起，牺牲悲壮，炳彪勋迹。二战余烟，阴霾再起，世人皆惕。看重磨利剑，风鹏展翅，扫平寰逆！

说明：2015年9月3日，为庆祝中国人民抗日战争暨世界反法西斯战争胜利七十周年，国家在北京天安门举行盛大阅兵，感慨良多，遂写此词以纪之。

七律 公祭轩辕黄帝

桥山翠霭雨朦胧，
万众轩台祭祖功。
渔猎农桑传圣火，
启开文脉耀星空。
炳彪勋绩千秋史，
延续炎黄永世风。
两岸同根齐筑梦，
中华崛起震西东。

说明：2016年4月4日清明节，中央国家机关、陕西省和海峡两岸两万多同胞，在陕西省黄陵县桥山黄帝陵，举行公祭我中华人文始祖轩辕黄帝盛典，余写此诗以纪之。

沁园春 毛泽东祭

寰宇魁星，陨落神州，四海恸悲。昔戎机方略，聚歼强敌，运筹帷幄，樯橹烟飞。立国唯民，迅趋崛起，傲屹东方显国威。谁堪比，千古无其右，日月同辉。

导师驾鹤西归。又万里悲风动翠微。有阴霾暗涌，去毛灭史，殊勋伟杰，岂让人诽？漫道雄关，从头再越，华夏腾飞梦可期。国魂在，更苍黎觉醒，扫尽妖魑！

说明：2016年9月9日，是中国共产党、中国人民解放军、中华人民共和国的主要缔造者和领导人，伟大的马克思主义者，无产阶级革命家、战略家、理论家、政治家、军事家、书法家和诗人，马克思主义中国化的伟大开拓者，近代以来中国伟大的爱国者和民族英雄毛泽东同志逝世四十周年，余写此词以悼之。

七律 天宫二号发射成功

平沙千里月浮空，
火箭腾飞向碧穹。
烈焰呼风寒夜亮，
啸声动地紫烟红。
遨游高轨巡天际，
访问星河眺桂宫。
舞袖嫦娥迎远客，
吴刚置酒慰英雄。

说明：2016年9月15日，正值农历八月十五中秋佳节，我国在酒泉卫星发射中心将天宫二号成功送入太空，余写此诗以纪之。

七律 重回太谷

朝发京城动铁飞，
太行一掠卷芳菲。
经年战友含秋泪，
往日青丝染夕辉。
重见营楼旌旆舞，
又闻军号碧空违。
丹心卫国谁无死，
万里征鞍仗剑归。

说明：2017 年 4 月 21 日至 23 日，原陆军第 63 集团军 187 师炮兵团首长司令部战友，在山西太谷集会写此诗。

七律 军营抒怀

绿树营楼隐碧空，
旌旗云影荡桃红。
刺刀凝雪军魂在，
勇士飞檐胆气雄。
征战沙场铭史册，
抗衡灾害建奇功。
重燃一片青春梦，
铸剑扬帆镇远戎。

说明：2017年4月22日，参观原陆军第63集团军187师炮兵团营区写此诗。

注释：远戎，这里特指对我国安全构成威胁的敌国或潜在对手。

念奴娇 朱日和阅兵

苍茫大漠，望云横万里，高天流碧。铁甲飙风旌旆奋，核武依天长戟。银翼飞旋，隐形利剑，来去无踪迹。醒狮劲旅，扫千军若卷席。

昔日大汗挥戈，荡平欧亚，塞北留残镝。再造雄师今又是，铸就铁墙铜壁。一寸河山，虎狼敢犯，我自横刀劈。沙场鸣角，一声威镇强敌。

说明：2017年7月30日，我国在内蒙古朱日和基地举行庆祝中国人民解放军建军90周年盛大阅兵式，写此词以纪之。

注释：朱日和基地位于内蒙古锡林郭勒盟苏尼特右旗境内，占地面积1066平方公里，是亚洲最大的军事训练基地。有1.2万官兵、571台地面兵器、129架战机受阅。这是新中国成立后我军首次以庆祝建军节为主题的盛大阅兵，受阅官兵列队沙场，以战斗姿态接受习近平检阅。这也是成吉思汗扬鞭挥戈，横扫欧亚的古战场。

满江红 忆乃堆拉哨所

雪域边关，峰巇峭、倚天绝立。冰路险、甲鳞飞舞，漫崖凇白。哨所凌空斜照醉，堑壕迤逦流云迫。望将士、枪刺闪寒光，英雄魄。

今洞朗，烽火急。狼虎进，何时劈？溯堆关历战，印军丢戟。先礼后兵藏霹雳，扫除贼寇全无敌。闻鼓角、收复我山河，旌旗熠。

说明：从1992年至2015年的24年间，余4次陪总部首长或带工作组到西藏军区亚东边防乃堆拉哨所视察，在建军90周年之际，写此词以纪之。

注释：乃堆拉山口位于西藏亚东县下亚东乡与锡金（被印度占领）交界处，海拔4545米，距锡金首府甘托克24公里，是丝绸之路南线的主要通道和中印陆路主要贸易口岸。在1967年的洞朗乃堆拉战役中，我军歼灭入侵印军800余人。

念奴娇 十九大抒怀

清秋万里，看燕都披彩，精英云集。回溯几年风雨路，惩腐动人心魄。北斗巡天，蛟龙探海，高铁穿西国。五洲独步，这边唯有春色。

再绘筑梦宏图，初心不改，共富凝新力。科技腾飞鹏正举，登月访星辉煜。创造超强，智能惊艳，重塑金瓯壁。台湾归统，百年飙起无敌！

说明：2017 年 10 月 18 日至 24 日，中国共产党第十九次代表大会在北京召开并取得圆满成功，写此词以纪之。

七律 燕园抒怀

摇落霜风一树秋，
名湖塔影柳丝柔。
小桥曲径寻幽梦，
绿水残荷戏白鸥。
夕照红楼含泪聚，
经年皓首壮心酬。
斯文在此承千古，
拾取青春为国猷。

说明：2017 年 11 月 4 日，重返母校参加北京大学中文系同学聚会写此诗。

水调歌头 重回燕园

黉府觅幽梦，重聚踏湖光。金风摇落云影，博塔挽斜阳。枫岛鸥迎旧客，岸柳低吟古韵，石舫话轻狂。鬓白识归路，相拥诉衷肠。

承太学，开新制，历沧桑。大师辈出，兼容并蓄续华章。陶铸英才无数，更有鲲鹏翘楚，翻覆九州慷。剑胆诗风醉，翰墨写辉煌！

说明：2017年11月4日，返回母校北京大学中文系参加同学聚会，写此词以纪之。

注释：北京大学创办于1898年，初名京师大学堂，是中国近代第一所国立综合性大学，是中国著名高等学府。北大校本部位于北京海淀的燕园，占地面积2925亩，北与圆明园相邻，西与颐和园相望，为明清两代著名皇家园林。北大大师辈出，人才荟萃，是中国新文化运动的发源地，是中国最早研究与传播马克思主义的中心，对中国共产党的建立、民族振兴、社会进步和国家现代化建设，做出了重大贡献。

满江红 南京死难祭

国破城摧，倭贼寇、杀烧惨绝。三十万、血流郊野，紫金悲切。日月失光江水泣，五洲震怒飙风烈。齐抗战，还我旧山河，仇方雪。

长笛响，华域彻。人肃立，怀先烈。唤同心勠力，举鹏从越。火箭腾飞惊宇宙，智能突进传佳捷。铸长剑、斩尽世间魑，东方屹！

说明：2017 年 12 月 13 日，是日军屠杀南京 30 万同胞惨案发生 80 周年，国家领导人出席在南京举行的有两万多人参加的国家公祭仪式，宣示中国人民铭记历史、缅怀先烈、珍爱和平、开创未来的坚定立场，庄严表达走和平发展道路、共创人类美好未来的崇高愿望。故写此词以纪之。

七绝 逐梦

横塘路漫现晨曦，
撩发春心问有期？
花烛犹如前世见，
红尘逐梦紧相依！

说明：2018 年 11 月 10 日，兄弟杨晓辉与冯世勤女士喜结连理，赋七绝一首贺之。

永遇乐 国庆阅兵

千里清秋，首都旌猎，雄旅征鼓。剑舞长空，兵锋阵列，倒海神州路。旋风战甲，无人智燕，更有屠妖精武。看长龙、东风核弹，势堪盖世翘楚！

遥思立国，坚驱狼虎，赢得声威昭著。两弹惊天，一星巡宇，困境磨雷斧。纵观寰宇，星条旗下，几撮魅魑吐雾。谁能敌、初心众志，复兴耀古！

说明：2019年10月1日，中央人民政府为庆祝中华人民共和国成立70周年，在北京天安门举行盛大阅兵，有59个方（梯）队、1.5万名解放军和武警官兵、160余架飞机、580余件（套）武器装备，接受了党和人民的检阅。其中，有四成新武备是首次公开亮相，包括智能宏剑无人机，可绝杀航母战斗群的东风100中程导弹，可躲避导弹防御系统的东风17高超音速导弹，可覆盖全球的东风41战略核导弹等撒手锏武器。这充分彰显了我国强大的经济实力、科技实力和国防实力，也充分表明任何外部势力，都不可能动摇中国的国际地位，都不可能阻挡中国人民前进的步伐！阅兵观后，感触颇深，遂写此词以纪之。

水龙吟 国庆游行

蓟都漫卷金风，碧空摇落秋光赋。城楼俯阅，广场旌海，长街堪渡。方阵霞飞，彩车迤逦，青春旋舞。看英雄挥泪，元勋入列，工农醉，奔新路！

遥想当年开宇，屹东方、赫然千古。智胜两霸，突围封锁，立威西顾。领袖重回，万人簇拥，民心凝聚。正春天又是，扶摇万里，大鹏高举！

说明：2019年10月1日，中央人民政府为庆祝中华人民共和国成立70周年，在北京天安门举行盛大群众游行。有36个方阵、70辆彩车、数百名英模人物和开国元勋后人高举开国元勋画像、10万各界群众载歌载舞，特别是中央最高领导集体瞻仰毛主席遗容，群众游行高举毛主席巨幅画像和“坚持毛泽东思想”的标语，赢得了广泛的赞誉，这必将凝聚国人众志成城，走向伟大的复兴！游行一展新风，令人深有感触，故写此词以纪之。

齐天乐 国庆晚会

广场人海城楼熠，煌煌焰花云迹。巨旆迎风，华灯望月，腰鼓歌潮频袭。千琴谐律。看龙舞凌霄，醒狮惊魄。漫步轻歌，岁河经典溢春色。

长空又书七秩，昊庐倾雨火，天地辉煜。盛世繁花，高飞彩蝶，烟树青山水碧。流光影奕。展古韵余音，幻形新格。筑梦当期，泪奔同庆国！

说明：2019 年 10 月 1 日夜，北京市政府为庆祝中华人民共和国成立 70 周年，在天安门广场举行盛大联欢活动。焰火缤纷，歌舞如潮。有 6 万群众和千人乐团参与演出，42 首经典歌曲连唱，充分表达了人民群众对新中国取得巨大成就的无比赞赏，以及对未来发展充满信心的喜悦情怀。观后难掩激动，故写此词以纪之。

念奴娇 生日抒怀

登楼远眺，见千里岭右，昊天流碧。突兀峰林平地矗，伴映青溪云白。稻菽金黄，翠筠盈岸，似在桃源国。夕阳烟袅，断鸿声渺横笛。

桐叶摇落秋光，韶华易逝，转眼浮生迫。筑梦一生勤铸剑，万里边关留迹。李广难封，弓刀不老，壮志凝心魄。独觞邀月，醉笑千古词客！

说明：2019年11月，在广西壮族自治区崇左市大新县明仕田园风景区小住，时逢生日，感慨良多，写此词以纪之。

沁园春 抗疫

大疫横行，楚地悲咽，举国宅庭。望通衢阻断，龟蛇萧瑟，长街空寂，都市封城。病魔猖狂，医床紧缺，突发灾星世界惊。三军动，更八方天使，扶厦将倾。

驰援号角连营，看医圣南山又出征。幸白衣雄旅，悬壶勠力；九州共赴，克魅披荆。风月同天，友邦携手，齐扫山川毒雾清。须铭记，与自然谐处，国泰民宁。

说明：2020年春，新型冠状病毒肺炎在湖北流行。尔后，逐步蔓延至全国。我国高层迅疾调动陆海空三军和武警与各省市医疗队，以及紧急部署突出生产和调运各种医疗装备物资，重点驰援武汉和对口支援湖北各地，展开了一场全民参与的抗疫阻击战，快速遏制了疫情蔓延势头，并最终取得了抗疫伟大胜利！余感慨良多，遂写此词以纪之。

念奴娇 三军抗疫感怀

毒魔肆虐，听荆天千里，悲风狂袭。汉水喑呜春梦断，雾锁江城空寂。医动精兵，驰援孤岛，会战擒凶敌。军旗扬处，展开生死阻击。

战地哪有硝烟？白衣格斗，更显英雄魄。独辟火神扶既倒，再造军魂红色。远眺西隅，阴云骤起，绞杀求奇匿。演防生化，剑锋重铸强国！

说明：2020 年春，荆楚大疫，冠毒横行。三军医疗精锐，临危火速驰援，展开武汉会战，实施生死阻击，军民携手共赴，逐步控制疫情，谱写出了一曲新时代铁血军旅的英雄赞歌！余心中几多感慨，遂写此词以纪之。

水龙吟 白衣天使

江南摇落春晖，柳眉初发仍寒彻。瘟魔突降，楚天悲泣，夜惊龙阙。举国施援，白衣数万，逆行飞越。莫问谁家子，请缨慷慨，誓除魅，心如铁。

更看征袍襄叠，影穿梭、倦身难歇。夫妻同赴，战场挥泪，死离生别。义胆悬壶，柔肠妙手，一腔情血。待旋归日丽，回眸国难，重书英杰！

说明：2020年春，湖北新型冠状病毒肺炎流行。中央先后急调国家医学专家、三军和各省市医疗队四万余人，火速星夜驰援，展开生死阻击会战。经过血与火的断杀，取得了抗疫的初步胜利。白衣天使不计功名，无论生死，英勇救护，感人至深，余写此词以纪之。

七律 庚子元宵

窗寒云暗疫惊风，
趋令深居似入笼。
雾锁江城衢路断，
旗开荆楚命关通。
三军剑客追凶寇，
四海援兵拯唳鸿。
更待春回黄鹤舞，
飞觞醉月挽雕弓。

说明：2020年元宵节，正值荆楚大地新冠疫情流行之际。为防止疫情蔓延，国家整体动员，急调三军和各省市医疗精锐和物资设备，驰援湖北，并实施全民抗疫，有效控制了疫情蔓延势头。节日禁足，感慨颇多，故写此诗。

水龙吟 中国共产党百年华诞庆典

首都千里赢风，广场人海旌旗猎。红歌激荡，炮鸣百响，声萦云阙。党旆经天，战机翱啸，彩烟长列。更城楼宣示，掌潮雷动，九州奋，妖魑慑！

回溯百年伟业，哭英雄，山河殷血。初心凝聚，斩荆夺隘，史翻新页。经济腾飞，手持利剑，醒狮东屹。看溟鹏再举，江山重塑，世惊超越！

说明：2021年7月1日，中国共产党成立一百周年庆典在北京天安门广场隆重举行。在盛大庆典仪式上，有来自全国的各界代表7万余人；71架战机飞越天安门上空，其中5架直升机分别悬挂党旗和红色标语迎风向前，直升机和战斗机分别组成“100”“71”字样掠过长空，15架歼-20战机组成3个梯队呼啸而过，教练机拉出10道长长的彩烟；100响礼炮响彻云霄；各民主党派代表及千人共青团和少先队代表致辞。中共中央总书记习近平发表讲话。回首百年，中国共产党向人民交了一份优秀答卷。筚路蓝缕创伟业，初心不改再启航。展望未来，中国共产党团结带领全国各族人民，在第二个百年全面建成社会主义现代化强国的奋斗目标一定能够实现！观看庆典之余，心生无限感慨，遂写此词以纪之。

刘登荣诗词集

域外风情篇

水龙吟 克里姆林宫

克宫屹立冈峦，流云绕宇依星汉。教堂密布，凌霄金顶，霞光弥幻。红色钟楼，巨型阁塔，扶摇云断。任时光飞逝，朱颜未改，江山易，旌旗换。

更有红场伟岸，阔而深、碧天幽远。阅台高耸，塔亭环列，浮雕迷乱。德寇临城，毅然检阅，赴前参战。看狂飙卷席，穷追千里，陆欧横贯！

说明：2013年6月20日至21日游览俄罗斯首都莫斯科，参观克里姆林宫作此词。

注释：克里姆林宫，曾是历代沙皇的宫殿、莫斯科最古老的建筑群。坐落在涅格林纳河和莫斯科河汇合处的鲍罗维茨丘陵上。南临莫斯科河，西北依亚历山德罗夫花园，东南界红场，始建于1156年，宫墙周长2.5公里。中央教堂广场上建有圣母升天教堂、天使教堂、报喜教堂、伊凡大帝钟楼和多棱宫等。还建有政府大厦和克里姆林宫大厦。宫墙四周有塔楼20座。宫内有斯巴达克、尼古拉、特罗伊茨克、保罗维茨、沃多夫兹沃德等宏伟的塔楼。1937年，在塔楼上装置五角红宝石星。红场，位于莫斯科市中心的著名广场，总面积9万多平方米，呈不规则长方形，南北长，东西窄。列宁陵墓位于红场靠宫墙一面的中部。墓上为检阅台，两旁为观礼台。西南与克里姆林宫相毗连，东面是国家百货商场，其隔壁有国家历史博物馆。1917年十月革命胜利后，莫斯科成为首都，红场是举行重大庆祝活动、集会和阅兵的地方。检阅，指1941年11月7日（十月革命纪念日），红场举行的声势浩大的阅兵式。数十万红军官兵雄赳赳、气昂昂地走过主席台，接受斯大林等苏联党政领导人的检阅。之后，直接奔赴西部前线抗击法西斯德国军队的入侵。陆欧，指欧洲大陆。

七律 二战胜利纪念碑

长剑依天入碧霄，
世人驻足拜英雕。
馆藏二战风云史，
画展多年血火潮。
众志反攻驱敌寇，
雄师勇猛捣巢寮。
忠魂浩气昭明月，
何日寰球灭逆飚？

说明：2013 年 6 月 20 日，游览莫斯科卫国战争胜利广场作此诗。

注释：“二战”胜利纪念碑，位于占地 135 公顷的莫斯科“二战”胜利广场，于 1995 年 5 月 9 日竣工开放。纪念碑高 141.8 米，这个数字象征卫国战争进行了 1418 天。纪念碑由铸铁制成，外形为三棱状的刺刀，直刺蓝天。巢寮，指德国法西斯的老巢柏林。

七律 乌戈里奇

滨水林中殿入霄，
红窗蓝顶紫云飘。
诗班音韵如天籁，
壁画沧桑话往朝。
边地小村王事隐，
古风建筑景观娇。
迎宾曲调随波荡，
汽笛穿空两岸潮。

说明：2013年6月22日，乘“徜徉伏尔加、陶醉俄罗斯”游轮，抵达并游览乌戈里奇作此诗。

注释：乌戈里奇，位于伏尔加河上游的右岸，有大量17世纪至18世纪的教堂、宫殿、小木屋等古建筑群，是最富俄罗斯古老民族风情的小镇之一。红窗蓝顶，指德米特里教堂。其红色代表鲜血（1591年，8岁的王子德米特里被暗杀），蓝色代表天堂。神秘事，指德米特里王子被暗杀，王室认定死为意外。这是俄罗斯历史上最有戏剧性的事件之一。

七律 格里茨

尖塔凌云道院巍，
高墙拱卫宇亭晖。
皇权争夺留官史，
边地流传隐血闱。
农舍荡千光影动，
山花遮路雁鸥归。
白湖万顷连天碧，
跳水姑娘浪里飞。

说明：2013 年 6 月 23 日，游览俄罗斯格里茨写此诗。

注释：格里茨，舍科斯河岸一个风景如画的码头。又名戈里茨。格里茨的圣基里尔修道院，高高的城墙厚达 7 米，围绕一周约 2 公里，建于 1397 年。16 世纪时，在皇权争夺中，沙皇伊凡雷帝将自己的婶婶（婶婶想让自己的儿子当沙皇）软禁在这偏远的小村庄修道院，最后又将她沉入修道院外的白湖中。

七律 基日岛

奥湖浩渺暮云驰，
基岛林花醉路痴。
古木教堂成梦幻，
顶鳞工艺更珍奇。
鸟鸣草地风车转，
霞绕钟楼夕照移。
野渡渔舟浮碧水，
游人何不起相思？

说明：2013年6月24日，游览俄罗斯卡累利阿共和国奥涅加湖基日岛作此诗。

注释：基日岛，为奥涅加湖中一长6公里、宽1公里的狭长小岛。其以木制建筑群，尤其是木制乡村教堂著称于世，为联合国自然文化遗产。奥湖，即奥涅加湖，欧洲第二大湖。位于俄罗斯欧洲部分西北部，大部在卡累利阿自治共和国，南部在俄罗斯联邦列宁格勒州和沃洛格达州境内。属冰川构造湖。湖盆从西北向东南延伸250公里，最宽处91.6公里，面积9700平方公里。湖面海拔33米。湖盆南浅北深，平均水深30米，最大深度120米，水体积292立方公里。湖岛1369个。该湖的水量来自58条河流。以开凿的水道与白海－波罗的海运河、伏尔加－波罗的海运河相连，具有重要航运价值。湖岸有彼得罗扎沃茨克、孔多波加、梅德韦日耶戈尔斯克等城市。古木教堂，为1714年建造的木制主显容大教堂，高37米，有22个洋葱头形状的穹顶叠摞在一起，下宽上尖，气势雄伟。

七律 曼德罗基岛

斯水环流映碧天，
尖亭高矗绕云烟。
木楼迤逦桦林缀，
雕绘斑斓绿野镌。
一串风车迎丽日，
数排小屋舞霞旃。
扁舟泛影情人醉，
曼岛秋光惹赋笺！

说明：2013 年 6 月 25 日，乘“徜徉伏尔加、陶醉俄罗斯”之旅的游轮，抵达并游览了斯维里河上的曼德罗基岛写此诗。

注释：斯水，即斯维里河。曼岛，即曼德罗基岛，位于斯维里河畔，岛上由一个小村庄发展成为俄罗斯大型民间艺术风情园，建筑有古老木屋及仿古木楼，有以木头雕刻艺术为主的民间手工艺展示。房屋及手工艺术品充分体现了俄罗斯民间艺术风格。

念奴娇 冬宫

广场巨柱，傲长空万里，揽留云色。廊柱巍然承殿塔，凌汉一帘秋碧。宝石装潢，塑雕百态，名画融金壁。琼楼宸宇，数珍藏世难觅。

遥想历代沙皇，威加四海，任恣行奢逸。听涅河艨艟怒吼，宫顶红旗扬熠。斗转星移，世时剧变，看乱云风急。江山谁宰，为民天下横立？

说明：2013年6月26日，游览俄罗斯圣彼得堡冬宫作此词。

注释：冬宫坐落在圣彼得堡宫殿广场上，原为俄国沙皇的皇宫，十月革命后辟为圣彼得堡国立艾尔米塔奇博物馆的一部分。冬宫是18世纪中叶俄国巴洛克式建筑艺术最伟大的纪念物。浅蓝色的外墙和白色古典的圆柱，使其成为圣彼得堡最优雅的建筑物。宫内有世界著名的赫米提巨博物馆，长达20公里的艺廊收藏有数千件艺术作品。宫殿四周有两排柱廊，气势雄伟。这里以各色大理石、孔雀石、石青石、斑石、碧玉镶嵌，以包金、镀铜装潢，以各种质地的雕塑、壁画、绣帷装饰，色彩缤纷，气派堂皇。冬宫广场中间竖立着巨大的亚历山大圆柱，以此来纪念俄国抗击拿破仑的胜利。

高阳台 皇村

崔伟离宫，浮雕巨柱，教堂高耸云头。彩绘连墙，鎏金壁塑盈楼。天然琥珀装潢室，艺术精、世界难求。猛回身、金色门厅，一线穿镏。

蓝湖鹭影依亭树，小桥飞曲水，绿野清幽。人像长廊，名雕书写春秋。皇村王气今何在？挽斜阳、逝水悠悠。但希金、不朽诗歌，千古风流！

说明： 2013年6月27日，游览俄罗斯圣彼得堡皇村作此词。

注释： 皇村，位于圣彼得堡南24公里处。彼得大帝将此地赠予妻子叶卡婕琳娜。1725年后，成为沙皇的最大离宫之一。1728年起始称皇村。1937年为纪念普希金逝世100周年，又改名为普希金市。离宫，即叶卡婕琳娜宫，于1756年建成，建筑具有巴洛克风格。琥珀室，在叶卡婕琳娜宫中用天然琥珀装饰墙壁的稀世宝屋。第二次世界大战时被德军掠走琥珀艺术品，至今下落不明。2003年重新修复开放。人像长廊，即俄罗斯著名建筑师喀麦隆设计建造的长廊，上台阶两侧及长廊四周布满名人雕塑，技艺精湛。希金，即普希金（1799—1837），1811年入亚历山大沙皇建立的皇村贵族中学学习，他有十几首诗赞美皇村、皇村学校及同学友谊。皇村学校被誉为俄罗斯诗人和文学家的摇篮。而普希金被誉为俄罗斯诗歌的太阳。

永遇乐 夏宫

滨海皇宫，巍峨华丽，稀世雄伟。塔顶依天，平湖缀地，影动云霞蔚。镀金穹宇，如生壁塑，无数画藏名绘。看花园、蓝红粉紫，岛林万顷流翠。

喷泉遍布，犹狮张口，水柱冲天而坠。栉比金身，光芒迷幻，斜照情人醉。眺芬兰港，长空落日，鸥鹭迎帆戏水。可知否，威风彼得，拓疆筑垒？

说明：2013年6月28日，游览俄罗斯圣彼得堡夏宫作此词。

注释：夏宫又称彼得宫，是彼得大帝一世休息的行宫，由其亲自设计，于1714年建造。地处波罗的海芬兰湾南岸岛上，风光旖旎。距圣彼得堡市区29公里，分为“上花园”和“下花园”，有“俄罗斯的凡尔赛”之称。上花园宫殿内，墙壁金碧辉煌，天花板上有巨幅古典壁画，房间极其华丽，充分展示了俄罗斯艺术和文化内涵。下花园有200多个喷泉、2000多个喷水柱，“象棋山”和“金山”两个梯级瀑布最为著名，其中高达20米的大瀑布喷泉，激越的泉水从被大力士粗壮的双手掰开的狮子口中喷涌而出，泉水沿着夏宫花园流向芬兰湾。该地连同整个圣彼得堡地区，均是其从瑞典夺取。

满庭芳 圣彼得堡

宫殿巍峨，教堂林立，水天空阔云横。巨雕高矗，神韵世人倾。骑士威风立马，扩疆土，临海都城。巡洋舰，炮轰帝厦，十月五洲惊！

长河波影动，斜阳满艉，皓月风清。忆围困三年，惨烈牺牲。众志岿然不倒，驱敌寇，千古英名。观天际，乌云翻涌，寰宇岂安宁？

说明：2013年6月26日至30日，游览俄罗斯圣彼得堡市写此词。

注释：圣彼得堡，旧称列宁格勒和彼得格勒，位于俄罗斯西北部，波罗的海沿岸，涅瓦河口。列宁格勒州的首府，俄罗斯第二大城市，全俄重要的水陆交通枢纽。又称俄罗斯的“北方首都”。是俄罗斯通往欧洲的窗口，也是一座科学技术和工业高度发展的国际化城市。骑士，叶卡婕琳娜二世为纪念彼得大帝一世，在“十二月党人广场”建立的彼得大帝骑马的塑像，被俄罗斯著名诗人普希金称为“青铜骑士”。这里指彼得大帝。十月，指列宁在1917年领导的十月革命。长河，即涅瓦河。围困，指第二次世界大战中德国法西斯军队围困列宁格勒长达900多天，饿死战死的俄罗斯军民达50多万人。

汉宫春 游俄罗斯

宫殿巍崇，巨塔凌浩宇，金碧辉煌。红场雄伟，检阅回荡荣光。崔嵬拱顶，教堂尖、钟韵悠长。文化盛、名师辈出，千秋世界传扬。

纵揽伏河仙境，彩云依碧水，两岸芬芳。森林草原广阔，绿野红房。犹惊日落，海鸥飞，天浪金黄。临午夜、金樽对月，杯中一抹朝阳！

说明：2013年6月20日至30日，乘康斯坦丁克罗特科夫号邮轮，完成“徜徉伏尔加、陶醉俄罗斯”之旅，感慨颇多，遂写此词。

注释：俄罗斯，位于欧亚大陆北部，地跨欧亚两大洲，国土面积为1707.54万平方公里，是世界上面积最大的国家。罗斯人的祖先为东斯拉夫人罗斯部族。公元15世纪末，大公伊凡三世建立了莫斯科大公国。1547年伊凡四世自称沙皇，建立沙皇俄国，并在1721年由彼得一世改称俄罗斯帝国，对外走上了侵略扩张的道路，曾吞并欧亚多个国家，领土不断扩张。19世纪通过不平等条约割占中国北方库页岛、海参崴等150多万平方公里领土，“二战”时期促使外蒙古从中国独立，导致中国再度失去173万平方公里领土，给中华民族造成了巨大伤害。1917年十月革命后建立了苏维埃政权。1922年12月，苏维埃社会主义共和国联盟正式成立。“冷战”期间成为与美国并驾齐驱的“超级大国”。1991年12月25日苏联解体后，最大加盟国俄罗斯正式独立，继承了苏联的大部分军事力量，综合军事实力居世界第二，拥有世上最大的核武器库。在“一超多强”的国际体系中，俄罗斯是有较大影响力的强国，其军工实力雄厚，特别是航空航天技术，居世界前列。俄罗斯还是联合国安全理事会五大常任理事国之一，对安理会议案拥有一票否决权。朝阳，即北极特有的无黑夜天象，北纬60度以内可见。圣彼得堡为北纬58度多，在6月至7月时段，均可看到极昼现象。

七律 飞澳大利亚

燕山暮色月轮熙，
云海星辰浩宇驰。
银汉千重迎远客，
南洋万里若门篱。
漂移大陆秋光秀，
神秘风情世界奇。
穿越时空寻土著，
丛林圣火绽新姿。

说明：2015 年 1 月 18 日，从北京经广州飞赴澳大利亚布里斯班市，开始和朋友在澳大利亚和新西兰一个多月的自驾游。难忘历程，以诗纪之。

注释：澳大利亚属大洋洲，简称澳洲。在南太平洋和印度洋之间，四面环海，是世界上唯一一个独占一个大陆的国家。其东部隔塔斯曼海与新西兰相望，东北隔珊瑚海与巴布亚新几内亚和所罗门群岛相望，北部隔阿拉伯弗拉海和帝汶海与印度尼西亚和东帝汶相望。其领土面积 7692024 平方公里，总人口 2544 万（2019 年 7 月）。原为澳大利亚土著居住。17 世纪，西班牙、葡萄牙和荷兰殖民者先后抵此。1788 年沦为英国殖民地，1901 年组成澳大利亚联邦，成为英国的自治领地。1931 年成为英联邦内的独立国家。为高度发达的资本主义国家。首都堪培拉。为君主立宪制国家，君主与英国及其他英联邦王国君主是同一人。澳大利亚总督在澳大利亚君主不在澳时代替君主行使职权。根据现代澳大利亚宪政惯例，君主除按澳大利亚总理和各州州长的提名，任命或撤换总督和州督外，不过问澳大利亚政治。

七律 黄金海岸

驱车曲岸清风路，
海阔云浮鹭鸟欢。
碧涌连天亲屿岛，
白帆穿谷映峰峦。
远观飞艇长空降，
近摄蛟龙巨浪钻。
最是游人忘返地，
溟楼玉宇醉金滩。

说明：2015 年 1 月 19 日，自驾游览澳大利亚布里斯班黄金海岸作此诗。

注释：黄金海岸亦称昆士兰黄金海岸，位于澳大利亚东部海岸中段、布里斯班以南区域。由一段长约 42 公里的 10 多个连续排列的优质沙滩构成，因沙滩为金色而得名。此地气候宜人，日照充足，海浪险急，适于冲浪和滑水，是冲浪滑水乐园，昆士兰州重点旅游度假区。主要景点有冲浪天堂、海洋世界、自然桥公园、电影世界等。

七律 东港宿营

大洋路漫野花芳，
水复山重入海乡。
几缕斜阳穿绿树，
一弯明月伴星光。
车营列队霓虹闪，
草地支篷夜幕凉。
卧听潇潇风雨住，
依稀睡梦鸟声香。

说明：2015 年 1 月 19 日，自驾在澳大利亚东海岸东港汽车营地夜宿帐篷有感作此诗。

七律 东海雨林

仙翁指路越峦冈，
电掣风驰入海苍。
古树绕藤遮昊宇，
幽潭响瀑渡芬芳。
霎时雾起猿声吼，
顷刻雷惊暴雨狂。
吸血蚂蟥何所惧，
男儿有胆续新章。

说明：2015 年 1 月 21 日，自驾游览澳大利亚东海热带雨林作此诗。

注释：澳大利亚东海热带雨林保护区共有 8 个区域，分布在新南威尔士州和昆士兰州边界线上，总面积达 3665 平方公里，为世界自然遗产。雨林山峦起伏、古木参天、藤萝遍布、溪流宛转、雨雾无常、蚂蟥甚多、景色旖旎。

七律 澳洲雷锋

云开雨霁马蹄吟，
夕照依山暮色沉。
前路宿营无去向，
村边问路有知音。
老人相送拳拳意，
寒夜感怀暖暖心。
纯朴民风堪可比，
雷锋故国待争钦。

说明：2015 年 1 月 21 日，自驾夜宿澳大利亚东海岸斯维特公园汽车宿营基地作此诗。

注释：自驾路遇暴雨，时至黄昏，不知何处可宿营。一小店老年女性主动带路驾车十多公里，把我们送到最近的斯维特汽车宿营地，安排妥当后方才返回。我们为她的热情助人深深感动。

七律 悉尼

椰风拂柳荡禅林，
玉宇琼楼矗岸阴。
跨港飞桥斜照醉，
扬帆击浪彩云深。
扇贝浮海惊天下，
高塔凌空俯古今。
最是夜阑幽巷里，
霓虹酒肆伴诗吟。

说明：2015年1月22日至23日，自驾游览澳大利亚悉尼市作此诗。

注释：悉尼别名雪梨，位于澳大利亚东南沿岸，是澳大利亚新威尔士州的首府，也是澳大利亚面积最大、人口最多的城市。悉尼市区面积1687平方公里，人口503万（2016年）。大悉尼都会由悉尼市区和33个郊区组成，总面积12368平方公里。悉尼拥有高度发达的金融业、制造业和旅游业，是澳大利亚的商业、贸易、金融、旅游和教育中心。1%的悉尼人口拥有澳大利亚原住民血统，31.2%的人生于海外。英国、大中华地区和新西兰是三大移民来源。主要风景名胜有悉尼歌剧院、爬虫动物公园、皮特街购物中心、达令港、悉尼海湾大桥、皇家国家公园和博物馆等。是全球最宜居的城市之一，世界一线城市。

七律 悉尼歌剧院

悉尼梦境惹相思，
剧院巍峨白鹭痴。
贝壳造型铭世界，
金莲浮水醉西施。
靓姿伴拱斜阳舞，
碧海飞虹岛影奇。
独有港湾星汉夜，
情人漫步五更曦！

说明：2015年1月23日，自驾游览澳大利亚悉尼歌剧院作此诗。

注释：悉尼歌剧院位于澳大利亚悉尼市区北部的便利朗角，是澳大利亚地标式建筑。1959年3月动工建造，1973年10月投入使用。占地面积1.84公顷，坐落距离海面19米的花岗岩基座之上，最高的壳顶距海面60米，总建筑面积88000平方米，有一个2700座的音乐厅，一个1500座的歌剧院和一个420座的小剧场，有展览、录音、酒吧、餐厅等大小房间900个。其坐落于悉尼港湾，三面临海，环境开阔，由三组巨大的壳片，耸立于南北长186米、东西最宽处97米的现浇钢筋混凝土结构平台上，外型犹如即将乘风出海的白色风帆。其以独特的建筑设计闻名于世，为联合国世界文化遗产。

七律 蓝山

穿林越谷上嵩巅，
葳府繁花引蝶翩。
远眺峰峦松柏翠，
近观峡壑瀑流悬。
缆车走壁惊飞鸟，
姐妹凌空插碧天。
雨夜秋雷萦古镇，
朝霞一抹梦魂牵。

说明：2015 年 1 月 24 日，自驾游览澳大利亚蓝山风景区作此诗。

注释：蓝山风景区位于澳大利亚东南部的新南威尔士州境内，在悉尼以西约 65 公里处的区域，占地 1989 平方公里，是一处著名旅游胜地。其从东向西倾斜，东部最高峰海拔 1070 米，西部山峰海拔 360 米至 540 米。其峰峦陡峭、涧谷深邃。山上生长着大量桉树，桉树含有自然挥发的油滴，在空气中经阳光折射呈现出蓝光，故得名蓝山。位于山城卡通巴附近的贾米森峡谷之畔的三姐妹峰，是蓝山山脉的一处胜景。景区内有观光列车、空中缆车和观景吊桥等旅游设施。为世界自然遗产保护区。

七律 夜宿堪培拉郊外

朝辞古镇上征途，
我驾长风望首都。
脚踏斜阳营地阔，
手扶绿柳白云孤。
几群鹦鹉鸣枫树，
数辆华车绕石湖。
皓月初升星汉灿，
帐篷一梦碧天苏。

说明：2015 年 1 月 25 日，自驾从澳大利亚蓝山前往首都堪培拉，夜宿距首都 20 公里的小镇作此诗。

七律 澳洲通关

澳国晨曦晓雾开，
银鹰降落远宾来。
迤逶蛇阵盈偏道，
灵敏光机识禁埃。
持照通关填浩表，
查囊倒物晒平台。
大同世界终非梦，
无境无签自快哉。

说明：2015年1月19日6时，自驾到达澳大利亚布里斯班国际机场通关入境作此诗。

念奴娇 澳洲国庆

大洋南去，见惊涛万里，无垠新渚。树木参天遮丽日，绿水青山常驻。海宇相连，碧空如洗，夕照浮云渡。挥刀驱寇，史彪英勇土著！

伯利湖岸人潮，喜迎庆典，且唱多狂舞。呼啸战机头顶过，焰火缤纷平步。遥看星空，烟花怒放，皓月天边露。乡愁如酒，几杯千古歌赋！

说明：2015年1月26日，自驾游览堪培拉观看庆祝澳大利亚国庆活动有感作此词以纪之。

注释：澳大利亚原为澳洲原住民居住地。1770年英国宣布其为殖民地。1788年1月26日，英国皇家海军第一舰队11艘船只、1400人抵达悉尼湾，后定每年1月26日为澳大利亚国庆日，亦称澳大利亚日。澳大利亚原住民认为，这一天是纪念英国殖民主义者对澳洲侵略的日子。

七律 堪培拉

岸阔湖平雁鹭栖，
喷泉入宇映云霓。
南山高塔浮烟翠，
北苑林花醉鸟啼。
旗展千方风色动，
霞披万缕晚晴迷。
馆藏艺术堪瑰宝，
土著腾飞正奋蹄。

说明：2015 年 1 月 27 日，自驾游览澳大利亚首都堪培拉作此诗。

注释：堪培拉是澳大利亚联邦的首都，位于澳大利亚东南部山区的开阔谷地，海拔 760 米，面积 2395 平方公里，人口 41．03 万。莫朗格洛河横贯市区。原为牧羊地，1913 年按规划始建，1927 年建成，澳大利亚联邦政府随即从墨尔本迁此。

七律 古镇晨韵

原野无垠草渐黄，
岚开晓牧自由缰。
钟扬教韵含今古，
鸟上青霄舞旭阳。
树影婆娑晨客醉，
石碑斑驳美名芳。
田园景色天然画，
小镇春秋记忆长。

说明：2015 年 1 月 28 日，自驾前往南澳大利亚州哺乳动物化石遗址，一天行程 960 公里后，夜宿埃勒塞镇作此诗。

七律 动物化石遗址

恐龙化石亿年奇，
遗址岚迎沐客曦。
袋鼠红狼原野逐，
蟒蛇巨兽醉情痴。
蜿蜒溶洞多钟乳，
幽暗森林有骏骊。
自驾迷离偏路线，
南辕北辙可堪师。

说明：2015 年 1 月 29 日，自驾游览南澳大利亚州纳拉库拉公园哺乳动物化石遗址有感作此诗。

七律 初游墨尔本

牌坊店铺识乡亲，
烤鸭漂洋京味纯。
海港千帆连碧宇，
栈桥九曲映游人。
巍峨塔顶浮云渡，
古老钟楼客站珍。
最是飞新刁难事，
同胞星夜指迷津。

说明：2015年1月30日，自驾初游墨尔本，且因机场办票刁难误了当日飞新西兰航班写此诗。

注释：墨尔本别名新金山、猫本。是澳大利亚南部海滨城市，维多利亚州首府，澳大利亚第二大城市，世界著名旅游城市和国际大都市，全球最适宜人居的城市。面积8831平方公里，人口500万（2018年），澳大利亚文化、工业中心，南半球最负盛名的文化名城。其服饰、艺术、音乐、电视制作、电影、舞蹈等潮流文化享誉全球。

七律 再游墨尔本

雅河两岸柳烟轻，
楼宇遮天百鸟鸣。
绿树婆娑藏闹市，
马车闲逸逛新城。
战争雕刻铭青史，
艺馆收藏识古声。
尤记同胞伸玉手，
传承大爱任平生！

说明：2015年1月31日，在墨工作的湖北宜昌姑娘霍双栎，在帮助我们完成改签航班之后，又陪同再次游览墨尔本有感作此诗。

注释：雅河即雅拉河，墨尔本的母亲河，流经市区。

七律 基督城

晨曦初露降基城，
直上克山望古京。
薄雾浮峦楼宇广，
澄湖绕寨紫云腾。
斜坡晓牧闻鞭韵，
尖塔残垣话震情。
把酒凭窗观暮色，
飞鸿尽处落霞横。

说明：2015年2月1日，首飞新西兰自驾游览克赖斯特彻奇市（俗称基督城）作此诗。

注释：基督城位于新西兰东岸，人口37.5万（2016年），地势平坦。又名花园之城，是新西兰第三大城市，新西兰南岛第一大城市。城市主要建筑为19世纪的哥特式典雅风格，是英国之外最具英伦色彩的城市。主要旅游景点有天主教堂、艺术中心、坎特伯雷博物馆、柳堤野生保护区、维多利亚广场、国际南极中心、艺术街区、吊车登山等。克山即克什米山，为基督城的制高点。基督城分别于2011年2月发生6.3级地震，2016年11月发生7.4级强烈地震，造成重大损失。

七律 九十七号旅馆

欧式红楼气象清，
店家好客远街迎。
门前装饰停车马，
居舍温宁散卉英。
廊道两边油画美，
餐厅四壁塑雕精。
秋千荡处梨香醉，
庭院幽深听鸟鸣。

说明：2015年2月1日，自驾游览新西兰基督城宿九十七号旅馆有感作此诗。

七律 达尼丁

海岸蜿蜒牧草菁，
丘陵起伏野云平。
依山别墅承欧韵，
矗宇琼楼秀水城。
市府鸣钟声浪远，
椰风带雨彩虹晴。
追寻毛利千年史，
文化兴衰决死生。

说明：2015年2月2日，自驾游览新西兰奥塔戈区达尼丁市作此诗。

注释：达尼丁是新西兰奥塔戈区的首府，位于新西兰南岛的东南海岸，面积3314平方公里，人口12.8万。是新西兰南岛第二大城市和最大港口城市，以及南岛东南地区经济、贸易和文化中心。城市建筑为典型的苏格兰风格。

七律 蒂阿脑

旭日初升树影长，
帐篷一梦透天光。
蒂湖风浪千层荡，
游艇帆桅两岸扬。
水上飞机鸣旷野，
桥边白鹭戏朝阳。
诗人独爱桃源醉，
雅韵犹彰世外芳！

说明：2015年2月3日，自驾游览新西兰蒂阿脑湖作此诗。

注释：蒂阿脑湖位于新西兰南岛的西南部山区，因弗卡吉尔西北120公里处。湖长61公里，最宽处9.7公里，面积344平方公里，湖水深276米，湖周围港汊繁多。为怀奥河的发源地，新西兰第二大湖。以蒂阿脑镇为中心的湖区渔业和旅游业甚为发达。

七律 米尔福德峡湾

青峰峭立彩云悠，
南岛名湾碧宇流。
千仞银河飞玉液，
九重客舫伴沙鸥。
猿猴攀壁林中啸，
海豹凌空水下游。
遥望苍茫洋面阔，
夕阳漫渡昊天幽。

说明：2015年2月3日，自驾游览新西兰世界自然遗产米尔福德峡湾作此诗。

注释：米尔福德峡湾又名斯塔曼海东部峡湾。位于新西兰南岛西南部峡湾国家公园内，河流向内陆延伸22公里，峡湾水面与山崖垂直相交，冰川被切割成V形断面。峡湾群山对峙，峭壁万仞，飞瀑悬空，冰川滢滢，风光旖旎。最著名的瀑布是苏瑟兰瀑布，总落差580米，气势壮观。

七律 皇后镇

青峰怀抱翠峦幽，
小镇依山近水楼。
万顷瓦湖如碧玉，
百年古道淌金流。
老街店铺欧风韵，
绿岛枫桥野渡舟。
站在云头观霁色，
蓝天佩带夕阳柔。

说明：2015 年 2 月 4 日，自驾游览新西兰昆斯顿(俗称皇后镇)作此诗。

注释：皇后镇位于新西兰南岛奥塔戈区，是一个被南阿尔卑斯山包围，且面临瓦卡蒂普湖的美丽小镇，因殖民主义者认为此地风景秀丽应属女王所有而得名。面积 8704.97 平方公里，约 18000 人，其中欧美人占 80%，亚洲人和其他人占 20%。因 1862 年此处发现金矿引发淘金热而使该镇逐步繁荣。该镇四季风景宜人，旅游业十分发达，有上山滑雪、下水冲浪、拖行降伞、喷气飞船、激流划艇等多种刺激项目，世界各地游客甚多。风靡世界的“蹦极跳”就是这里最先兴起的。

七律 奔福克斯冰川

湖光千里岸峰娆，
岭谷猿声话寂寥。
西海沙鸥鸣雪浪，
东村深壑走孤桥。
近观瀑布从天泻，
远望冰川矗汉娇。
夕照穿云山色醉，
溪边古镇酒旗飘。

说明：2015年2月4日，自驾从新西兰皇后镇经瓦纳卡、哈斯特门，沿西海岸到福克斯冰川游览作此诗。

注释：福克斯冰川位于新西兰南岛，东靠雄伟的南阿尔卑斯山脉，西临浩瀚的塔斯曼海，因曾任新西兰总理的威廉姆·福克斯爵士而得名。冰川从南阿尔卑斯山南麓倾泻而下，最高落差2600米，长约13公里，厚度约300米，冰舌向下伸入小镇旁的雨林中，终端海拔仅200多米，距海岸只有20多公里，是世界上海拔最低，且拥有田园风情的冰川。福克斯冰川现在仍以每天40厘米的速度向前延伸。冰川有无数冰洞、冰拱、冰隧道、冰城堡等，可徒步游览和乘直升机鸟瞰，景色十分壮观。

七律 皮克顿港口

雨霁晴空坠碧烟，
峰峦叠翠入平川。
椰风拂柳红蜓舞，
海浪萦怀白鹤翩。
一片游轮迎夕照，
数桥云影映旌旃。
声声汽笛天涯远，
皮港相思任梦牵。

说明：2015 年 2 月 5 日，自驾从新西兰福克斯冰川到皮克顿市，并游览港口作此诗。

注释：皮克顿港口是新西兰南岛东北沿海的主要港口，隔库克海峡与惠灵顿相望，是布莱尼姆的外港，是南岛通往北岛的门户。港区主要码头泊位为一突堤码头，岸线长 240 米，水深 11.6 米，可停靠 2 艘 3 万载重吨的船舶。另有一个渡船码头，具有现代化的装卸设施，供惠灵顿与皮克顿之间车辆轮渡。大船锚地水深达 29 米，年货物吞吐能力约 350 万吨。

七律 库克海峡

渡轮出港动旌坛，
沧海船锋涌巨澜。
夕照染霞云水阔，
岛峰叠影碧空残。
迎风鸥鹭迷舷客，
依艏情人醉甲栏。
峡幕沉沉星汉灿，
惠城霓烁夜阑珊。

说明：2015 年 2 月 5 日，自驾从新西兰南岛皮克顿乘渡轮过库克海峡，到北岛惠灵顿市作此诗。

注释：库克海峡位于新西兰南岛与北岛之间，因 1770 年英国航海家詹姆斯·库克曾到此考察而得名。它沟通了南太平洋与塔斯曼海，是海上交通贸易的重要通道。海峡南北长 205 公里，东西宽 23—144 公里，水深 71—457 米，平均水深 128 米。海峡由地壳运动沉陷而成，两岸悬崖峭壁，曲折蜿蜒。强劲的西风带掀起海面汹涌波涛，加上海峡两端的开阔海湾地形，造成海峡水流湍急多变。北岛惠灵顿与南岛布莱尼姆之间通火车轮渡。

七律 惠灵顿

滨海名都不夜天，
朝阳几缕透窗眠。
三方峻岭环屏障，
一片汪洋荡碧烟。
木屋依山深壑静，
教堂插宇紫云翩。
遥思毛利辛酸史，
世界何时灭霸权？

说明： 2015年2月5日，自驾夜宿新西兰惠灵顿市，次日离开该市北上作此诗。

注释： 惠灵顿是新西兰首都。位于新西兰北岛南端，隔库克海峡与南岛相望，人口约45万，是新西兰第二大城市，与悉尼和墨尔本一起成为大洋洲文化中心。惠灵顿是往来南北二岛的交通枢纽，也是世界最佳深水港之一。惠灵顿地处断层地带，除临海有一片平地外，整个城市依山建筑。因其濒临海湾，地势较高，时常受到海风侵袭，因而有“风都”之称。惠灵顿附近群山环峙，岭壑凝黛，碧海蓝天，风光如画，气候温和，四季如春，是南太平洋地区著名的旅游胜地。

七律 汤加里罗

原野苍茫牧草荣，
一程阴雨半天晴。
纵横丘壑疑无路，
辗转溪桥忽见营。
林海风涛鸣碧树，
火山喷雾入穹京。
雪峰迤逦银光闪，
何日攀登任我行？

说明：2015 年 2 月 6 日，自驾游览新西兰汤加里罗国家公园作此诗。

注释：汤加里罗国家公园位于新西兰北岛中央的罗托鲁阿陶波地热区南端，占地约 40 万公顷，是一个独具特色的火山公园。公园里有 15 个火山口，包括汤加里罗、恩奥鲁霍艾、鲁阿佩胡 3 个著名的活火山。活火山烟雾腾腾，常年不息。鲁阿佩胡火山海拔 2800 米，为新西兰北岛最高点。毛利人视汤加里罗火山为圣地。火山灰铺成的银灰色大道蜿蜒在山间，峰顶白雪皑皑，群山森林环抱，山下草原碧绿、湖泊荡漾，呈现出一片火山园林的绮丽风光。为世界自然遗产。

七律 陶波湖

陶湖千里缀云巅，
碧玉天光映百川。
鸟岛峰高金浪外，
风帆影绰夕阳边。
五洲远客游佳境，
一片惊涛荡柳烟。
最是狂欢逢国庆，
悠悠古镇夜无眠。

说明：2015 年 2 月 6 日，自驾游览新西兰北岛陶波湖作此诗。

注释：陶波湖位于新西兰北岛中部山区，罗托鲁阿以南，海拔 356 米，湖面最大长度 46 公里，最大宽度 33 公里，最大深度 186 米，面积 616 平方公里。是新西兰最大湖泊。湖水由怀卡托河上游从南面注入，在湖东北经怀卡托河流出。湖水覆盖了几座火山口。湖口有陶波镇。湖四周多地有温泉，为休闲度假旅游胜地。

七律 罗托鲁阿

皓月浮空夜色轻，
帐篷一梦晓风晴。
栈桥绕谷喷岚雾，
水柱冲天入玉京。
缕缕氤氲山影绰，
幽幽潭瀑鎛音鸣。
鲁阿地下三千度，
北岛温泉享盛名！

说明：2015年2月7日，自驾游览新西兰北岛罗托鲁阿地热公园作此诗。

注释：罗托鲁阿，又译罗托鲁瓦、罗托路亚，位于新西兰北岛中北部罗托鲁阿湖南畔，人口约55000，多天然温泉，是毛利人聚居区和著名旅游胜地。罗托鲁阿坐落在火山多发区，被誉为火山上的城市。该区遍布热泉，湖光潋滟，山色迷离，热泉喷涌，泥浆沸腾。法卡雷瓦地热保护区是最主要的地热名胜，间歇喷泉及喷涌的潭水甚多。其中最大的间歇喷泉每天喷发10次至25次，高度达16米至20米，有时可高达30米。罗托鲁阿是新西兰毛利族特拉瓦部落中心。其独特的毛利文化及地热温泉，吸引着来自五洲的游客。

七律 毛利村

巨柱图腾话族渊，
祖先登陆辟新天。
木雕遍布祠堂壁，
土调悠扬古寨弦。
勇猛传神堪战舞，
珍奇编织数精篇。
热泉喷射青霄醉，
毛利风情一梦牵。

说明：2015年2月7日，游览新西兰北岛罗托鲁阿蒂普亚毛利文化村作此诗。

注释：毛利村位于罗托鲁阿市附近，又名奥希内穆图。毛利人是新西兰的土著居民。据说，在一千多年前，毛利人从太平洋中部哈瓦基乘木筏迁徙到新西兰，并在此定居，用劳动和智慧创造了灿烂文化。英国殖民时期，毛利人惨遭屠杀，人口锐减。直到1907年新西兰独立后，毛利族才得以逐步振兴发展。毛利村集中展示了源远流长的毛利文化，包括古老的毛利人茅草房屋、渔猎器具、雕刻图腾、编织艺术、传统歌舞等，现已成为新西兰一个标志性的旅游胜地。

七律 奥克兰

古树参天耸翠嵩，
绕云高塔傲苍穹。
女王闹市人潮涌，
深港邮轮气势隆。
越谷穿峰划碧水，
凌空卧海架飞虹。
殖民文化融乡土，
一展帆都世界雄。

说明：2015年2月9日，自驾游览新西兰奥克兰市作此诗。

注释：奥克兰位于新西兰北部滨海地区，面积1086平方公里，人口146万，是新西兰最大城市，新西兰经济、金融、文化、航运和旅游中心，新西兰最大的港口城市。曾是新西兰历史上的首都（1865年首都迁至北岛南端惠灵顿市）。原住民为波利尼西亚种的毛利人，后涌入大量欧洲移民。是全世界帆船最多的城市，被誉为帆船之都。奥克兰市分为南北两部分，由奥克兰海港大桥连为一体。城周丘陵起伏，死火山锥遍布，不少辟为公园。市中心的艾伯特公园，曾是毛利战争时英国殖民军的总部所在地。著名的伊甸山公园，海拔220米，伫顶可鸟瞰市区和港口及海岛风光。女皇大街是奥克兰最著名的商业主街。奥克兰是南半球主要交通枢纽，著名国际大都市，世界最美丽、最宜居的城市之一。

七律 凯恩斯

乌云裂缝露晨阳，
海鸟低飞动晓光。
漫步椰林风雨骤，
回头天幕彩虹长。
斑斓夜市疑星汉，
幽静凉亭醉晚芳。
废品神工成艺术，
思维一变谱华章！

说明：2015年2月10日，自驾游览澳大利亚凯恩斯市作此诗。

注释：凯恩斯位于澳大利亚大陆东北部太平洋沿岸，濒特里尼蒂湾，为澳大利亚昆士兰州海港城市，人口约15万，是前往世界奇观的大堡礁的必经之地。凯恩斯背依高山丘陵，周边热带雨林密布，海岸有绵延的银色沙滩，最长的北滨海滩长达26公里。凯恩斯是昆士兰州的旅游和商贸重点城市。其主要旅游景区有热带雨林牧场、乘风破浪泛舟、大堡礁潜水、棕榈湾、黛恩树及考验角国家公园、库兰达小镇等。市内的废品艺术博物馆藏品独特，工艺精湛，变废为宝，令人叫绝。

七律 道格拉斯港

峰云亲吻醉蓝天，
白浪惊涛荡紫烟。
岸树临风湖影动，
帆船列队港空连。
廊牵栈道翔鸥鹭，
霞映邮轮射岛川。
欧陆殖民原罪在，
澳洲土著话当年。

说明：2015 年 2 月 10 日，自驾游览澳大利亚道格拉斯港作此诗。

注释：道格拉斯港位于凯恩斯北部约 70 公里处，人口大约 9000，是集海洋、热带雨林和沙漠于一体的旅游胜地。这里有景色迷人的高尔夫球场、热带雨林自然保护区、停满豪华邮轮的码头、高档别墅区以及繁华的大街。主要景点有港口码头帆船区、食蚁赏花步道、土著绘画文化林、哈特利鳄鱼农庄等。该地曾吸引多国政要到此休闲度假。

七律 汤斯维尔日出

港口新城小院幽，
东西文化任深游。
长堤入海迎红日，
白鹭披霞舞晓舟。
光透栈桥金浪起，
塔依皓月汉穹悠。
丹山倒影凝朱色，
正举风帆碧水秋！

说明：2015 年 2 月 13 日，自驾游览澳大利亚汤斯维尔观日出作此诗。

注释：汤斯维尔位于澳大利亚昆士兰州北部罗斯河口，濒克利夫兰湾，面积 140.2 平方公里，人口 18 万多（2009 年）。1868 年始建。澳大利亚大陆南回归线以北最大城市。腹地包括西部矿区和牧羊区、北部肉牛饲养区、沿海制糖业区等。产业以矿产开发、冶炼、制造、旅游、运输、物流业等为主。这里有大面积的绿地、贯穿市区的河流、绵延的海岸线、万吨级的海港，世界最大珊瑚礁水族馆以及澳大利亚最大的军事基地。是昆士兰东部港口城市和澳大利亚热带气候城市。其独特的热带风光、迷人的金色沙滩、闻名全球的海洋自然景观澳洲大堡礁，使其成为享誉世界的旅游胜地。

七律 麦乎莱特岛

登岛凌空揽海天，
峰峦滴翠绕云烟。
树熊寻觅攀林路，
大炮犹言抗日年。
九曲金滩迷远客，
数行鸥鹭戏游船。
长桥碧浪红霞落，
澳国雷锋播善缘。

说明：2015 年 2 月 13 日，在澳洲友人戴文、童克杰父子帮助下，自驾游览了澳大利亚汤斯维尔麦乎莱特岛作此诗。

摸鱼儿 帆船之旅

驾风帆、畅游群岛，穿行沧海深处。踏波逐浪西风烈，航路鸟鸣霞舞。桅布鼓，猛望眼、无垠碧汉浮云渡。激情难诉。看浅屿潜游，珊瑚礁阔，五彩惹人顾。

幽溟远，凭眺峦烟绿树。犹银滩世间慕。岸沙漫漫临穹宇，佳侣悠然闲步。情意著。连心画、天涯共证相思路。惊涛雨注。众志铸长城，力吞狂澜，夕照凯旋府。

说明：2015年2月14日，乘帆船游览澳大利亚埃瑞比持群岛国家公园作此词。

七律 埃瑞比持

青峰怀抱小城孤，
碧海桅帆岛影凫。
鸥鹭搏风迎远客，
椰林蔽日荡明珠。
云飞雨霁红霞动，
夜静更阑晓梦苏。
最是扶危舒困事，
丹心一片照迷途！

说明：2015 年 2 月 13 日，自驾游览澳大利亚埃瑞比持市作此诗。

水龙吟 阳光海岸

海天千里清秋，云横水际连霄汉。无垠旷野，沙湾迤逦，惊涛拍岸。岛影悠悠，风帆点点，彩霞迷幻。看礁盘屹立，怒潮雷动，鹭鸥舞、斜阳断。

更晓风晨曦灿，月西沉、涌狂舟颤。排山拱浪，势如倾海，腾空翻卷。碧谷波峰，健儿穿越，英姿彪悍。数金滩绿树，任红日醉，惹浮云恋！

说明：2015年2月17日至18日，自驾游览澳大利亚阳光海岸作此词。

注释：阳光海岸是位于澳大利亚昆士兰州中南部、布里斯班以北，以努沙郡为主体的一座国际度假城市。面积3014平方公里，人口29.7万（2014年），面对浩瀚的太平洋，风景秀丽，气候宜人。阳光海岸绵延100多公里，由20多个共长达50公里的沙滩组成。主要旅游景区有玻璃屋山、蒙特维拉山城、苏珊河农庄，以及众多的国家公园、动物园、海洋公园等。其北部有世界最大的沙岛弗雷泽岛，岛上有著名的热带雨林。

七律 布里斯班

三临布市见崇雄，
楼塔鳞鳞耸碧空。
海岛连珠游客醉，
河流若带晚霞红。
攀桥故事铭青史，
卧虎明眸仰古风。
自驾旅途诗影乐，
银鹰一梦过山东。

说明：2015年2月18日，自驾第三次过境澳大利亚布里斯班市作此诗。

注释：布里斯班又译布里斯本，位于澳大利亚东北部布里斯班河畔，濒临摩尔顿湾，南临黄金海岸，北接阳光海岸，西通伊普斯威奇及文图巴，面积约1200平方公里，人口230万，是昆士兰州首府，澳大利亚第三大城市。临近南回归线，属亚热带气候，年均日照时间7.5小时，有阳光之城的美誉。布里斯班原为土著聚居地，1824年始建为流放囚犯之地，曾属新南威尔士州，并以当时州总督托马斯·布里斯班的名字命名。城市有大片绿地，布里斯班河呈S形流经市区，市内现代化大楼与古老建筑毗邻，皇后大街为主要商业中心。建于19世纪50年代的哥特式约翰英国教堂，是拓荒时代的遗迹。建于1932年的市政厅大厦的钟楼高106.67米，有瞭望台可俯瞰市容，为布里斯班的标志。

七律 澳洲除夕抒怀

海国天光水色姝，
澳新万里旅程孤。
驱车越岭寻幽境，
踏浪扬帆摄美图。
土著风情诗韵醉，
大洋生态客心苏。
难挨除夕思乡夜，
残月千杯慰勇夫。

说明：2015 年 2 月 18 日，在澳大利亚布里斯班国际机场过农历年除夕，感慨万千，遂写此诗。

七律 红场阅兵

坦克隆隆动地摇，
新机编队震云霄。
战车方阵雄风起，
皓首青丝意气昭。
惨烈猛攻凝壮志，
长驱直入捣魑枭。
何时天际烽烟散，
世界安宁尽富饶？

说明：红场位于莫斯科中心，西临克里姆林宫红墙及三座高塔，北为国立历史博物馆，东靠百货大楼，南依瓦西里布拉仁教堂和莫斯科河。全长700米，宽130米，呈不规则的长方形，面积9万多平方米，地面全部由条石铺成。列宁墓在宫墙一面的中部，墓上为检阅台，两旁为观礼台。红场是莫斯科古老的广场，是重大历史事件的见证场所，更是俄罗斯重要节日举行群众集会、大型庆典和阅兵之处，是世界著名旅游胜地。

七律 泰晤士河

碧波滟滟荡云轻，
踏浪扁舟起棹横。
黛瓦红墙圆顶靓，
白窗绿柳岸花盈。
幽幽津路连王渡，
隐隐林风动酒旌。
鸥影摇江新客醉，
天舒水阔听鸟鸣。

说明：2018 年 5 月 4 日游览英国温莎小镇泰晤士河大桥时写此诗。

注释：泰晤士河又称泰姆河。为英国著名的母亲河。它发源于英格兰西南部的科茨沃尔德希尔斯，全长346公里，横贯英国首都伦敦和沿河的10多座城市，流域面积13000平方公里，在伦敦下游河面变宽，形成一个宽度为29公里的河口，注入北海。在伦敦上游，泰晤士河沿岸有诸如伊顿、牛津、亨利和温莎等著名之地。从西面而来的泰晤士河，在温莎小镇划出一道美丽的弧形，然后向东奔流而去。

后记

中华古典诗词，植根于华夏沃土，源远流长，如江河奔流不息。从诗经、楚辞、汉赋，至唐诗、宋词和元曲，蓬勃发展，长盛不衰。名垂青史的诗人词家层出不穷，灿若群星。我自幼喜爱文学，从上小学、中学接触诗歌开始，到上北京大学中文系比较系统地学习和研究古典诗词曲赋，从喜欢吟诵李白、杜甫、白居易、苏东坡、辛弃疾等的名篇，到逐步走上诗歌尤其是古典诗词的创作道路，经历了一个漫长的过程。

在北大求学期间，有些事至今让我难以忘怀。给我们年级主讲中国古典诗词的陈贻焮老师（北京大学中文系教授，中国古代文学博士生导师，中国唐代文学学会理事，中国诗学研究会副理事长、常务理事，《中华诗词》顾问等），知道我是四川射洪人时说，唐代大诗人陈子昂与你同乡，他摒弃齐梁诗歌的绮靡纤弱之气，开创了唐初刚健写实的一代诗风。他的代表作有《感遇》三十八首、《蓟丘览古》七首，而《登幽州台歌》“前不见古人，后不见来者。念天地之悠悠，独怆然而涕下。” 可谓空前绝后，很了不起。循着陈老师的引导，我逐步开始了诗词创作。当我在《北京文学》发表的第一首诗，被乐黛云老师（曾任北京大学比较文学与比较文化研究所所长，国际比较文学学会副主席；现任北京大学现代文学与比较文学教授，博士生导师，中国比较文学学会会长）拿到两个年级大课讲评、得到充分肯定之后，这又增添了我的信心，激发了创作热情，终使诗词创作成为我生命中不可或缺的部分，成为我抒情言志的最好寄托。

大学毕业后，随着时间的推移，我最终走上了为军委总部首长乃至国家最高领导服务的工作岗位。在为国防和军队建设战略全局提供咨询建议和谋划的过程中，从北极边陲到西沙群岛，从青藏高原到黄海前哨，从长城内外到大江南北，都留下了我的足迹，这不仅为高层建言掌握了实情，也为诗词创作提供了源泉和激发了灵感。特别是在退休以后，有宽裕的时间亲近祖国的大好河山，有条件欣赏外国的美丽风光，这又大大提高了我诗词创作的自由度，为我从诗人的视角去探索、去追寻、去感悟这个世界自然之美与人性之美，尤其是中华民族伟大精神之美，提供了更广阔的空间。时光的碎片渗透着我不懈的追求，山水的美丽映射出我超然的情怀，乾坤的灵气舒放着我内心的独白。

古典诗词典籍，是中国传统文化的精华。几千年来，对中国人的感情世界和审美观念有着深远的影响。古典诗词艺术，在一代代人中继承、弘扬以至传之久远。陈子昂诗的兴寄刚健，李白诗的浪漫大气，杜甫诗的批判写实，苏轼词的奔放豪迈，辛弃疾词的边塞风骨，毛泽东诗词的磅礴气势，都对我的诗风产生了积极影响。我一直以“正直做人、真情写诗”为座右铭，以平实、豪迈的风格，以一个共和国军人的忠诚与诗人的灵感，去抒发对祖国山河与人民的热爱，去讴歌振兴中华民族的时代精神，去欣赏国外的旖旎风光与多元文明！从而在抒发中净化自己的灵魂，在讴歌中提升自己的境界，在欣赏中扩大自己的视野。总之，在创作中不断升华与完善自己的人生！

本诗词集所采用的诗体，绝大多数是律诗，有部分词和绝句。律诗和绝句都力求严守格律，依据南宋以来一直沿用，至今仍为大多数诗人使用的《平水韵》用韵；词依据清朝钦定词谱《词林正韵》用韵，并以龙榆生《唐宋词格律》为参照，注意准确区分派入现代汉语新四声中的古入声字，依古汉语平、上、去、入四声定平仄。当然，《平水韵》韵部多，有的韵部用字少，写作受到一些限制，但只要熟练掌握，也在限制中获得历练与自由。全书收录的诗词，分为北国风光、西部神韵、江南山水、感怀言志和域外风情五部分，共530首。无论是律诗、绝句还是词，都力求展开形象思维的翅膀，用心灵绘制一幅幅诗的图画，以镶嵌在蓝天、镶嵌在大地、镶嵌在历史的记忆里！

在本诗词集即将付梓之际，我要特别感谢中国著名书画家、鉴定家、文学家、史论家、博士生导师，中国美术馆副馆长张晴，为本书题写书名；中华诗词学会常务副会长，中华诗词杂志社社长，上海大学中华诗词创作研究院荣誉院长，国家语言文字工作委员会委员范诗银大校，拨冗为本书欣然作序；南京航空航天大学艺术学院教授、硕士生导师、南航书画研究所所长邱世鸿先生，为本书提出重要修改意见，并亲自撰写长篇评论；原解放军后勤学院政治部副主任、中华诗词学会秘书长、诗人张存寿大校，为本书提出了宝贵修改意见。还要一并感谢庄正华、雷宏泽、张云山、张蒲宁、戴云、顾守城、刘登云、张教立、帅平华、李海军、王成维、陈火焰、田亚辉、王键、晋化、王伦、王军生、曾广度、冯万治、王田、净土、海英等朋友对我创作、出版的支持和帮助，以及各位书法家朋友的鼎力赐书。

本诗词集的出版，我虽竭力追求完美，但仍有不少遗憾。江河不弃小溪，日月自邀微尘。我愿以此就教于各位方家、诗友及广大读者，以期在古典诗词的创作道路上走得更高、走得更远！

是为记。

作者　刘登荣

二〇二一年七月于北京

图书在版编目(CIP)数据

刘登荣诗词集 / 刘登荣著. -- 北京 : 中译出版社, 2021.9
ISBN 978-7-5001-6762-4

Ⅰ. ①刘… Ⅱ. ①刘… Ⅲ. ①诗词－作品集－中国－当代 Ⅳ. ①I227
中国版本图书馆 CIP 数据核字 (2021) 第 197158 号

出版发行 / 中译出版社
地　　址 / 北京市西城区车公庄大街甲 4 号物华大厦 6 层
电　　话 / （010）68005858，68358224（编辑部）
传　　真 / （010）68357870
邮　　编 / 100044
电子邮箱 / book@ctph.com.cn
网　　址 / http://www.ctph.com.cn

责任编辑 / 范　伟　张若琳
装帧设计 / 潘　峰
排　　版 / 潘　峰
印　　刷 / 北京玺诚印务有限公司
经　　销 / 新华书店
规　　格 / 880mm ×1230mm　1/16
印　　张 / 37
字　　数 / 350 千字
版　　次 / 2021 年 9 月第一版
印　　次 / 2021 年 9 月第一次

ISBN 978-7-5001-6762-4　定价：68.00 元